KB262147

참마도 新무협 판타지 소설
FANTASTIC ORIENTAL HEROES

귀궁사 1

참마도 新무협 판타지 소설

초판 1쇄 찍은 날 § 2009년 7월 31일
초판 1쇄 펴낸 날 § 2009년 8월 11일

지은이 § 참마도
펴낸이 § 서경석

편집장 § 문혜영
편집책임 § 서지현

펴낸곳 § 도서출판 청어람
등록번호 § 제1081-1-89호
등록일자 § 1999. 5. 31
어람번호 § 제2-1793호

주소 § 경기도 부천시 원미구 심곡동 163-2 서경B/D 3F (우) 420-010
전화 § 032-656-4452 팩스 § 032-656-4453
http://www.chungeoram.com
E-mail § eoram99@chollian.net

ⓒ 참마도, 2009

ISBN 978-89-251-1891-8 04810
ISBN 978-89-251-1890-1 (세트)

鬼弓士

귀궁사

참마도 新무협 판타지 소설

FANTASTIC ORIENTAL HEROS

1

도서출판 청어람

目次

험한 일들이 많이 일어나는 세상입니다. 어쩌면 무협소설보다 더 소설 같은 이야기들이 주변에서 일어나고 있는지도 모르겠습니다.

그런 세상 이야기들을 보고 들을 때마다 전 생각합니다. 정말 무협소설 속의 주인공들이 나와서 해결해 주면 얼마나 좋을까? 하나 그것이야말로 공상이겠지요. 하지만 그런 공상이라면 전 얼마든지 환영합니다.

그렇게 또 하나의 공상을 시작했습니다. 단야라는 상상 속의 인물과 함께 세계를 그리고 그 세계 속의 여행을 그려보려 합니다.

그 여행에 함께해 주신 독자 여러분께 정말 감사드립니다. 부디 즐겁고 행복한 여행이 되기를 바라며 더운 여름, 언제나 건강하시기를 기원합니다.

참마도 올림

　투툭, 툭…….

　섬뜩한 소리가 들렸다. 무언가 흐르는 소리, 물방울 같은 것이 흙바닥에 떨어지는 소리가 여과없이 들려왔다.

　하나 그것은 물이 아니었다. 흐르는 것은 진하디진한 핏물. 도저히 형용할 수 없는 비린 냄새가 그것이 피라는 사실을 한층 더 확연하게 알려주었다.

　그런데 뭔가 이상하다. 뚝뚝 떨어지는 그 피, 마치 저 멀리서 들려오는 듯한 그건 자신의 몸 어딘가에서 느껴지는 것이었다.

　틀림없이 턱에서 떨어져 내리고 있었다. 슬쩍 손을 올려 얼굴을 만져 보니 진득하니 뜨거운 것이 묻어 나온다. 예상대로 자신이 흘리는 피다.

한데 전혀 아프지 않다. 이 피는 분명 다른 사람의 것이 아니라 자신의 얼굴 상처에서 나오는 것이다. 그런데 전혀 아프지 않다니…….

"죽은… 건… 가……."

나지막하게 흘러나오는 목소리는 그야말로 공허한 이야기. 그 이야기를 듣는 사람은 아무도 없었다. 만일 영혼이라는 것이 있다면 그것들이나 들었을 이야기였다.

사내의 앞에는 아홉 명의 사람이 죽어 있었다. 모두 이미 차가운 시신이 된 사람들. 손에 병기를 든 사람도 있었고 그렇지 않은 사람도 있었다.

비단옷을 입은 사람에 도복을 입은 사람, 승복을 입은 사람도 있었다. 그리고 검은 무복에 괴이한 병기를 지닌 사람도 있었다.

다 죽은 사람들이었다. 전혀 생기가 느껴지지 않는 얼굴들. 그런데 그 말고 누군가 한 명 더 남아 있었다.

"아저씨 누구야?"

언제부터 있었는지 그의 옆엔 소년 한 명이 앉아 있었다. 아니, 소년인지 소녀인지 모를 얼굴이었다.

아이의 몸은 이상하리만치 깨끗했다. 노란색으로 받쳐 입은 상의에 감색 바지. 한데 그중 어떤 것에도 피가 묻지는 않았다.

확실히 이상한 상황. 그런데 그 모든 것이 이상하게 여겨지지 않았다. 그보다는 이름을 물어보는 아이의 질문이 더 신경 쓰였다.

이름이 생각나질 않는다. 분명 무슨 이름이 있었을 텐데 전혀 이름이 생각나질 않다니, 이것이 무슨 조화인지 이해가 가질 않았다.

"나는… 어… 나는……."

그가 가만히 있으니 소년이 이야기한다. 소년은 고개를 갸웃거리며 몇 번 주억거리더니 하늘을 향해 눈을 들었다. 그리고는 생각이 났다는 듯 두 눈을 살짝 크게 뜨며 말했다.

"월홍(月紅), 난 월홍이에요. 그쪽은요?"

붉은 달. 사내는 고개를 들어 하늘을 바라보았다. 아이는 저 달을 보고 막 지어낸 것이 분명했다. 이상하게도 지금 하늘의 달이 붉은색이었으니 말이다.

왠지 어울리는 이름이었다. 두 눈을 초롱초롱 빛내는 월홍을 보며 사내는 드디어 입을 열었다.

"나는 단야(丹夜), 단야라 한다."

붉은 밤. 붉은 달이 떠 있는 이곳에 딱 어울리는 이름이었다. 월홍처럼 단야도 그냥 이름을 지어버린 것이다.

"단 아저씨구나? 근데 아저씨, 이거 아저씨 거야?"

월홍은 단야의 앞을 가리켰다. 월홍의 작은 손가락이 가리킨 것은 단야의 발치. 그곳엔 거대한 대궁(大弓)이 놓여 있었다.

단야는 그 대궁을 집어 들었다. 어떠한 장식도 없고 글씨도 없었다. 크고 무거운 것이라는 것 외엔 어떤 것도 알 수 없었다.

　물론 단야가 쓰던 것인지조차 알 수가 없었다. 한데 그런 마음과는 달리 입은 열리고 있었다.

　"그래……."

　어느새 대궁은 단야의 왼손 손아귀에 꽉 잡혀 있었다.

第一章

요녕성, 건평의 용현촌

1

뽀득, 뽀드득…….

잘 쌓인 하얀 눈을 밟는 소리는 언제나 마음을 즐겁게 한다. 특히나 아무도 밟지 않은 눈이었다면 그 즐거움은 배가된다.

그러나 이런 좋은 기분도 상황에 따라 다를 때가 있다. 그냥 눈만 밟으며 돌아다니는 것이라면 모를까, 그 눈 밑에 있는 것을 봐야 한다면 말이다.

특히나 그 밑에 있는 것이 기분 찜찜하게 만드는 것이라면 더욱더 그렇다. 붉은 피와 함께 검은 내장을 한껏 쏟아낸 사람이 있다면 두말할 것도 없다.

투툭.

슬쩍 손을 뻗어 시신을 뒤집으니 기이한 소리가 흘러나왔

요녕성, 건평의 용현촌 13

다. 밤사이에 꽝꽝 얼어붙은 시신이 얼어붙은 대지와 떨어지
는 소리였다.

소리뿐이라면 좀 참을 만하건만 다리 하나가 뚝 떨어지면서
뒤집혀지자 영 보기 힘들게 되어버렸다. 그러자 사내의 뒤편
에서 누군가의 목소리가 들려왔다.

"이거 참, 포쾌라는 것도 쉬운 직업이 아니군그래. 이 날씨
에 이런 짓을 해야 하다니……."

낭랑한 목소리의 주인공은 멋들어진 청의 무복을 입은 사내
였다. 육 척이 조금 안 되는 키에 단단한 체형을 가진 사람으
로 얼굴은 전형적인 문사처럼 보이는 인상이었다.

일견 부드럽기도 하지만 그의 이마에 둘러진 영웅건이 조금
다른 인상을 주기도 했다. 일반적인 호박이 아닌 확연히 붉은
보석이 박혀 범접하기 힘든 빛을 내고 있었던 것이다.

하나 무엇보다 특이한 것은 그 허리춤에 찬 붉은 검이었다.
검집이고 검파고 모두 붉은색이었고 심지어 도파에 걸어놓은
수실마저 붉은색이었다.

"나라의 녹을 먹는 게 그리 쉬운 일이겠나? 팔자 좋으신 설
산파의 홍사검(紅絲劍) 마유조(馬柳朝) 어르신이야 놀고먹어도
그만이지만, 이 사람은 부지런히 움직여야 겨우 입에 풀칠합
니다그려."

꽤나 뼈가 담긴 말을 남기며 사내는 피식 웃었다. 누가 들어
도 시비조의 말이 분명하지만 홍사검 마유조라 불린 사내는
역시 피식 웃을 뿐이었다.

"아아, 그따위 말도 안 되는 이야기는 대체 어디서 들으시는 것인지……. 여기저기서 보호비로 하도 뜯어 대인 소리가 절로 나오는 금포(金捕) 혁리(赫利)님이 그렇게 말씀하시면 섭하지요."

"풋."

시신을 앞에 두고 할 소리는 아니지만 두 사람은 피식피식 웃으며 말을 주고받았다. 분명 이런 이야기를 나눌 수 있는 환경은 아니지만 두 사람 사이만 생각한다면 충분히 나올 수 있는 대화 내용이었다.

삼십 년을 넘어 사십 년에 가까운 세월 동안 친구라는 칭호를 썼던 두 사람이다. 어미의 젖을 떼고 나서부터 줄곧 같이했기에 가능한 대화였던 것이다.

"그러니 너도 나 따라 포쾌나 하면 될 것을 골치 아프게 왜 설산에는 들어간 거냐?"

"말도 안 되는 소리. 너야말로 설산에 왔으면 지금쯤 일대(一代) 고수 급을 훌쩍 넘겨 중추에 설 수 있을 것이야, 그 엉성한 포박술을 그 정도까지 발전시켰으니."

마유조는 고개를 좌우로 저으며 말했다. 그는 진심으로 혁리를 생각하는 듯했는데 사실 혁리의 자질을 보자면 생각을 안 할 수가 없었다.

혁리가 익힌 것은 비루한 내력 하나와 포박술 하나뿐이었다. 그 포박술이라는 것도 정말 간단한 동작뿐이라 다른 사람들은 익히지도 않는 것이다. 차라리 어디 문파에 연을 대고 잠시나마 금나술을 익히는 것이 나을 터였다.

그런데 그 어이없는 포박술을 스스로 발전시켜 금포라는 별호까지 받은 사람이 바로 혁리였다. 내력이 그리 강하지 않은 것이 약점이긴 하나 허리에 찬 금빛 포승줄의 현란한 움직임은 내력의 불리함을 상쇄하고도 남았다.

"후우, 객쩍은 소리 그만하고 나 좀 도와주게. 이러다 오늘 날 저물면 여기서 노숙을 해야 하니."

"알았네. 뭘 도와주면 되겠나?"

"뭐긴 뭐겠어? 죽은 사람 인원수와 수법이지."

혁리는 눈으로 주변을 훑으며 입을 열었다. 그들이 있는 곳은 한 작은 부락으로 이젠 지도상에서조차 지워져야 할 곳이었다.

아니, 부락민의 숫자만 놓고 봤을 땐 적다고 할 수 없는 인원이었다. 약 팔십여 명이 넘는 사람이 살고 있는 부락이니 이 정도면 꽤 크다고 할 수 있었다.

"그런데 왜 자네가 여기까지 와서 이 일을 맡은 것인가? 나야 오랜 친구를 만나게 돼서 좋기는 하다만 이 일은 서벽(西碧)에서 맡는 게 정상인 것을. 자네는 어쨌든 요녕성(遼寧省) 심양부(沈陽部) 소속이 아닌가?"

"그야 그렇지. 하나 이건 위에서 지시해서 맡은 일이 아니야. 그냥 어쩌다 보니 이렇게 맡게 되었어. 중원에 나갔다 오는 길에 자네 얼굴이나 보고 가려 했는데 이런 일에 엮이다니……."

일이 있어 중원에 나갔다가 심양으로 가는 길이었다. 한데 건평(建坪)을 지나 동원이 있는 서벽으로 가려 할 때 일단의 사람들이 혁리에게 다가왔다.

그들은 주변에 사는 사람들로서 이 마을에 가봐 주었으면 하는 말을 했다. 물론 혁리가 포쾌인 줄 알고서 하는 이야기. 그래서 혁리는 사건이라도 있나 보다 싶어 온 길이었다.

그저 그렇게 가볍게 온 걸음이다. 지방에 있는 관리들은 워낙에 돈을 밝히는 놈들이 많아 이런 일을 접수하는 데도 돈이 드는 상황임을 그는 잘 알기에 자신에게 부탁한 것이려니 했다. 한데 상황은 절대 가볍지가 않았다.

한 마을 전체가 몰살된 상황이었다. 시신 위에 쌓인 눈으로 볼 때 적어도 오 일 전에 흉사(凶事)를 당한 듯한데 이건 그냥 조용히 넘길 일이 아니었던 것이다.

"이거… 좀 심한데? 대체 누가 이런 일을 벌인 거지? 요즘 요녕성의 치안이 좀 안 좋아진 것인가?"

"글쎄……. 확실히 근자에 들어 여러 마적단이 출몰하고 있다는 보고가 올라오긴 하지만 이런 일이 일어나고 있을 줄은 몰랐군."

이제 두 사람의 얼굴에는 웃음이 사라졌고 대신 석상처럼 굳은 표정만이 떠올랐다. 꽤나 많은 시신이 보였던 것이다.

"상당히 잔혹한 놈들이군. 아이까지 모두 죽이다니……. 한데 보통 마적단은 아이와 여인은 데려다 파는 놈들이 아니던가?"

　마유조는 시신을 뒤적이다 뭔가 의문점이 드는 듯 입을 열었다. 혁리는 잠시 생각에 잠겼는데 확실히 이상한 일이다.

　마적단이 이곳에 오는 이유는 약탈이다. 약탈은 곧 돈이 될 만한 것을 얻는 것. 그럼 아이들이나 여인은 죽일 이유가 없었다. 노예 상인들에게 팔면 꽤나 이득이 남으니 말이다.

　그런데 이들까지 다 죽인 증거가 나오니 이상한 것이다. 원래대로라면 죽은 사람들의 수를 세고, 죽은 방법을 기록하고 보고하면 그만이었다. 그 이후의 일은 명령이 내려오는 대로 하면 되었다.

　하나 왠지 모르게 이 일은 마음이 쓰였다. 뭔가 더 있을 것 같은, 그래서 조금 더 알아봐야 할 것만 같은 생각에 행동이 영 미적거려졌다.

　"자네 말이 맞네. 마적이라면 그리하겠지. 하나 마적이 아니라고 말하기도 힘든 것이 상흔으로 보아 거의 마적단 패거리 같은데…… 응?"

　혁리는 눈을 좁혔다. 나름대로의 생각을 추스르며 허리를 펴고 마을의 안쪽을 살펴본 순간 뭔가 이상한 느낌을 가질 수 있었다.

　마을 한가운데가 조금 움푹 파인 듯한 느낌이 들었던 것이다. 이미 눈이 쌓여 있는 상황이라 그 아래 무엇이 있는지는 모르지만 여기저기 울룩불룩한 것이 그곳에도 시신이 꽤나 있는 듯했다.

　이상한 느낌은 그 정중앙에서 나오고 있었다. 뭔가 작게 수증기 같은 것이 살짝 피어오르는 것이 눈에 보였던 것이다.

"저기 뭔가가 있는 건가?"

"어디 말인가?"

혁리의 말에 마유조는 고개를 들었고, 이내 그도 무엇인가 있다는 확신을 가지게 되었다. 그는 내력을 일으키며 재빨리 앞으로 달려나갔다.

스스슷…….

쌓인 눈에 아주 약간의 흔적밖에 남지 않을 정도의 초절정 경공이었다. 삽시간에 구덩이의 중앙으로 들어간 마유조는 오른손을 빠르게 놀렸다.

시리링, 파아아앙!

그의 붉은 홍사검이 맑은 검명을 토하자 허공 가득 눈바람이 일고 있었다. 마유조는 검을 치켜 올리며 내력을 가득 넣어 쳐올렸던 것이다.

무엇인지 알 수 없으니 일단 적으로 간주, 무력을 사용하여 정체를 알아보고자 한 것인데 반응이 없었다.

대신 주변의 눈이 허공으로 휘날렸고 잠시의 시간이 지나자 서서히 눈이 주변으로 퍼져 가며 흐린 시야가 풀리고 있었다.

이윽고 어느 정도 시야가 확보되었을 때 마유조는 미간을 찡그렸다. 나타난 것은 전혀 의외의 것이었다. 적이 아니고 그냥 사람이었던 것이다.

아니, 어린 사람이라는 것이 맞을 터이다. 이제 칠팔 세 정

도 된 듯한 아이가 몸을 웅크리고 있었는데, 왠지 마유조는 측
은한 마음을 감출 수 없었다.

　채 피어보지도 못하고 진 꽃이니 당연한 일이었다. 마유조
는 손을 들어 아이에게 가져다 대었다. 웅크린 몸이라도 바로
펴줄 심산이었다. 그런데,

　"……!"

　혁리의 두 눈이 크게 떠졌다. 일순간 아주 미약하긴 해도 아
이의 입술에서 하얀 입김이 피어 올랐던 것이다. 그러자 마유
조의 입에서 커다란 소리가 흘러나왔다.

　"아니… 혁리! 살아 있네, 이 아이!"

　재빨리 왼손을 뻗어 아이의 장심에 대며 마유조는 내력을
흘려 넣었다. 한데 손에 닿은 아이의 몸은 너무나도 차가워 죽
지 않은 것이 신기할 정도였다.

　"이 무슨! 여기서 살아남았다는 것인가?"

　다른 상처가 있는지 살펴볼 겨를이 없었다. 다가온 혁리는
빠른 동작으로 젖은 아이의 겉옷을 벗긴 후 자신의 외투를 벗
었다. 그리고는 확 씌워주며 소리쳤다.

　"이봐! 꼬마야! 정신을 차리거라!"

　버럭 소리를 치면서 혁리는 아이의 턱에 손을 대어 위로 치
켜들었다. 마치 무릎 꿇은 채 벌이라도 받듯 앉아 있던 아이의
얼굴이 그제야 두 사람의 눈에 들어왔다.

　"……!"

　혁리와 마유조 둘 다 살짝 놀란 표정을 지었다. 아이는 얼굴

만 봐서는 남자인지 여자인지 모를 정도로 기이한 얼굴. 예쁘기도 하면서 남성답기도 한 특이한 기운을 가지고 있었던 것이다.

몸을 확인하면 확연히 알 수 있겠지만 지금은 그것이 중요한 것이 아니었다. 일단 이 아이의 목숨부터 살려야 했다.

"어떤가? 살 수 있겠는가?"

혁리는 장심에 손을 대고 있는 마유조에게 물었지만 마유조는 그저 입을 꽉 다물고 있을 뿐이었다. 마유조가 말이 없자 혁리는 답답한지 손을 뻗어 아이를 안아 일으키려 했다.

"안 되네. 하체가 완전히 얼어붙었어. 무리하게 떼려 하다간 불구가 될 것이야."

"이런……."

과연 아이의 발은 이미 차가운 대지와 찰싹 붙어 있었다. 마유조의 말처럼 그냥 떼려고 했다가는 큰일이 날 상황이기에 혁리는 한 걸음 뒤로 물러났다. 한데 그때였다.

"아… 안 올… 게… 요……."

"뭐라고?"

파랗게 질린 아이의 입술이 달싹이며 작은 목소리가 나오자 혁리는 귀를 바싹 가져다 대었다. 아이의 목소리가 계속 새어 나왔다.

"다시… 는 마을… 에 오지… 않……."

"……."

무슨 말을 하는지 도통 알 수 없었지만 일단 이 마을에 오지 않겠는다는 말인 듯싶었다. 하나 그것이 무슨 의미인지 알 턱이 없었다.

"할 수 없군. 수색은 중지하고 일단 불을 피우겠네, 유조."

"그래, 그리하게나. 내력으로 아이의 몸을 데우는 것도 쉬운 일은 아니니."

혁리는 재빨리 달려나갔고, 마유조는 아이의 몸에 다시금 내력을 불어넣기 시작했다. 이번에는 처음보다 조금 더 강한 내력을 넣어 강제로라도 피가 돌게 만들 요량이었다.

내력을 넣었을 때 아이의 몸에선 무공을 익힌 흔적이 없었다. 그렇다는 것은 자그마한 마유조의 내력도 아이에겐 위험할 수 있는 것이다. 그만큼 집중력이 요구되는 일이라는 뜻이기도 하다.

"다… 단… 단… 야…….."

"조용히 하거라. 자칫하다간 너와 나 둘 다 위험하단다."

파랗게 변한 입술을 떨며 아이는 계속 말을 했다. 여전히 의미 모를 이야기이기에 마유조는 더 이상 아이의 목소리에 대한 의식을 버렸다.

"미안… 해… 단야… 그냥 온… 것인… 데…….."

그것이 소년이 뱉은 마지막 말이었다. 소년은 깊고 깊은 의식 저편으로 빠져들고 있었다.

타탁, 탁.

하나도 아니고 네 개의 모닥불을 피운 상황이라 나무가 타

들어가는 소리는 정말 굉장했다. 당연히 온기를 넘어 열기까지 느껴졌다.

그만큼 혁리가 필사적으로 불을 피운 것이다. 이곳의 일에 관해 이야기해 줄 아이. 절대 죽여서는 안 되는 것이다.

가운데 큰 불을 중심으로 세 개의 모닥불을 삼각형으로 놓은 후 아이의 몸을 녹인 것이다. 시신들이 있는 곳이지만 움직일 수 없으니 어쩔 수 없었다.

"그나저나 이 아이, 대체 어떻게 살아남았는지 모르겠는걸. 무공도 없어 보이는데 그간 어떻게 버텼을까?"

이젠 두툼한 옷을 입은 채 자신의 무릎 위에서 잠든 아이를 보며 마유조는 궁금한 목소리를 내었다. 물론 그건 혁리도 마찬가지였다.

"이 아이가 깨어나면 물어볼 것이 한두 가지가 아니야. 물론 거기엔 방금 자네가 말한 것도 있다네. 나 역시 좀처럼 믿기지가 않아. 눈 속이 오히려 따뜻하다고는 하지만 그거야 어느 정도 준비가 되어 있을 때나 가능한 이야기인데……."

소년의 옷은 홑겹이었다. 외투도 없는 상황이었던지라 죽어도 벌써 죽었어야 정상이다. 여기서 사람들이 죽은 것이 약 오일 전. 그렇다면 지금은 싸늘한 시신이 되어 있어야 정상인 것이다.

"얼굴도 왠지 사연이 있을 법한 아이야. 그러니 반드시 살려… 응?"

혁리는 말하다 말고 입을 다물었다. 왠지 모를 기이한 느낌이 그의 육감을 자극하고 있었던 것이다.

아릿하지만 분명 이것은 경험해 본 적이 있었다. 뭔가 땅을 울리는 듯한 낮은 울렁거림은 분명 기억 속에 있었다.

"이봐, 유조. 그 아이, 이젠 움직일 수 있지?"

"그래. 이젠 가능하네. 완전히 발도 녹았으니. 한데 왜 그러……."

마유조는 대답하다 말고 오른 무릎을 일으키며 언제든 움직일 수 있는 자세를 잡았다. 그 역시 뭔가 이상한 것을 느끼고 있었던 것이다.

그리고 그 느낌은 이제 느낌이 아니었다. 뚜렷하게 귀와 발을 통해 들리고 있었던 것이다.

두두두두두두!

그건 분명히 땅을 차는 듯한 소리였다. 지축을 울리는 말발굽 소리였던 것이다. 아마도 이 마을을 습격했던 마적단이 다시 이곳으로 온 것으로 보였다.

"일단 움직여야……. 이런… 어느새……."

마유조는 몸을 일으키다 난색을 보였다. 그의 뒤쪽에서도 말발굽 소리가 들려오고 있었다. 처음부터 포위한 채 다가오고 있었던 것이다.

잠시의 판단조차 할 수 없을 정도로 코앞에 다가온 것이다. 어느새 육안으로도 보일 오 장여의 거리를 둔 채 두 사람을 둘러쌌다.

"애들이 안 와서 무슨 일인가 했더니 역시 방수가 있었군."

“음?”

어디선가 들려오는 뜬금없는 소리에 혁리는 미간을 확 구겼다. 짧은 대화지만 그 짧은 대화 속에 중요한 단서가 들어 있었던 것이다.

수하들이 안 왔다고 하는 것은 이들을 죽인 자들이 돌아가지 않았다는 뜻이다. 아마도 이 주위에 눈이 쌓여 살짝 도드라진 시신들은 그자들의 시신인 듯했다.

아무래도 저자의 머릿속에서 뭔가 오해가 생긴 것 같지만 그 오해를 풀 생각은 전혀 없었다. 말하는 것으로 봐서 좋은 놈들은 아닌 것이 분명했으니.

“감히 대명천지 아래 어떤 놈들이 이따위 짓을 하는가 했더니 네놈들이냐? 어디 얼마나 대단한 놈들인지 이름이나 한번 알자꾸나!”

혁리는 앞으로 한 걸음 나서며 주위를 살폈다. 어두컴컴한 상황이라 확실하게 볼 수는 없었지만 일단 숫자는 파악이 되었다. 적어도 약 삼십여 명 정도 되었다.

많다고는 할 수 없지만 문제는 자신들의 숫자가 둘, 게다가 지켜야 할 어린아이 한 명이 있고 상대는 말을 탄 상태라 영 상대하기 껄끄러웠다. 적어도 사방이 뻥 뚫린 이 개활지에선 말이다.

“큭, 이제 보니 관청에서 나온 놈이었군. 이야, 이거 놀라운데? 이 나라에서 일하는 관원이 있다니……. 쿡쿡, 애는 쓴다만 달랑 둘이서 뭘 어떻게 한다는 거지?”

사내는 말과 함께 손가락을 까딱였고, 그것이 신호였다. 이십여 명의 마적단이 그대로 두 사람에게 덮쳐들자 혁리는 허리춤의 포승줄을 풀며 소리쳤다.

"유조! 오른쪽 산으로! 바로 갈 테니 아이를 부탁하네!"

"알았네! 어서 오시게!"

마유조는 혁리의 생각을 단번에 꿰뚫어 봤는지 그대로 몸을 일으켰다. 그리고는 오른발을 앞으로 내미는 듯하더니 그대로 하얀 점이 되어 쏘아졌다.

쫘아아아앗!

"이런, 제길! 무림인이었구나! 모두 달려!"

한순간 마유조의 신형이 십여 장 너머로 보이자 말머리가 모두 돌려지기 시작했다. 그리고는 말의 배를 차려 하는 순간이었다.

파파팡!

기이한 소리와 함께 허공 가득 붉은 잔영이 퍼지고 있었다. 혁리가 포승줄로 세 개의 모닥불을 허공으로 띄운 것이다.

그는 한 걸음 크게 내디디며 앞으로 내달렸다. 그와 함께 오른손이 빠르게 휘저어지자 혁리의 오른손에 달린 금포가 회오리를 쳤다.

"어딜!"

파파파파팡! 이히히히힝!

허공에 날린 모닥불을 무차별적으로 난타하자 마치 불꽃놀이를 하는 듯 불씨가 휘날렸다. 그러자 놀란 말들이 앞발을 들며 엉뚱한 곳으로 움직이기 시작했다.

기회는 지금뿐이었다. 혁리는 양발을 빠르게 놀리며 바로 신형을 날려 산 쪽으로 향한 채 길게 소리쳤다.

"그리 쉽게 갈 수는 없을 것이야! 좀 더 놀아보자고!"

파아앙!

십여 장 밖에서 다시 돌아선 채 혁리는 오른손의 포승줄을 허공에 튕겨냈다. 그러자 낭랑한 파공음이 중인들의 귓가를 때려왔다.

"건방진 놈! 어디 얼마나 버티나 보자! 뭣들 하나! 어서 잡지 못해!"

"예, 삼조장님!"

걸걸한 목소리가 들려오는 듯하더니 이내 한 무리의 인마가 혁리를 향해 달려들었다. 한데 혁리는 싸울 듯하더니 이내 뒤로 빠르게 물러나며 최대한 산 쪽으로 내달리기 시작했다.

그의 역할은 막다 죽는 것이 아니라 도주하는 것이기에 당연한 일이었다. 아주 조금의 시간만 마유조에게 주면 그만인 것이다.

"마적단 앞에서 도망이라? 웃기는 놈들이구나. 쫓아!"

그의 말이 끝나기도 전 이미 말은 이동을 시작했다. 마유조가 사라진 산을 향해 그렇게 한 떼의 사람들이 사라지고 있었다.

한 떼의 인마가 인근의 산으로 향한 지 반 시진. 보이는 것이라고는 하얀 눈뿐이었고, 세상은 어둠과 고요 속에 잠겨 있었다.

한데 그 하얀 눈 속에 한 사내가 서 있었다. 육 척을 넘어 칠 척에 육박하는 엄청난 키를 지닌 사내로 호피로 만든 망토를 두르고 있었다.

아니, 호피로 만든 망토가 아니라 호피 자체를 통째로 둘러쓴 것이었다. 그러니 움직일 땐 호랑이 한 마리가 어슬렁거리며 움직이는 것처럼 보였다.

호피를 쓴 사내는 한참 동안 서서 주변을 바라보기만 했다. 그러던 한순간 사내의 허리가 숙여지며 오른손이 땅으로 향했다. 그 손에 닿은 것은 이미 식어버린 모닥불의 흔적이었다.

스슷.

그 안에 손을 집어 넣은 채 사내는 무언가를 가늠하더니 이내 허리를 펴고는 눈을 돌렸다. 그의 눈이 향하는 방향은 바로 마을 뒤에 있는 산이었다.

어지러이 흐트러진 발자국을 한참이나 바라보던 사내는 왼손을 등 뒤로 가져갔다. 그리고는 무언가를 꺼내며 작게 말했다.

"월홍……"

차분한 음색이 흐르는 순간 사내의 몸은 이미 바람이 되어 산으로 향했다. 달리는 그의 왼손엔 검은색의 강궁이 들려 있었다. 길이만 거의 육 척이 넘는 거대한 강궁이.

2

쉬이이잇.

내리는 눈 대신 섬뜩한 갈고리가 달린 줄이 허공을 수놓자 혁리는 눈을 반짝였다. 그리고는 긴 호흡과 함께 신형을 뒤로 옮기며 입을 열었다.

"웃기는구나, 그래도 나름 이 줄과 한평생을 살기로 한 사람에게 줄로 장난질이라니. 썩 꺼져라!"

파파파팡!

그저 손목만 조금 흔들었을 뿐이다. 그런데 그 작은 손동작이 일어나자 허공엔 황금색 기운이 가득 뿜어져 나왔다.

그러자 십여 개의 포승줄은 모두 다시 되튕겨 나갔다. 이들은 지금 두 사람에게 사냥이라도 하듯 고리를 만들어 던지고 있었다.

아직 의식이 없는 아이를 가운데 둔 채 혁리와 마유조는 양쪽을 지키는 형국이었다. 숫자는 저들이 많기는 해도 무공 수준이 차이가 좀 있어 아직까지는 버틸 만한 상황이었다.

게다가 지형도 겨울이긴 해도 곳곳에 나무가 있는 숲이라 저들도 말을 탈 수 없는 상황이었다. 조금 유리하긴 했으나 그것이 이들을 이길 수 있는 길은 절대로 아니었다.

그냥 최악의 상황만은 피할 수 있다는 것이 정답이지만 지금의 상황은 점점 최악으로 치닫고 있었다. 아무리 무공의 차이가 현격하더라도 이렇게 멀리서 원거리 무기로 힘을 뺀다면 어찌할 도리가 없는 것이다.

"흐음… 설마하니 내 앞에 있는 사람이 그 유명한 금포 혁리인 줄 몰랐군. 진작 저 금 포승줄을 보고 알았어야 하는데. 큭큭."

문득 혁리의 눈앞에 한 사내가 나타났다. 아까부터 유일하게 입을 열던 사내. 바로 그였다.

"게다가 뒤에 계신 분은 요즘 설산에서 잘나가신다는 홍사검 마유조가 아닌가. 이것참, 내가 오늘 눈 호강 하나는 아주 제대로 하는군."

온통 검은색 옷을 입은 사내는 드러난 눈만 웃었다. 머리까지 검은 천으로 칭칭 감고 있었는데 솔직히 중원의 복색은 아니었다. 이건 색목인들의 복색에 가까웠던 것이다.

요녕성에서 색목인을 보는 것은 그리 신기한 일이 아니다. 파리샤 국에서 오는 물목도 물목이지만 파란 눈의 사람들도 많이 오기에 당연히 눈에 익을 수밖에 없었다.

특히 그들의 복색은 바람을 막기에 아주 좋아서 사실 거의 모든 마적들이 이런 꼴이긴 했다. 허리에 걸려 있는 한 쌍의 륜을 보며 혁리는 입을 열었다.

"알면 길이라도 비켜주지? 보다시피 우린 홀몸이 아니라서 말이야."

"아아, 그러고 싶어도 그럴 수가 없지. 나도 그 애 녀석에게 볼일이 있으니."

"응?"

사내의 말에 혁리는 미간을 좁혔다. 사내는 어느 틈에 허리춤에 차고 있던 룬을 양손에 나눠 든 채 앞으로 나오고 있었다.

"그러니 얌전히 죽는 게 나을 것이야. 신경 쓰이게 만들지 말고."

키링!

백설 위에서 그의 룬이 울자 여기저기서 병기를 든 자들이 나타났다. 이제 지칠 만큼 지쳤다는 것을 알았는지 끝장을 내려 하는 것이다.

"자, 그럼……."

사내는 비릿한 웃음을 지었다. 그러더니 왼손에 있는 룬 하나를 빠르게 던지며 소리쳤다.

"그만 죽으라고!"

기이이이잉─!

괴이한 소리와 함께 룬이 날아오자 혁리는 어금니를 꽉 깨물었다. 이 한 수로 볼 때 상대의 무공은 상당한 수준. 그냥 쉽게 처치할 상황이 아니었다.

가까이 오면 올수록 룬에서 느껴지는 강렬한 기운은 놀라울 정도였다. 이건 도무지 일개 마적단이 가질 수 있는 무공이 아니었던 것이다.

"제길!"

피리리링, 콰악!

혁리는 재빨리 포승줄을 잡아당기며 양손에 감았다. 아무래도 룬을 채찍 같은 것으로 상대하기에는 무리였다.

혁리가 가진 금포는 그냥 포승줄이 아니었다. 얇기는 해도 가운데 철심이 들어가 있었기에 손에 칭칭 감기만 해도 수갑을 끼운 것 같은 효과가 있었던 것이다.

양손 사이에 약 삼 척의 줄을 남긴 후 나머지는 모두 양손에 감은 채 혁리는 내력을 끌어올렸다. 그리고는 날아오는 룬을 향해 주먹을 뻗으며 소리쳤다.

"어림없는 수작! 합!"

고오오오!

혁리는 어금니를 질끈 깨물며 온 힘을 다해 손을 내밀었다. 한데 순간 그의 주먹 너머의 사내 얼굴이 보였다.

그리고 그 얼굴 가운데 빛나는 사내의 눈. 그의 눈이 웃고 있었다. 마치 이럴 줄 알았다는 듯이 말이다.

쩌어어엉, 피이이잉!

"……."

혁리의 눈이 커졌다. 손을 내려치는 순간 날아오던 룬이 두 개로 분리되고 있었다. 순간 당황한 혁리는 양손을 가슴께로 끌어 올린 채 뒤로 크게 물러섰다.

하나 룬은 그를 향하는 것이 아니었다. 혁리를 중심에 놓은 채 커다란 원을 그리며 혁리의 뒤로 돌아가고 있었다. 아직 정신을 잃은 아이가 목표였던 것이다.

“제길!”

피리리링, 스파아앙!

순간 손에 감긴 금포를 풀어 빠르게 내던졌지만 이미 조금 늦은 감이 있었다. 그런데 순간 그의 눈에 붉은 기운이 피어오르는 것이 보였다.

쩌저정! 카칵!

두 개의 륜은 양쪽으로 되퉁겨 나가더니 바싹 마른 겨울 나무둥치에 박혔다. 혁리는 순간 피식 웃었다. 급한 마음에 한 사람을 잊은 것이다.

“정말 마음에 들지 않는 놈이군. 내가 그리 만만하게 보이더냐?”

붉은 홍사검을 휘두르며 마유조의 목소리가 허공을 울리자 혁리는 신형을 빙글 돌렸다. 따지고 보면 저 뒤에 있는 마유조가 자신보다 더 강한 사람이니 말이다.

“요녕성의 붉은 검이라 불리는 홍사검을 무시하다니, 그럴 리가 있나?”

키링!

한 손에 들고 있던 륜을 갈라 다시 양손에 든 채 사내는 눈으로 웃었다. 그는 양손을 슬쩍 흔들며 다시 입을 열었다.

“그만한 분이시니 대접을 해드려야지. 이제부터 말이야.”

스스스슷.

그의 말이 끝나자마자 마적단이 일제히 움직여 뒤로 향하기 시작했다. 각양각색의 병기를 지닌 채 소리없이 바로 공격을 시작했던 것이다.

"확실히 그냥 말로 해선 안 될 놈들이구나!"

시링, 파아아앗!

마유조의 오른손이 허공에 움직이자 붉은 기운과 살기가 줄기줄기 뻗어나가기 시작했는데, 그건 마유조가 제 실력을 보이기 시작했다는 뜻이다.

지금까지는 어떻게든 이 상황을 빠져나가려 했을 뿐이지만 이젠 달랐다. 상대의 무공 수준을 봤을 때 그냥 피해 도망치는 것은 가망성이 없었다.

카칵, 파아앗!

검 하나를 쳐 올린 채 그대로 뻗자 달려든 마적 하나의 목에서 피 화살이 뿜어져 나왔다. 나무가 빽빽하게 들어선 곳이라 이들도 말에서 내린 상태. 이런 상황이라면 밀릴 이유가 없었다.

시이이잇, 투투투툭!

마유조의 검이 마적의 목을 수평으로 가르며 공기 중으로 빠져나왔다. 물론 그 검이 빠진 자리에서 붉은 피도 같이 빠져나왔음은 당연했다. 그는 오른발을 앞으로 내밀며 오른손을 뒤로 뻗었다.

파아앙, 까앙!

설산의 검사 중에 가장 아름답다는 검을 구사하는 마유조였다. 그는 마치 검무를 추듯 몸을 움직이고 있었다.

스파파파팟!

삽시간에 대여섯 명의 몸에서 피 화살이 뿜어져 나오자 하얀 눈으로 뒤덮였던 세상은 이제 붉은 선홍의 대지로 바뀌어 갔다. 마유조는 다음을 대비하여 몸을 낮게 웅크렸다.

한데 몸을 웅크린 순간 그는 왠지 낯선 광경을 마주해야만 했다. 도무지 거부할 수 없는 눈동자가 그의 앞에 나타났던 것이다.

"…너는……."

의식을 잃고 있던 아이가 눈을 뜬 것이다. 아이는 큰 눈을 껌벅이며 자신을 바라보고 있었던 것인데 왠지 마유조는 흠칫했다.

아이의 모습이 이상하도록 머릿속에 박혀왔다. 기이하도록 하얀 얼굴에 앙증맞은 붉은 입술, 남자인지 여자인지조차 모를 정도로 어여쁜 모습이었다.

그런데 마유조가 흠칫한 것은 그 얼굴이 아름다워서가 아니었다. 이상한 일인지는 모르나 그 눈을 본 순간 시선을 돌릴 수가 없었던 것이다.

이상한 일이다. 남자인지 여자인지도 모를 아이의 눈을 본 순간 시선을 돌릴 수 없다니 황당하기 그지없는 상황이었는데, 그때였다.

"뭐 하는 거야, 유조! 정신 차려!"

"아!"

마유조는 얼굴을 붉히며 오른손을 들어 올렸다. 얼굴을 붉힌 이유는 물론 이 꼬마에게 반해서가 아니다. 적을 앞에 두고 신경을 엉뚱한 데 쓴 것을 자책한 것이다.

류을 던지는 자를 상대하는 혁리의 목소리가 아니었다면 정말 큰일 날 뻔한 상황이었다. 마유조는 오른 어깨를 크게 휘돌리며 검을 좌우로 떨쳐 냈다.

쩌정!

박도 두 자루가 반으로 잘려 나가며 허공으로 솟구쳤고, 이어 그는 양 발로 땅을 박차며 허리를 틀었다.

파아아앙!

그의 도약에 허공에 하얀 눈가루가 다시 피어올랐다. 완전히 신형을 돌린 마유조는 오른발을 앞으로 쭉 뻗었다.

터억!

발바닥 안쪽으로 둔탁한 느낌이 느껴졌다. 그의 오른발이 뒤에서 달려든 사내의 오른손을 막은 것이지만 완전한 방어는 될 수는 없었다. 한눈을 판 것부터가 잘못이다.

피이잇.

"큭!"

왼 어깨 어림에서 피가 솟구쳐 올랐다. 휘두르려는 움직임을 오른발로 막았기에 일 촌 정도만 박혔지만 그것만으로도 굉장한 고통이었다.

하나 그 고통으로 인해 정신이 번쩍 들었다. 마유조는 이어 왼발로 오른 손목을 걷어차며 다시 오른발을 앞으로 뻗었다.

빠각, 파아앙!

고개를 뒤로 젖히며 마유조는 힘차게 허리를 젖혔고, 그러자 그의 몸이 허공에서 빙글 회전했다.

귓가에 바람 소리가 시원하게 들려온다. 그리고 그 소리 속에 여러 가지 소리가 같이 묻어 들렸다. 그 자신이 후려친 상대가 뒤로 나가떨어지는 소리, 또 다른 자들이 덤벼드는 소리, 그리고 역시나 여자인지 남자인지 모를 중성적인 낮은 소리.

“단야……”

“……”

아이의 목소리였다. 조금 전에 정신을 차린 아이의 목소리. 한데 그 목소리의 위치가 조금 이상했다.

바로 뒤에서 들려와야 하는데 그렇지가 않았다. 한 일 장여 떨어진 곳에서 들려오는 목소리가 분명했다.

타탓!

땅에 내려서자마자 마유조는 눈을 들어 아이의 모습을 찾았지만 아이는 더 이상 보이지 않았다. 확실히 몸을 움직여 자리를 뜬 것이다.

“아이야!”

조그마한 아이는 어느새 종종걸음으로 어디론가 가고 있었다. 방금 전까지 의식이 없던 아이가 어디서 저런 힘이 나오는지 알 수 없을 정도였다.

피피핑!

당연히 아이에게로 공격이 집중되고 있었다. 이유는 모르지만 이들은 저 아이를 원했다. 그것도 살아 있는 상태가 아니라 죽은 상태를 원하고 있는 듯했다.

순식간에 한 아이에게 모든 공격이 집중된 순간 마유조는 어금니를 꽉 깨물었다. 마유조는 더 볼 것도 없다는 듯 내력을 크게 올렸다.

"후읍!"

고오오오!

간만에 전 공력을 끌어올린 것이라 가슴에 터질 듯한 압박이 휘몰아쳤다. 그러나 가슴 쩌릿한 이 감각은 언제든 환영이다.

그의 검공(劍功)은 화려했다. 설산파의 무공은 간결하고 강한 것으로 유명하지만 그의 무공만큼은 정반대였다. 그의 무공인 표풍설화검(漂風雪花劍)은 흩날리는 눈보라 속에서 탄생한 검법이니 말이다.

대성하면 일 검으로 수십여 개의 검격을 날릴 수도 있었지만 지금은 고작해야 삼 검뿐이었다. 하나 그 정도도 지금의 상황에선 족했다.

빠르게 삼 검을 내밀 수 있으니 도합 아홉 개의 일격을 날릴 수 있을 터. 그 정도면 어느 정도 숨을 돌릴 수 있을 것 같았다. 한데,

"……!"

그의 눈이 커졌다. 아이가 가는 그곳. 저 멀리 오 장여 너머에 기이한 불빛 네 개가 보이고 있었다.

아니, 짐승의 눈빛이라고 해야 하나? 어느새 피 냄새를 맡고 다가왔는지 모르지만 산짐승이 기척도 없이 다가온 것이다.

정말 황당한 상황이었다. 마적단도 힘에 부치는 상황에서 짐승까지. 그런데 저 정도 크기의 짐승이면 정말 요물 수준이었다.

상황이 이러니 그는 오른손을 쭉 뻗었다. 일단은 아이의 양쪽에서 달려드는 놈들부터 해결하고 나서 저 짐승을 해결하는 것이 순서였다. 그런데,

터어어엉!

"……."

마유조는 그 자리에 우뚝 섰다. 방금 목표로 삼았던 마적패 하나가 어디론가 사라진 것인데, 황당한 일은 거기서 끝이 아니었다.

터어어엉! 터텅!

"이게 무슨……."

절로 눈이 커지는 광경이었다. 이상한 소리와 함께 양쪽에서 달려들던 마적단이 흔적도 없이 사라지다니…….

마유조는 양 눈에 힘을 주며 아이의 주변에 눈을 고정했다. 마침 아이의 머리 위에서도 마적패 하나가 떨어져 내리고 있었으니 이번엔 무슨 일인지 봐야만 했다.

시이이잇, 터어엉!

역시나 예의 소리는 들려왔고, 내려오던 사내는 사라졌다. 하나 이번엔 그도 분명하게 보았다.

사내의 신형이 빨리듯 뒤로 쏘아져 나갔다. 자신이 있는 곳에서 오른편 대각 뒤쪽. 마유조는 재빨리 고개를 돌렸다.

그리고는 두 눈을 부릅떴다. 그곳엔 정말 예상할 수 없는 광경이 펼쳐져 있었던 것이다.

세 사람이 허공에 떠 있었다. 양 발이 분명 땅에서 떨어져 있으니 잘못 본 것이 아니었다. 그런데 그것이 그들의 의지가 아닌 것 역시 너무나 분명했다.

어깨, 가슴, 그리고 머리를 꿰뚫은 무엇인가가 그들을 공중에 띄우고 있었다. 그리고는 나무에 가서 박혔던 것이다.

"화살?"

틀림없는 화살이었다. 놀란 마유조는 고개를 돌려 화살이 날아왔을 법한 곳을 향해 시선을 던졌다. 그곳은 바로 짐승의 눈이 얼핏 보였던 곳이다.

그리고 그곳은 이 아이가 달려가는 곳이기도 했다. 아이는 양팔을 활짝 벌린 채 한층 더 빠른 속력으로 달려갔다. 그리고는 짐승과 아는 사이라도 되는 듯 꽉 끌어안으며 말했다.

"늦었어, 단야(丹夜)."

아이의 중성적인 목소리가 들려왔다. 그 모습에 유조도 혁리도, 그리고 마적단도 행동을 멈추었다. 이거야말로 돌발적인 상황이니……

"……"

사내는 조용히 고개를 끄덕였다. 하나 고개가 움직이면서도 빠르게 안광을 여기저기 뿌려대었다. 아마도 상대의 수를 세어보는 모양이다.

미간을 좁히며 아이가 있는 곳을 자세히 바라보자 아이가 안고 있는 것이 사람임을 알 수 있었다. 그는 왼 다리에 아이를 매달고는 가만히 서 있었다.

육 척을 넘어 칠 척에 가까운 큰 키였다. 작은 월홍이 다리에 매달렸지만 무릎 위로 조금 머리가 올라올 정도로 컸다.

게다가 모습 또한 참으로 괴이했다. 눈이 네 개로 보인 것은 뒤집어쓰고 있는 호피 때문이었다. 호랑이 머리 부분을 머리 바로 위에 쓰고 있어 네 개로 보였던 것이다.

그 외에 특이한 것은 그의 왼손에 들린 병기였다. 일견하기에도 그건 한 자루의 활이었다. 그것도 엄청나게 큰 활이다.

물경 육 척에 가까운 대궁(大弓)을 든 사내는 오른손으로 다리춤에 매달린 아이의 머리를 쓰다듬고 있었다. 문득 그의 목소리가 허공에 다시 들려왔다.

"조금 늦었구나, 월홍(月紅). 그런데……."

사내의 목소리는 상당히 낮았다. 내력을 사용하는 것도 아닌지라 거의 들리지 않았다. 하나 워낙 사위가 조용했기에 사람들의 귓가에는 똑똑히 들려왔다.

"잠시 물러나 있으렴."

스릇.

허리춤에서 긴 화살 하나를 뽑아 올리는 순간 사내의 눈빛이 변하고 있었다. 그 눈은 더 이상 월홍을 볼 때처럼 따뜻하지 않았다.

머리에 쓰고 있는 호랑이의 눈보다도 더 무서운 눈으로 변하고 있었다. 인간의 눈에서 야수의 눈으로 한순간에 탈바꿈한 것이다.

끼이이이이!

사람들의 귓가에 팽팽하게 당겨지는 활시위의 소리가 들려왔다. 그리곤 그 시위가 튕겨졌을 때 혁리와 마유조는 그저 입만 딱 벌릴 수밖에 없었다.

第二章
요녕성, 용현촌에서 서벽으로

타탁… 탁…….

눈 오는 밤의 정적 속에 그리 작지 않은 모닥불만이 시끄럽게 타올랐다. 그리고 그 불을 사이에 두고 네 사람이 빙 둘러앉았다. 마유조와 혁리, 그리고 정체불명의 사내와 한 아이였다.

서로를 단야와 월홍이라 부른 사람들이다. 커다란 사내가 단야이고 아이의 이름은 월홍이라 했던 기억이 나니 틀림없을 터이다.

이만한 일을 겪고도 아무렇지도 않은 듯한 월홍이라는 아이도 특이하지만 그 옆에 있는 단야라는 사내 역시 특이하기는 마찬가지였다. 물론 말을 하진 않았으니 생김새로 본다면 말이다.

일단 얼굴을 알아볼 수가 없었다. 호랑이 얼굴 가죽을 눈 바로 위까지 뒤집어쓰고 있으니 머리 위쪽은 보이지 않았다. 그리고 눈 아래 또한 헐렁한 장포를 둘러놔서 역시 보이지 않았다.

체격 또한 상당히 눈이 띈다. 보통 사람보다 머리 두 개는 더 큰 키인지라 눈에 안 들어올 수가 없었다. 그런데 큰 건 키뿐 언뜻 보이는 팔은 오히려 조금은 가느다란 듯한 생각이 든다.

그러나 그건 어디까지나 몸에 비해서 그렇다는 것이지 진짜 가늘지는 않았다. 오히려 보통 사람보다 두꺼웠다.

하나 무엇보다도 단야를 특징짓는 것은 저 거대한 대궁이었다. 보통 사람이라면 양손 가득 벌려도 시위 끝까지 다 벌리지도 못할 정도로 큰 활을 그는 가볍게 벌렸다. 키가 큰데다가 양팔의 길이 또한 무척 길었기 때문이다.

어깨에 망토처럼 두른 호피 무늬를 제외한다면 여느 사냥꾼과 다른 모습은 아니었다. 허리 뒤춤에 단도를 차고 있었고, 화살을 넣어놓는 전통이 채워져 있었다.

물론 그 단도는 단야가 들었을 때 단도이지 만일 혁리나 마유조가 들었다면 그냥 박도로 볼 수 있을 정도로 길었다. 박도치고는 조금 기이하게 도집이 휘어 있는 것이 마음에 걸리지만 말이다.

어쨌든 이 사내의 등장으로 싸움은 막을 내렸다. 정말 싱겁기 그지없었다는 것이 정답인데, 수장처럼 보였던 자 이외에는 모두 그 자리에서 고혼이 되었다. 자신과 마유조는 나설 시간도 없었다.

륜을 썼던 자는 몇 번 단야를 공격하다 반격을 받고 바로 도주했다. 물론 어느 정도 부상을 입은 것처럼 보였으나 더 이상 추적하지는 않았다. 그자보다는 월홍이란 아이의 상세를 보는 것이 더욱더 중요한 듯했다.

그후 이들은 아무런 말 없이 여기까지 왔다. 다시 전멸당한 마을 어귀까지 내려와 불을 피우고 야영을 할 준비를 했던 것이다.

"어흠, 기왕 이렇게 된 것, 서로 통성명이나 하는 것이 좋겠군. 나는 이곳에서 포쾌 일을 맡은 혁리라고 하오. 이쪽은 내 오랜 지기로 설산파에 몸을 담은 친구지."

"마유조라 하오. 반갑소이다."

두 사람은 포권을 만들며 차분히 입을 열었고, 이후 불길 건너편의 반응을 기다렸다. 반응은 바로 나왔다.

"나는 월홍이에요. 나이는 열일곱 살. 이래 보여도 남자예요."

스스로 월홍이라 칭한 아이다. 그는 지금껏 단야라는 사내의 무릎 위에 앉아서 불을 쬐는 중이었다.

"열일곱?"

아무리 봐도 일곱 살 정도로밖에 보이지 않는 아이를 보며 혁리는 두 눈을 동그랗게 떴다. 사실이라면 이상할 정도로 발

육이 되지 않은 것이다.

뭔가 이상하게 생각할 만도 하건만 월홍이란 아이는 전혀 신경 쓰는 얼굴이 아니었다. 그는 이번엔 옆을 가리키며 입을 열었다.

"그리고 여기 이 아저씬 단야. 보면 아시겠지만 단야 아저씨는 사냥꾼이에요. 우리 마을의 보군(保君)이기도 하구요."

"…보군?"

단야는 그저 묵묵히 고개를 끄덕였고, 혁리는 보군이라는 말에 눈을 빛냈는데, 과연 그 역할을 충분히 하고도 남을 사람처럼 보였다.

보군이라는 것은 이 지역의 독특한 제도였다. 마을 스스로가 호구책을 찾는 것과 비슷한데, 이곳 요녕성의 치안은 사실 그리 좋은 편이 아니었다.

수많은 마적단이 날뛰는 것을 보면 알 수 있듯, 만리장성 이북의 요녕성은 솔직히 중앙의 힘이 그리 크게 미치지 않는 곳이다.

힘이 미치지 않는다는 것은 곧 군사력이 그만큼 미치지 못한다는 뜻이다. 그래서 이곳 사람들은 스스로의 생명을 지키기 위해 보군이란 제도를 만들었다.

보군은 쉽게 말해 마을을 지키는 사람이다. 어느 정도 무공이 있는 사람들이 하는 것이 보통이었는데, 특히 각 마을의 사냥꾼들이 이런 역할을 많이 하고 있었다. 사냥꾼들은 하기 싫어도 어쨌든 무기를 쓸 수 있기 때문이었다.

대명의 법에는 사실 무기를 가지고 다니는 것 자체가 불법이었다. 농기구를 제외한 진짜 무기들은 관에서 엄격히 제한되었기 때문에 무림문파에 소속되지 않는 이상 함부로 가지고 다닐 수가 없었다.

그러나 사냥꾼들은 최소한의 무장이 용인되었다. 따라서 자연스럽게 마을의 수호자로 활동을 해왔고, 때로는 중원에서 죄를 짓고 온 무인들이 보군으로 활동하는 경우까지 생기게 되었다.

하지만 요녕성의 특성상 그냥 묵인하는 실정이었다. 관의 힘도 그리 크지 않은데 이들마저도 없다면 이들을 지켜줄 수 있는 것은 아무것도 없으니 할 수 없는 일이었다.

그렇게 이곳 요녕성에 있는 수많은 보군 중에서도 이렇게 실력이 뛰어난 자는 없었다. 이 활솜씨라면 보군이 아니라 군이나 문파에 들어가도 될 정도였다.

“보군의 실력이 그 정도라니… 이 마 모는 진심으로 탄복하는 바이오. 실례가 되지 않는다면 사문을 알 수 있겠소이까?”

마유조로서는 당연한 질문이었다. 설산에 몸을 담은 그였기에 여타의 문파 정보를 많이 알고 있는 것이 사실이었다.

하나 그런 그조차도 단야의 무공은 도무지 알 수가 없어 물어볼 수밖에 없었던 것이다. 그런데 그가 기대하는 대답은 나오지 않았다.

“……”

그저 고개를 좌우로 흔드는 단야를 보며 마유조는 살짝 미간을 찡그렸다. 아무래도 사문을 알려주기 싫다는 표현인 듯한데, 실제로 단야가 이리 나오더라도 그는 어쩔 수 없었다.

사문이라는 것은 알려줄 수도 있고 그렇지 않을 수도 있는 법이다. 반드시 알고자 한다면 오히려 실례가 될 수도 있다.

"그냥 활을 들고 쏘는 것일 뿐 무공 같은 것은 없소."

"…아, 그렇소이까. 실례했소."'

다시 들려온 낮은 목소리에 마유조는 고개를 끄덕이며 답했다. 뭐, 그가 원하는 대답은 아니지만 이 정도라도 족했다.

진짜 모르든 아니면 알면서 안 가르쳐 준 것이든 중요한 것이 아니었다. 중요한 것은 그가 대답을 해주었다는 것이고, 그 어투 또한 적의가 실리지 않았다는 점이다.

사냥꾼이고 어느 정도 무공을 알고 있다기에 아주 거친 사람일 것이라 생각했다. 아니, 조금 전 마적단을 상대할 때를 기억해 보면 그 판단이 옳았다.

하나 기본적인 성정은 그렇지 않다는 것을 그는 느낄 수 있었다. 한번쯤 사귀어볼 만한 친구인 것이다.

"사정이 있으신 것이라니 더는 묻지 않겠소만, 하나 월홍아, 너에겐 좀 물어봐야 할 것 같구나. 대체 어찌 된 일인지 알려줄 수 없겠느냐?"

혁리는 빙긋 웃으며 월홍에게 말했다. 월홍은 지금 단야의 호피 안으로 쏙 들어가 얼굴만 내놓고 있었는데 혁리의 얼굴을 보더니 이내 씨익 웃는다.

스스로를 남자라고 밝힌 월홍이지만 정말 그 말은 곧이듣기

힘든 상황이었다. 아무리 봐도 참 예쁜 여아의 얼굴이니 말이
다.

"알려주고 할 것도 없는 것이 그냥 다 죽었어요. 월홍이 아
는 마을 사람들 모두가 다."

"……."

혁리의 눈이 굳어졌다. 아이의 반응. 무언가 이상했다. 단야
를 만나기 전까지 그 불안해 보였던 아이가 아니었다.

아니, 그것보다 어떻게 저렇게 침착하게 말을 할 수 있는지
그것이 더 신경 쓰였다. 마치 남의 말을 하는 것처럼 그렇게
이야기하고 있었던 것이다.

"두 사람 빼놓고요. 묘묘와 향 노야… 월홍을 보고 웃던 두
사람……."

월홍은 말하다 말고 짙은 미소를 띠었다. 지켜보던 혁리와
마유조는 점점 얼굴을 굳혔는데, 혹 아이가 미친 것이 아닌가
하는 생각이 들 정도로 감정이 급변했다.

아무래도 어린 나이에 이 험한 꼴을 봤으니 정신적인 면이
많이 부족해진 것일 수도 있었다. 그런데 월홍을 안고 있는 단
야의 표정은 별로 변함이 없었다.

"향 노인과 묘묘? 그들이 살아 있다고?"

낮긴 하지만 정말 부드러운 단야의 목소리였다. 월홍은 폭
신한 호피가 좋은지 뺨을 비비며 다시 입을 열었다.

"응. 말 탄 사람들, 많이 무서운 사람들이야."

말로는 무섭다고 하지만 혁리는 오히려 월홍이 더 무서워지

는 순간이었다. 혁리는 굳은 얼굴을 풀지 않은 채 다시 입을
열었다.

"한데 넌 어떻게 살아남았느냐? 그 무서운 자들이 넌 일부
러 살려준 것이냐?"

그럴 리가 없었다. 월홍의 주변엔 시신이 있었고, 지금 생각
해 보니 그것들은 마을 사람들이 아니었다. 바로 마적패들이
었던 것이다.

어떤 이유인지 모르지만 마적단은 죽었다. 그래서 같은 마
적패들이 이곳에 온 것이다. 연락이 오지 않으니 살펴보러 왔
을 확률이 높았다.

어째서 저들이 그리 소수가 왔는지 이제야 이해가 가는 듯
했다. 알아보는 것뿐이니 그리 많은 숫자가 필요없을 것이라
추측한 것이다.

"아… 나… 나는……."

월홍은 순간 멍한 표정을 지으며 뭔가를 기억하려 하고 있
었다. 작고 붉은 입술을 살짝 벌리며 큰 눈을 껌벅거렸던 것이
다.

그런데 그 노력은 그리 오래가지 않았다. 월홍은 바로 양 눈
을 꽉 감으며 다시 입을 열었다.

"몰라. 월홍… 기억 안 나."

"응?"

진짜 모르는 것인지 아니면 알면서도 말을 안 하는 것인지
모르지만 황당한 상황이었다. 물론 월홍을 안고 있는 단야는

전혀 놀라는 표정이 아니었다.

"월홍… 졸려……. 잘래."

"……."

그것으로 끝이었다. 월홍은 정말 단야의 품에 안긴 채 그냥 눈을 감았다. 진짜 잠을 자기 시작한 것이다.

"정신이 온전하지 않은 아이오이까?"

마유조의 목소리였다. 감정의 기복이 심하고 도무지 다음에 어떻게 행동할지 모르는 아이의 전형적인 증세였다. 마음을 다친 아이임이 분명한 것이다.

"그렇게 보일 수도 있지만 아니오. 그냥 이러다 깨어나면 다시 기억을 하곤 하오."

단야의 차분한 목소리는 이런 적이 한두 번이 아님을 시사하고 있었다. 또한 이것은 저 아이가 무슨 사연을 가지고 있다는 말과도 일맥상통했다.

"나도 확실히는 알 수 없지만 왠지 이 아이는 피를 두려워하지 않는 것 같더군. 그리고 봐서 알겠지만 감정의 기복이 심한 듯하나 거짓은 없는 것 같아. 아마 기억을 하지 못한다는 것도 진짜일 것이네."

"음……."

혁리까지도 이렇게 이야기하자 마유조는 고개를 끄덕이며 자리에서 일어섰다. 그렇다면 한번 살펴보면 될 터였다.

"실례가 안 된다면 진맥을 해봐도 되겠소? 의원은 아니지만 한번 아이를 보고 싶소이다."

말과 함께 그는 모닥불 건너로 왔고, 단야는 품속에 손을 넣더니 월홍의 작은 손을 꺼내었다. 얼마든지 진맥하라는 뜻이다.

"그럼."

마유조는 당장에 월홍의 손을 잡았고, 바로 진맥을 했다. 물론 그가 의술에 정통하였기에 월홍을 진맥하는 것은 아니었다.

그가 월홍을 진맥하는 것은 다른 이유가 있었다. 월홍을 살리기 위해 맥문에 내력을 불어넣었을 때 뭔가 살짝 이상한 감을 느꼈었다. 그 이물감을 확인하고 싶었던 것이다.

무엇인지는 모르지만 정말 기이한 느낌이었다. 아마도 아이의 정신 상태가 조금 이상한 것은 그 기운이 원인일 수도 있었다.

"……"

한데 이상했다. 마유조는 다시 정신을 집중하며 살펴보았지만 더 이상 아이에게서 이상한 기운은 느껴지지 않았다. 이젠 아주 보통 아이와 똑같았던 것이다.

"막기도 하고 때론 당기기도 하는 기운을 찾기 위함이오?"

"…알고 계셨소?"

묵직하게 들려오는 단야의 목소리에 마유조는 되물었다. 확실히 내력으로 아이의 몸을 데울 때 그런 것을 느끼긴 했었다. 단야는 고개를 끄덕이며 말을 이었다.

"가끔 이 아이의 몸에 나타나는 현상이오. 그러나 나타나는 순간은 극히 짧고 또 언제 나타난다는 것조차 알 수가 없어서 그냥 두고 있는 실정이오."

"으음……."

사정이 이렇다면 그가 할 수 있는 일은 없었다. 아이에 관한 일은 잠시 접어두어야 할 듯하니 마유조는 신형을 돌렸다.

"하면 단 형은 이제 어찌하려 하오? 그 실종되었다는 두 사람을 찾아갈 것인지……?"

가만히 있던 혁리가 단야에게 물었다. 단야는 잠시 눈을 돌려 월홍을 바라보는 듯하더니 이내 고개를 끄덕이며 말했다.

"그럴 생각이오."

짧지만 확고한 의사 표현이었다. 아마도 그는 그것을 의무라 여길 수도 있었다. 의무라는 건 아무래도 단야가 이 마을의 보군이니 말이다. 일견 이해할 수도 있는 일이나 사실 그건 지키지 않아도 되는 일이었다.

마을이 전멸할 때 이미 보군의 역할은 끝난 것이다. 피로 이어진 혈연관계도 아니고 동문 관계로 이루어진 문파도 아니었다. 그들을 찾아 나설 필요는 없었다.

저 실력이면 조용히 다른 마을의 보군을 해주어도 충분히 살아갈 수 있다. 그렇게 따진다만 눈앞에 있는 이 단야라는 사람은 일반적인 보군과는 좀 다른 경우였다.

"하나 어느 마적단인 줄 알고 찾겠다는 것인지? 나와 유조 저 친구가 얼떨결에 싸우긴 했어도 그들이 누구인지는 알 수가 없었소. 한데……."

“마을에 이게 떨어져 있었소.”

피이이이잉!

단야의 엄지손가락이 튕겨지자 허공에 무언가 빠르게 날아오고 있었다. 소리로 들어보아 작은 금속성의 물체인데 소리 하나만큼은 아주 독특한 물건이었다.

턱.

혁리는 엉겁결에 날아오는 물체를 받아 들었다. 역시나 짐작대로 금속이었고, 크기는 일반 암기보다도 작았다. 그는 얼른 손바닥을 펴 날아온 물체를 보았는데, 그건 작은 동전이었다.

회오리치는 용 문양이 한쪽에 양각되어 있었고, 눈 부위와 여의주 부분에 기이한 구멍이 뚫려 있었다. 기이한 소리는 이 구멍에서 나오는 것이었다.

물론 이 동전은 돈의 역할을 하진 않는다. 하나 이 동전 하나면 요녕성에선 무서운 것이 없었다. 바로 마적패들인 풍마단(風馬團)을 상징하는 돈이었기 때문이다.

“빌어먹을, 풍전(風錢)이라니……. 설마 풍마단 놈들이었단 말인가.”

다른 마적단이 일을 벌인 후에 풍전을 던져 넣었을 수도 있지만 그건 희박한 확률이다. 만일 그런 짓을 했다간 풍마단에게 죽을 때까지 쫓겨 다닐 터였다. 잠시 화를 모면하자고 꾀부리다 그 꾀에 죽을 수도 있는 것이다.

아마 진짜 풍마단이 이곳에 행차를 했다고 보는 것이 옳았

다. 하나 그리 보기에도 의문점은 남는다. 그가 아는 풍마단이
이리 작은 고을을 넘보았다는 것이 조금 이해가 가질 않았다.
　원래 풍마단은 도적패가 아니라 상인 무리였다. 원나라 시
절 서역과 중원을 잇는 거상이 바로 풍마단이었다.
　자신들만의 독자적인 화폐를 가지고 있을 정도로 풍마단의
위세는 대단했다. 당연한 일이지만 물목을 호위하는 무사들
역시 일급 이상으로 충원하는 것이 전통처럼 굳어졌다.
　한데 원이 망하고 명이 들어서면서 그들은 소위 줄을 잘못
섰고, 그것으로 인해 상인 집단은 철저하게 분해되었다. 그리
고 변질된 것이 바로 오늘날의 풍마단이었다.
　돈과 무력이 같이 있는 집단. 그러니 풍마단을 그저 마냥 포
악한 마적단으로 치부하기에는 솔직히 무리였다. 이들은 이미
관군과도 싸울 수 있을 정도로 강대한 무리였던 것이다.
　"풍마단인 것을 알면서도 지금 간다는 것이오? 그 결과가
어떻게 될지 뻔히 아는데?"
　"……."
　혁리의 목소리에 단야는 아무런 말도 하지 않는다. 무슨 일
이 벌어지든지 간에 이건 계란으로 바위 치기다. 절대 불가능
한 일 중 하나인 것이다.
　"게다가 풍마단의 본거지도 아직 알려지지 않았거늘 어디
로 간단 말이오? 혹 단 형은 알고 있는 것이오이까?"
　혁리는 계속 물어보았다. 물론 시원한 대답을 원하는 것은
절대 아니었다. 무모하다는 것만 알려주기 위함이니 말이다.

그런데 이번엔 그의 예상과 달랐다. 단야의 입술이 열린 것이다.

"지금은 알 수 없지만 서벽(西碧)으로 가면 길이 생길 것이오."

"서벽?"

뜻밖의 대답에 혁리는 눈을 동그랗게 떴다. 서벽은 이곳에서 가장 번화한 곳이었다. 아니, 이 요녕성을 통틀어 성도를 빼고 나면 그나마 봐줄 만한 곳이 서벽이었다.

산해관과 성도를 연결하는 직선거리에 놓인 것이 바로 서벽이다. 즉, 쉴 만한 곳이 단 한 군데밖에 없으니 번성하는 것은 너무도 당연한 이치였던 것이다.

"그곳에 방수라도 있는 것이오? 어째서 서벽에 가면 알게 된다는 것이오이까?"

혁리는 연달아 질문을 했지만 더 이상 단야의 입술은 열리지 않았다. 그는 타오르는 모닥불 속에 나무 몇 개를 더 집어넣더니 그대로 새우처럼 누워버렸다.

더 이상 말할 필요가 없다는 뜻이다. 혁리는 살짝 양 볼을 붉혔는데, 사실 이렇게까지 몰아세울 필요는 없었다. 이야기를 진행하다 보니 마음이 급해 범인을 취조하듯 말했던 것이다.

"오늘 본 자들이 모두 마적단이라……. 솔직히 난 그렇게 생각하기 힘들다, 혁리."

"응?"

어느새 옆에 마유조가 바싹 다가와 있었다. 그는 들릴 듯 말 듯한 작은 목소리로 이야기를 계속했다.

"나도 마적단의 모습 정도는 알고 있다. 한데 그자들은 너무 거리가 멀어. 마적 특유의 흉포함이 과연 있었다고 보나?"

"마적 특유의 흉포함? 그런 것에 신경 쓸 필요가 있나, 유조? 어차피 마적단이야 다 그렇고 그런 놈들인데."

혁리는 고개를 갸웃거리며 말을 이었다. 확실히 마적단치고는 오늘 좀 얌전했던 것이 사실이다. 무공 실력이 아니라 그 외적인 것에서 말이다.

움직임이라든지 외침 같은 것에서 그리 강한 듯한 느낌이 들지 않았다. 아무래도 마유조는 그 점을 짚어 자신에게 이야기하고 있는 듯했으나 실상 그의 관심사는 다른 쪽에 쏠려 있었다.

"난 오히려 다른 점에 더 흥미가 끌리네. 모두 두 가지인데, 한 가지는 그 실종되었다는 노인과 여인. 여인이야 그렇다 치고, 노인은 왜 잡아갔을까? 돈이 되는 것도 아닌데 말이야."

"묘묘와 향 노야라는 사람 말이야?"

"그래, 그 두 사람. 굳이 잡아갈 필요가 없는 사람인데도 데려갔어. 그건 이 마적단의 행사 목적이 돈이 아니라는 이야기일 터지."

"음… 일리있군."

혁리의 말대로였다. 마적단이라면 하는 행동이 너무도 뺀했다. 아이들이나 여자는 잡아가고 장정들은 그 자리에서 죽이는 것이 상례였다.

아이나 여자는 팔 수가 있으나 남자는 그렇지 못하기 때문이다. 특히나 노인은 절대 데려가는 일이 없었다. 어떻게 보든지 쓸모없는 사람들이니 당연했다.

그런데 그 향 노야라는 사람은 데려갔다고 하니 기이한 일이 아닐 수 없었다. 그건 여태껏 일반적인 마적단의 행사가 아니라는 반증인 셈이다.

"또 하나는 저기 있는 저 친구일세. 단야라는 이름을 가진 저자. 솔직히 마적단보다 저 친구가 더 흥미를 끌어."

"……"

마유조는 입을 꽉 다문 채 생각에 잠겼다. 확실히 흥미는 월홍을 안고 있는 단야라는 친구에게 더 가기는 했다. 궁금한 것이 한두 가지가 아니었던 것이다.

궁을 잘 다루는 것도 그렇지만, 분명 저자는 내가진력을 사용할 줄 아는 사람이었다. 일반적인 사냥꾼으로 생각한다면 큰 오산이었다.

"비록 내가 무림에 깊숙이 발을 담그지 않아 모르지만 저 정도의 무공이면 하수라고 보기 힘들 것 같아. 그렇지 않아?"

"그건 내가 보증하지. 일류고수는 이미 훨씬 뛰어넘는 실력이네. 이 나도 어느 정도인지 판단이 서지 않을 정도의 무공을 지닌 사람이야."

"…그 정도였나?"

비록 마유조는 변방인 설산의 무공을 익혔지만 그의 무공이 약한 것이 아니라는 것을 혁리는 너무도 잘 알고 있었다. 공무로 중원에 나갔다 온 것이 한두 번이 아니니 말이다.

그 와중에 꽤나 많은 무림인을 만났기에 알 수 있었다. 더욱이 홍사검 마유조라는 이름은 강북무림 자체에서도 간간이 들리는 이름이다. 그저 무명이 아닌 것이다.

그런 사람이 봐도 모를 정도의 무공 깊이라면 정말 대단한 일이었다. 무명인 것이 이상할 정도로 말이다.

“그래, 혹 이름을 바꾼 기인이사가 아닐까 하는 생각이 들 정도로 말이야. 하나 아무리 생각해도 궁을 성명절기로 쓰는 사람은 아직 없어. 정말로 알려지지 않은 사람이지.”

마유조는 확실하게 이야기했다. 혁리는 그 말에 퍼뜩 생각 하나가 떠오르는 것을 느꼈다. 여러 가지 가정 중에서 유력한 한 가지가 떠오른 것이다.

“그럼 지금까지 수련만 하다 강호에 처음 나온 것이 아닐 까? 사실상 손을 쓰는 것이 얼마 안 된 사람 말이야. 충분히 가 능한 이야기잖아?”

“훗. 이봐, 혁리.”

혁리의 말에 마유조는 조용히 웃었다. 그리고는 시선을 단 야에게 떨어뜨린 채 말을 이었다.

“저 친구가 나타났을 때 눈 깜박할 사이에 세 발의 화살로 세 사람을 죽였다. 기억 안 나?”

기억 안 날 리가 없다. 그건 혁리에게도 충격이었으니 말이 다. 거의 마흔 발 남짓한 화살로 반 각도 안 되는 시간 안에 서른 명의 마적단 모두를 전멸시킨 사내이다. 어찌 잊겠는가?

"무공으로 사람을 죽인다는 것은 그리 간단한 문제가 아니야. 네가 봤던 그 광경이 정말 한두 번의 경험으로 가능한 것이라고 생각하나?"

"……."

"모르긴 해도 수십, 수백 번의 실전 경험을 거친 사내다. 그렇기에 내가 이상하다는 것이지. 전혀 소문이 나지 않았다는 뜻이니까. 그리고 그렇게 생각한다면 한 가지 결론밖엔 나지 않아."

마유조는 날카롭게 눈을 빛내었다. 한데 혁리의 머릿속에서 마유조가 무슨 말을 할지 알 것 같은 생각이 들고 있었다. 마유조의 입술이 다시 열렸다.

"단야라는 저 친구, 여태껏 그와 상대했던 사람들은……."

마유조는 잠시 숨을 삼켰다. 조금은 과장일지도 모른다는 생각이 들어서였다. 한데 그 이후의 생각은 혁리가 하고 있었다.

"모두 죽었다는 것이냐?"

마유조는 조용히 고개를 끄덕일 수밖에 없었다. 하나 지금 월홍을 가슴에 안은 채 눈을 감은 저 모습을 볼 때는 도무지 믿기지 않았다.

물론 지금까지 이야기 나누었던 말이 모두 잘못된 판단일 수도 있었다. 온전치 않은 아이의 말을 듣고 묘묘와 향 노야란 사람이 살아 있다는 것도 그렇고, 저 단야라는 친구가 그저 운이 좋아 마적단을 이긴 것일 수도 있었다.

그러나 누가 뭐라 해도 부정할 수 없는 것이 있었다. 자신의 두 눈으로 똑똑히 본 단야의 궁술은 정말 두려울 정도로 대단한 것이었다.

2

마을을 나선 것은 정오 무렵이 조금 지나서였다. 날이 밝자마자 단야와 마유조, 그리고 혁리는 마을 사람들의 시신을 수습했다.

시신의 수가 적은 것이 아니라서 조금 시간이 걸릴 줄 알았지만 걸린 시간은 의외로 짧았다. 아니, 몇 안 되는 시신만 수습했다는 것이 옳은 표현일 터였다.

이 마을의 보군이고 어느 정도 책임감을 느끼는 것 같기에 모든 시신을 수습할 줄 알았던 단야는 의외로 몇 구의 시신만 수습했다. 이유를 묻고 싶긴 했지만 개인적인 사정일 것 같아서 일단은 입을 다문 상태다.

하긴 한두 사람도 아니고 수십 명이 넘는 사람을 세 명이서 수습하는 것은 무리이기에 뒤처리는 혁리가 관아에서 사람을 보내는 것으로 하고 일행은 길을 재촉했다.

그리고 나서 삼 일 후. 월홍까지 모두 네 사람은 서벽에 도착할 수 있었다. 역시나 꽤나 화려한 모습에 월홍은 두 눈을 동그랗게 뜨고는 이리저리 눈을 돌렸다.

"녀석, 촌구석에 살았다는 티는 있는 대로 내는구나. 웬만하면 눈 좀 가만히 두지 그러냐?"

"흥! 내 눈이에요. 내 맘대로 쓸 거라구욧!"

같이 움직이는 삼 일 동안 혁리와 월홍은 상당히 친해져 있었다. 혁리의 성격 자체가 처음 보는 사람들과도 잘 어울리는 성격인지라 호기심 많은 월홍의 질문에 꼬박꼬박 대답을 해주었던 것이다.

아이들은 자신에게 잘해주는 사람을 잘 따르게 되어 있다. 당연히 월홍은 혁리와 친해져 지금은 하루에도 수십 번씩 말로 툭탁거리는 사이가 되었다.

"얼씨구! 그러다 가자미 되시겠네. 쓸데없는 짓 그만하고 이거나 받거라."

"에헤."

혁리의 말에 반항이라도 하듯 눈알을 좌우로 힘차게 굴리던 월홍은 어지러워 비틀거리다 이내 함박웃음을 지었다. 혁리가 경단 한 줄을 사 손에 쥐어주었던 것이다.

월홍은 한 손에 경단을 쥐고 또 한 손은 단야의 바지춤을 붙잡고 있었다. 어디를 가든 월홍의 한 손은 언제나 단야에게 붙어 있었다.

단야는 당연하다는 듯 월홍의 걸음에 맞추어 아주 천천히 움직였다. 마치 부자간이라도 되는 듯이 말이다.

"허허, 그래도 아주 대견하구나, 월홍. 꽤나 긴 거리를 왔는데도 힘들다는 소리 한 번을 안 하니."

마유조가 머리를 살짝 쓰다듬으며 말하자 월홍은 고개를 들었다. 그리고는 마유조를 향해 큰 눈망울을 끔벅거리며 웃어주었다.

"……."

기이하도록 맑은 웃음이었다. 도무지 어린아이의 웃음이라고는 생각되지 않을 정도로 화사한 웃음에 오히려 마유조의 마음이 진탕되고 있었다. 더욱이 남자아이의 웃음에 말이다.

한데 그 웃음에 마음이 진탕되는 것은 그뿐만이 아니었다.

어느새 주변 사람들이 월홍을 힐끔거리며 바라보기 시작하자 네 사람은 자연스럽게 시선을 받게 되었다.

그리고 그 시선 속에서 아주 낯익은 목소리 또한 귓가에 쨍쨍하게 들려왔다. 마유조의 귓가에 말이다.

"어머! 내 이럴 줄 알았어. 역시 마 사형은 숨겨놓은 애가 있었던 거야! 이런 엉큼한!"

"저… 사저, 아직 그런 생각은 좀……."

"……."

마유조의 미간에 자동으로 골이 파였다. 사실 그는 평상시에도 감정을 잘 나타내려 하지 않았다. 그것도 수련의 일환이라 생각하며 지금껏 잘 유지해 왔다.

그런데 이 목소리를 듣는 순간 그런 생각은 깡그리 사라지고 말았다. 하나 그간의 수행이 어느 정도 쌓였는지 겨우 참을 수는 있었다.

"정말 예쁘구나. 너, 이름이 뭐니?"

경단을 쪽쪽 빨고 있는 월홍의 앞에 어느새 한 여인이 나타나 호기심 어린 시선을 쏟아붓고 있었다. 여인이지만 궁장이 아닌 무복을 입고 있었다.

그리 작지 않은 키에 서글서글한 봉목을 가진 여인이었다. 조금 가꾸기만 한다면 미인이란 소리도 들을 만한 여인이긴 했는데, 하고 다니는 것을 봐선 절대 그런 말을 들을 수 없을 듯했다.

무복에다가 등에는 두 개의 검을 멘 여인이니 무림인임을 너무도 쉽게 알 수 있었다. 여인은 초롱초롱한 눈을 빛내며 손을 뻗어 월홍의 뺨을 어루만졌다.

"월홍이에요."

간단한 말이지만 월홍의 말에는 묘한 매력이 있어 정말 귀엽게 느껴지고 있었다. 여인은 함박웃음을 지으며 다시 입을 열었다.

"아유, 귀여워라. 언니는 소은이라고 해. 양소은(陽素銀). 네 아버지의 사매지."

"누가 아버지야, 이 녀석아!"

결국 마유조의 입에서 커다란 소리가 터져 나왔다. 마유조의 눈은 살짝 핏발이 서 있어서 지금 얼마나 성질이 나 있는지 잘 알 수 있을 정도였다.

"아이고, 사형! 진정하세요. 이 모안(募安) 다시 사죄드립니다. 아, 뭐 해요, 사저? 어서 사죄드리세요."

스스로를 모안이라 칭한 청년이 어디선가 나타나 양소은과 마유조의 사이를 갈라놓은 후에야 마유조는 큰 숨을 들이켜며 진정했다. 혁리는 터지는 웃음을 꾸욱 참으며 앞으로 나와 입을 열었다.

"두 사람 다 오랜만에 뵙는구려. 잘들 있었소이까?"

"아이고, 혁 형님! 마침 계셨네요. 어서 좀 말려주세요!"

모안은 울상을 지은 채 혁리에게 매달렸다. 혁리는 자꾸만 나오려는 웃음을 아랫입술을 질끈 깨물어 참은 채 양소은에게 입을 열었다.

"양 소저, 실은 그 아이는 저 친구와는 관계가 없소이다. 그 옆에 계신 단야라는 분과 관련이 있는 아이외다."

"아, 그래요?"

양소은은 그제야 알겠다는 듯 힐끔 고개를 돌려 단야를 바라보았다. 그런데 훑어보는 그녀의 시선은 그리 곱지가 않았다. 아마도 혁리의 말 자체를 전혀 진심으로 받아들이지 않은 듯했다.

그녀는 두어 번 월홍과 단야를 번갈아 보더니 이어 마유조와 월홍을 번갈아 보기 시작했다. 뭔가를 비교하려는 듯해 보였는데, 그러다 월홍의 앞에 쪼그려 앉았다.

"자, 그럼 말이지, 월홍아."

양소은은 참으로 부드러운 목소리를 내었다. 그리고는 손가락으로 마유조를 가리켰고, 자연스럽게 월홍의 고개는 그 손가락을 향했다.

"불러야지? 아빠."

"……."

순간, 마유조의 머릿속에서 무언가 끊기는 소리가 들렸고, 그와 함께 그의 손은 자연스럽게 검파로 향하고 있었다.

그저 들리는 것이라고는 힘차게 웃어젖히는 혁리의 목소리뿐이었다.

"사형은 뭘 그런 거 가지고 화를 내고 그래요?"

"부탁이다. 그 입 좀 다물고 있어라. 후우."

여전히 벌게진 얼굴로 마유조는 두 눈을 꽉 감았다. 정말 사매만 아니면 그냥 두지 않을 터였다. 아니, 여자만 아니었어도 반은 죽여놨을 터다.

"자네는 뭐가 그리 재미있나? 이 내가 농지거리가 된 것이 그리 즐거운가?"

"두말하면 잔소리지. 그 진중한 수염이 떨리는 것을 오늘 아니면 언제 또 보겠나. 아핫핫핫!"

혁리는 다시금 시원하게 웃었고, 마유조는 옅은 살기를 날렸다. 하나 즐거운 것은 사실이었다.

서벽의 저잣거리에서 만난 이들은 마유조의 사제들이었다. 모안과 양소은이라는 사람들로 겨우내 문파에서 소모된 것들을 보충하기 위해 나온 길이었다.

스무 살의 청년인 모안이야 사람 좋고 윗사람 어려운 줄 아는 청년이니 별문제가 없었는데 문제는 그 옆에 있는 여인이었다. 적어도 문파 안에선 이제 윗사람 축에 들어가는 마유조의 골치를 썩이는 것이 바로 이 여인이었던 것이다.

나이는 스물여덟. 이미 시집을 갔어도 오래전에 갔어야 할 그녀는 그야말로 천방지축이었다. 오죽했으면 어릴 때부터 설산의 비녀(誹女)라는 어이없는 별호가 붙었을까.

못된 짓이란 못된 짓은 다 하고 다니던 그녀지만 어느 날인가부터 조금 철이 들기 시작했는데 그 철을 들게 한 것이 바로 이 마유조였다. 그래서 그런지 모르지만 마유조가 설산에 가면 그녀가 언제나 붙어 다니는 실정이었다.

“후, 이거 죄송하오이다. 단 형 앞에서 못난 꼴을 보였구려.”

“…….”

마유조의 목소리에 단야는 살짝 고개를 숙이는 것으로 대신했다. 마치 그런 것은 별 신경 쓰지 않는다는 듯이 말이다.

어차피 날도 저물었으니 이제 쉬어야 할 상황이었다. 그래서 일행은 작은 객잔에 든 것이고, 작은 다탁을 하나 놓고 빙 둘러앉으니 꽤나 많은 사람이 앉게 되었다.

“한데 이런 귀여운 아이와 함께 어디를 가시는 길이죠? 어디 놀러라도 가시나요?”

양소은이 단야에게 직접 물었다. 역시나 돌려서 말하는 것은 그녀의 사전엔 절대 없을 듯하나 물론 진짜 놀러 갈 것이냐고 물은 것은 아니었다.

보기 힘든 호피를 걸친 데다가 등 뒤엔 그녀의 키만큼 큰 활이 매어져 있으니 놀러 간다는 것은 말이 안 되는 것이었다. 그저 처음 만나니 어색한 기분을 풀기 위해 입을 뗀 것뿐이다.

"그리 경망스레 입을 놀릴 때가 아니다, 사매. 네 성격은 알지만 자중하거라."

"……."

다시금 들려오는 마유조의 목소리에 양소은은 입가에 가득 바람을 집어넣었지만 이번엔 아무런 말을 하지 않았다. 마유조의 목소리가 심상치 않았던 것이다.

아무리 장난을 좋아하는 그녀라도 마유조의 성격을 크게 거스를 수는 없었다. 게다가 이 단야란 자가 뭔가 문제가 있는 사람이라는 것은 이미 한눈에 보고 느꼈다.

"믿기 힘들겠지만 저 단야라는 친구는… 풍마단과 싸우려 한다."

"…네?"

결론을 확 말해 버리니 역시 양소은과 모안은 동시에 눈을 동그랗게 떴다. 그들도 풍마단이라는 단체를 모를 리 없다. 이 요녕성에서 가장 강한 마적단이니.

"그게 대체 무슨 말입니까? 여기 계신 이 단야라는 분이 지금 풍마단과 싸운다니……. 아, 드디어 관에서 도적 떼를 섬멸하는군요. 잘되었습니다."

모안은 웃으며 말했다. 대규모 토벌군이 구성되고 그곳에 단야가 참가한다는 것으로 받아들인 것이다. 사실 그것이 아니면 지금의 상황은 이해하기 힘들었다.

"아니, 그것이 아닐세. 실은……."

혁리는 천천히 지금까지의 일을 이야기하기 시작했다. 한 마을의 몰살부터 혁리와 마유조가 조사하러 간 이야기, 그리고 그곳에서 만난 단야의 이야기를 그는 단숨에 말했다.

그리고 그 이야기가 끝났을 때 두 사람의 반응은 혁리의 예상과 크게 다르지 않았다. 당장에 반응을 보인 것은 양소은이었다.

"미쳤군요. 지금 관의 도움도 없이 간다고요? 더욱이 이렇게 예쁜 월홍을 데리고서요?"

물론 월홍이 살짝 정신이 이상하다는 이야기는 할 수 없었지만 그건 중요한 것이 아니었다. 실은 혁리의 마음속에선 양소은이라도 이 단야의 미친 짓을 막아주었음 하는 생각을 하고 있었다.

"말도 안 되는 이야기는 그만하시지요. 사저님 말대로 월홍까지 안고 그들을 찾는 것은 미친 짓입니다. 조금 더 냉정하게 마음을 먹은 후 방법을 찾으시는 것이 좋겠군요."

모안은 냉랭한 얼굴을 만들었다. 그는 잠시 생각을 더 하더니 이내 입을 열었다.

"사형과 혁 형에겐 죄송하지만 두 분께서 도와주신다 해도 이건 말이 안 되는 이야기입니다. 본산에 연락을 하여 사람들이 와도 될까 말까……"

"뭔가 오해가 있는 것 같소."

모안의 말을 자르며 단야가 다시금 입을 열었다. 모안은 그게 무슨 말인가 하는 표정이었는데, 이어 들린 단야의 목소리에 그의 얼굴은 단박에 헝클어졌다.

"전 저 두 분께 도움을 부탁한 적이 없소이다."

"⋯⋯!"

사람들의 눈이 부릅떠졌다. 황당해도 이렇게 황당한 일은 있을 수 없는 것이, 지금 단야는 혼자서 풍마단과 싸우려 하고 있는 것이다. 그런 말도 안 되는 것을 아주 자연스럽게 이야기하고 있었던 것이다.

"풍마단이 아니라 이곳에서 제일 용한 의원에게 가셔야겠군요. 맨 정신에 죽으러 간다는 것과 다를 게 없으니 말입니다."

너무나 어처구니없는 말을 들어서인지 모안은 조금 실례라 싶을 정도로 말을 건넸다. 그러나 단야는 그 말에 전혀 개의치 않은 채 고개를 돌려 혁리와 마유조를 보며 입을 열었다.

"두 분께서 이 아이의 목숨을 살려주신 점, 정말 감사드리오. 기회가 온다면 반드시 보은하겠소."

확실히 그건 사실이었다. 단야가 올 때까지 월홍을 살린 것은 마유조와 혁리. 두 사람이 아니었으면 월홍은 얼어 죽거나 나중에 온 자들에게 죽었을 터이다.

"도움은 이 정도로 충분하오. 이젠 혼자 가겠소."

"무슨 말을⋯⋯."

단야의 말에 혁리는 멍한 표정을 지었다. 그리고는 그제야 이 단야라는 사람의 생각을 읽을 수 있었다. 풍마단에 혼자 덤빈다는 생각은 진심이었던 것이다.

저 모안의 말에 발끈하여 하는 소리가 아니다. 발끈해서 하는 소리라면 저렇게 침착한 반응이 나올 수가 없었다. 남이야 뭐라 하든 말든 그의 길을 가겠다는 표현이었다.

솔직히 시간이 지나 올바른 판단을 하게 된다면 바로 옆에 있는 자신이나 마유조를 통해 관이든 아니면 설산이든 도움을 요청할 것으로 예상했다.

그런데 아니었다. 그는 진심이었고 지금도 변하지 않았다. 오판도 이런 오판이 없었던 것이다.

드륵.

의자를 뒤로 뺀 채 단야는 자리에서 일어섰다. 그러자 무릎 위에 앉아 있던 월홍이 폴짝 뛰더니 단야의 바지춤을 잡았다.

"그럼……."

그걸로 끝이었다. 단야는 고개를 살짝 숙이는 듯하더니 신형을 돌려 출입문을 향해 움직였다. 양소은은 멍한 표정으로 단야를 보다 이내 눈을 떨어뜨렸다.

"안녕."

아무것도 모르는 천진난만한 아이의 목소리. 아이는 나가면서도 활짝 웃으며 한 손으로 양소은에게 흔들고 있었다. 양소은은 자신도 모르게 손을 들어 흔들었다.

솔직히 양소은은 그간 아이 같은 것은 잘 모르고 살았다. 등에 멘 쌍검의 운용만이 중요한 것이지 여자로서의 덕목은 담을 쌓아도 정말 높이 쌓아 올렸다.

그런데 오늘 저 월홍이란 아이를 보면서 왠지 가슴 한구석이 진하게 아려옴을 느끼고 있었다. 도무지 무슨 일인지 모르지만 이대로 있을 수만은 없었다.

"자, 잠깐!"

입구를 막 나서려는 단야와 월홍을 향해 양소은은 소리쳤다. 그녀는 벌떡 일어나 두어 걸음 앞으로 나서더니 단야를 향해 소리쳤다.

"이 망할 작자! 당신이야 죽든 말든 상관없지만 월홍은 어찌할 것인데! 이 아이도 죽어야 속이 시원하겠어!"

"……."

버럭 소리를 지르는 양소은을 보며 단야는 아무런 말이 없었다. 양소은은 양손을 어깨 위로 향해 검파를 잡았다.

"어찌하면 너처럼 이기적일 수 있는지 이해가 가지 않는구나! 월홍, 이리 오렴! 이런 자를 따라가면 안 돼! 죽어도 당신 혼자 죽으라고!"

이미 버럭 소리친 그녀의 목소리에 객잔은 시끌벅적한 상태였다. 마유조는 미간을 찌푸리며 앞으로 나가려 했는데, 이번엔 모안이 마유조를 말리는 상황이 벌어졌다.

"사형, 이건 사저의 말이 옳습니다. 단야 당신이 제정신이라면 지금 그 아이를 이곳에 놓고 가세요. 그렇지 않으면 저 역시 무력을 사용할 수밖에 없습니다."

양소은과 모안이 이렇게 나오자 정말 상황은 악화일로가 되어 싸움은 필연적인 상황이 되었다. 순식간에 일행의 주변은 사람들이 썰물 빠지듯 빠져나갔고 호기심 많은 몇몇 사람들은 완전히 나가지 않은 채 입구 주변에서 양소은과 모안, 그리고 단야를 보며 침을 삼켰다.

"후……."

단야는 작은 한숨을 쉬었다. 강렬한 기운과 함께 몸을 돌린 단야의 두 눈에선 인광이 폭사되기 시작했다. 무력을 사용한 다니 그 역시 같은 무력을 사용해야 하는 것이다. 한데…….

"안 돼, 단 아저씨."

월홍의 목소리가 들렸다. 고사리 같은 손을 쫙 펴며 단야의 앞을 막아선 것인데, 작은 목소리는 계속 들려왔다.

"저 누나하고 형… 좋은 사람이야. 월홍, 그렇게 느껴."

"……."

단야는 살짝 굳은 얼굴로 월홍을 바라보았다. 물론 좋은 사람일 수도 있다. 그러나 지금은 그게 문제가 아니다. 싸우지 않으면 나갈 수 없게 만드는 것은 저쪽이었다.

"알아, 단 아저씨 화난 거. 그래도 하지 마. 부탁이야."

방긋 함박웃음을 지으며 월홍은 단야에게 말했고, 그러자 단야의 눈빛이 변했다. 한결 차분한 눈빛으로 다시 바뀌었던 것이다.

"훗."

단야의 입에서 작은 바람 소리가 흘러나왔다. 그가 손을 들어 머리를 슬쩍 쓰다듬자 월홍의 입에선 작은 웃음소리가 흘러나왔다.

"에헤헤. 가요, 단 아저씨. 사람들이 이상하게 바라본다."

월홍이 바짓단을 붙잡자 단야는 다시 움직이려 했다. 그때 양소은이 다시 한 걸음 나서며 소리쳤다.

"월홍아, 너 그 사람 따라가면 큰일 나! 그러니 어서 이리로 오너라! 어서! 대체 뭣 때문에 그런 고집을 피우는 것이야!"

양소은의 목소리에 월홍은 다시 걸음을 멈추었다. 똘망똘망한 눈망울로 양소은을 바라보더니 이어 손을 들어 한 사람 한 사람 가리키기 시작했다.

혁리, 마유조, 양소은과 모안까지. 그리고는 손을 내리며 다시 붉고 작은 입술을 나풀거렸다.

"단 아저씨에겐 나 혼자뿐이야."

"……!"

양소은의 머릿속에 섬뜩한 기분이 치고 지나가고 있었다. 아니, 양소은뿐만 아니라 혁리, 마유조, 모안의 머릿속에서 무언가 확 치고 나가는 것이 있었다.

자신들은 모두 친구지만 단야의 친구는 자신 혼자라는 뜻이다. 정말 황당하기 그지없는 소리였다.

설마하니 저 어린아이가 이리도 생각이 깊을 줄은 몰랐다. 분주한 거리에 눈길을 뺏기고 단 경단을 쪽쪽 빨던 그 어린아이가 아니었던 것이다.

황당한 마음에 네 사람은 그 자리에서 얼어붙었고, 월홍은 단야와 함께 사람들의 시선에서 사라졌다. 그로부터 약 일각 동안 네 사람은 자리에서 선 채 아무런 행동도 취하지 못하고 있었다.

그중 가장 먼저 동작을 취한 것은 양소은이었다. 그녀는 재빨리 신형을 돌려 자신의 봇짐을 챙겨 들었다. 그리고는 밖으로 나가려 했다.

"사, 사저! 대체 어딜 가시려 그럽니까? 지금 혹……?"

"너 이 자식, 지금 저 말을 듣고도 아무런 생각이 안 들어? 저게 지금 올해 일곱 살 남짓한 놈이 할 소리야!"

"에… 예?"

양소은은 얼굴을 벌겋게 물들인 채 신형을 움직였다. 그녀는 빠른 걸음으로 객잔을 나서며 다시금 외쳤다.

"저 입에서 제 나이 때의 어리광 섞인 말이 튀어나오도록 해주겠어! 뭐야, 저 자식!"

"사, 사저!"

우당탕!

가까이 있는 탁자 하나를 뻥 찬 양소은은 밖으로 사라졌고, 그 뒤를 모안도 부리나케 따라갔다.

"허허허, 틀린 말은 아니군그래. 아니, 일곱 살은 훨씬 넘으니 그건 아닌가?"

혁리의 목소리였다. 그는 피식 웃으며 짐을 정리해 이내 어깨에 들쳐 메며 마유조에게 말했다.

"자네는 어떻게 할 것인가? 이대로 돌아갈 것인가?"

혁리는 단야를 따라가겠다는 표현을 분명히 하고 있었다. 마유조는 피식 웃으며 혁리에게 대답했다.

"저 골치 아픈 놈을 단야 그 친구에게 보냈다가 무슨 소리를 들으려고. 장문인께서 아시면 날 죽일 것일세."

"하하하, 그도 그렇군. 하면 어서 따라오시게. 계산은 그대가 하도록 하고."

혁리는 빠른 걸음으로 움직였고, 마유조는 그런 혁리의 뒷모습을 물끄러미 바라보았다. 하나 그의 눈앞에 나타난 것은 혁리의 뒷모습이 아니었다. 한 사람 한 사람 번갈아 가리키던 월홍의 모습이었던 것이다.

"친구라……."

나직한 목소리 하나를 흘려놓은 채 마유조는 객잔을 나서고 있었다.

第三章
요녕성, 서벽의 홍루 1

　일행의 수는 달라진 것이 없었다. 객잔에 들었을 때처럼 여섯 명 그대로였다. 하나 위치는 조금 달라졌다.

　선두에 섰던 혁리 대신 단야가 서 있었다. 그리고 그 옆에 붙어 있어야 할 월홍은 지금 뒤쪽에 가 있었다.

　선머슴 같은 여인인 양소은의 한쪽 다리에 찰싹 붙어 있었던 것이다. 그 때문인지 양소은은 연신 만족스런 웃음을 짓고 있었지만 일순 그 웃음이 싹 사라졌다.

　그건 단야의 발걸음이 멈춘 곳 때문이었다. 단야가 멈춘 곳은 커다란 두 개의 문짝이 활짝 열린 곳으로 그 양편 기둥에 붉은 등이 주렁주렁 달려 있었다.

　"마적단과 싸운다 어쩐다 하더니 다 개소리였나? 이봐, 당신. 지금 미치지 않고… 야!"

단야는 잠시 그 너머를 바라보다 신형을 움직였다. 그가 아예 본격적으로 여기저기 좋은 홍루가 있는지 찾는 듯 보이자 양소은의 입에서는 당연하게도 날카로운 목소리가 흘러나왔다.

"이 망할 자식이 진짜 죽고 싶나! 당장에 돌아가지 못해! 망나니짓도 유분수지!"

"정말 이해하기 힘들군요. 이봐요, 단야. 지금 무슨 짓을 하는 거요?"

모안까지 나서서 물어보지만 단야는 역시 아무런 말 없이 돌아다니기만 했다. 당연한 이야기지만 여기저기 호객하는 자들이 단야에게 매달렸다.

그러나 이상하게도 단야는 그들 모두를 바라보지도 않은 채 여기저기 기웃거리기만 할 뿐이었다. 서벽은 꽤 큰 도시이기에 홍등가의 수가 상당했다.

"도무지 말이 안 통하는군. 월홍아, 안 되겠다. 우린 그만 가자."

"아냐, 누나. 단 아저씨는 쓸데없는 짓 안 해. 항상 말하면 바로 지켜."

"뭐?"

초롱초롱 눈을 빛내며 월홍이 말하자 혁리는 멍한 기분이 들었다. 그도 조금 황당하기는 했지만 이렇게까지 월홍이 이야기하자 뭔가 노리는 것이 있는 건가 하는 생각이 든 것이다.

그러다 한순간 그는 무릎을 탁 쳤다. 그도 잘 아는 것을 왜 이제야 생각했는지 싶었던 것이다.

"이런 멍청한……! 과연 이런 수가……!"

"자넨 또 무슨 소리인가?"

혁리의 목소리에 마유조는 미간을 찡그리며 말했다. 그도 지금 이곳에 온 것이 마음에 걸리는 상황이었다. 자칫하면 문파에 좋지 않은 소리가 들어갈 수도 있으니 말이다.

혁리는 자신이 생각하는 것을 이야기하려 했지만 저 앞에 단야가 뭔가 알아냈는지 어느 가게로 불쑥 들어가는 것을 보자 발걸음을 재게 놀리며 다시 말했다.

"일단 저기로 들어가세. 들어가면 알 것이야."

"대체 이게 무슨……."

단야에 이어 혁리까지 이리 나오자 마유조는 인상을 쓰면서도 갈 수밖에 없었다. 그렇게 네 명은 단야를 따라 어느 홍루로 들어서고 있었다.

"어서 옵… 응?"

점소이란 그리 쉬운 일이 아니었다. 뭣도 모르는 놈들이 할 거 없으면 점소이나 하라 하는데 점소이만큼 힘든 일은 세상에 없었다.

특히나 홍루에서 일하는 점소이는 더욱더 힘들었다. 단 한 번의 눈길로 상대의 모든 것을 파악해야 하니 말이다. 물론 기준은 있다.

걸친 것, 손가락에 낀 것, 걸음걸이, 그리고 같이 온 일행의 모습. 이 네 가지만 봐도 어느 정도의 손님인지 알아야만 하는 것이 숙달된 점소이의 요건이었다.

그런 의미에서 본다면 나는 어느 정도 자부하는 것이 있다. 단 한 번의 모습으로 적어도 칠 푼의 손님은 알게 된다고 말이다.

내 이름은 육삼. 이 홍루가에서 나름대로 상당한 경험을 쌓아온 사람이다. 이미 삼십 줄을 넘어섰으니 점소이로서는 너무 많은 나이임은 사실이다.

하나 그만큼 사람을 보는 눈만큼은 확실하다고 자부한다. 그런데 그 감각이 지금 머릿속에서 외치고 있었다. 뭔가 이상하다고 말이다. 놀러 온 사람의 구색이라면 일행이 뭔가 맞지가 않는다.

사내 넷에 여인 둘. 그중 하나는 젊고 하나는 어린, 이상한 구성이었다. 그런데 그보다 더 이상한 것은 여기 있는 사람들의 면면이다.

검을 차고 오는 무림인들이 있는 것은 너무도 당연한 일. 그러나 이렇듯 제일 앞에 사냥꾼인 듯한 사람이 나서는 것은 흔치 않았다. 본능은 그에게 한 걸음 뒤로 물러날 것을 권하고 있었다.

왠지 좋지 않은 느낌이 드는 순간, 옆에서 구원의 목소리가 들려왔다. 얼마 전에 새로 들어온 봉삼이란 녀석의 목소리가 틀림없었다.

"제길, 나이 처먹고 점소이 하면 누가 자동으로 돈 준대? 저리 비켜, 늙다리. 이런 일도 처리 못하는 게 무슨 선배라고."

"엇!"

내가 우물쭈물하는 것을 보았는지 봉구라는 녀석이 내 어깨를 밀치며 앞으로 나갔다. 그러더니 사냥꾼 같은 자 앞에 떡하니 서서 소리치기 시작했다.

"보아하니 사냥꾼 나부랭이 같은데, 짐승 가죽 필요할 일 없으니 썩 꺼져, 이 자식아! 꼴에 여우 가죽에 물감을 먹여 다니다니! 큭큭!"

봉구는 이곳에 오기 전에 건달패였다. 덩치도 있고 힘깨나 쓰는 편이지만 아무래도 좋은 방법이 아니었다. 그보다는 그 앞에 서 있는 사냥꾼의 키나 덩치가 훨씬 크단 말이다.

아마도 망토처럼 두른 호피가 가짜인 줄 아는 듯싶었는데 저 호피는 진짜였다. 나는 진짜 호피의 냄새를 기억하고 있었던 것이다.

오래된 호피 냄새는 모조할 수 없는 것이다. 아무래도 불안한 느낌이 드는 가운데 봉삼은 삐딱한 목소리를 멈추지 않았다.

"아니, 그러고 보니 이 물건들은 조금 괜찮은데? 이 아이와 여자 처분하러 온 거냐? 오호, 사내 좀 홀리겠는데?"

이번에는 그 옆에 있는 여인과 아이에게 얼굴을 바싹 들이밀며 말했다. 그러자 그 여인의 목소리가 허공에 울렸다.

"너 지금 나와 이 아이를 이야기한 거냐?"

다분히 위협적으로 들리는 이야기지만 여인은 어처구니없어하며 말했고, 그 순간 난 결심했다. 한 걸음 뒤로 물러나기로 말이다.

"이런 등신 같은 년이 지금 뭐라고 지껄이는 거야? 확 발가벗겨서 육봉 맛을 좀 봐야 정신을… 꾸억!"

우둑!

그저 여인이 오른손으로 봉구의 양 볼을 잡은 것뿐이었다. 그런데 정말 섬뜩한 소리가 흘러나왔다. 한 손으로 턱을 붙잡았는데 저런 소리가 난다면 더 생각하고 자시고 할 것도 없었다.

"가뜩이나 기분 더러운데 아주 노래를 하는구나, 죽여달라고. 앙!"

퍼어억!

"크악!"

그녀의 오른발이 봉구의 사타구니를 걸어차자 그의 신형이 허공으로 치떠 올랐고, 입과 사타구니는 이미 피로 물들어 있었다. 이 정도면 앞으로 남자 구실 하기는 힘들 터였다.

"야, 단야! 당신 내가 이런 말을 들어야 할 이유를 설명하지 않는다면 저 꼴이 날 거야! 알았어?"

그녀는 이번엔 자신의 앞에 서 있는 사냥꾼에게 소리쳤다. 이미 그녀는 봉구의 목숨 따위는 까맣게 잊은 듯했는데, 그는 지금 저 구석에서 피거품을 물고 있었다.

그러나 그보다 더 섬뜩한 소리가 들려왔다. 어느새 나에게

다가온 사냥꾼의 목소리였다.

"말머리꾼."

"예?"

생각보다 맑은 목소리에 조금 놀랐다. 그의 말은 비록 낮았지만 똑똑히 들려왔다.

"말머리꾼들은 어디 있나?"

"……."

최악이었다. 역시 이들은 즐기러 온 자들이 아닌 것이다. 역시 난 사람 볼 줄을 안다.

"말머리꾼?"

마유조는 중얼거렸다. 말머리꾼이라면 말 앞잡이를 말하는 것. 그건 여기서 찾아야 할 것이 아니었다. 마구간에서 찾아야 하는 것이다.

"아닐세, 유조. 단 형이 말하는 말머리꾼은 그런 일반적인 의미가 아닐세. 그건 은어(隱語)야."

"은어?"

마유조는 모르겠다는 표정을 지으며 혁리에게 눈을 돌렸는데, 그건 혁리뿐만이 아니라 다른 사람 모두 마찬가지였다.

혁리는 포쾌이니 이쪽에 관해 조금 아는 것인데, 그는 고개를 끄덕이며 말을 이었다.

"보통 사람들은 마적단이라 하면 그냥 마음 내키는 대로 아무 마을이나 약탈하면서 살아가는 줄 아는데, 그렇지가 않아.

사실 마적들도 상당히 여기저기 신경 써서 약탈을 하지."

"마적단이 신경을 쓴다고요? 그건 무슨 이야기인가요?"

모안이 이해가 가지 않는다는 듯 입을 열자 혁리는 씨익 웃었다. 당연한 노릇이다. 마적단을 조사할 일이 없었을 테니 말이다. 그는 대강 정리를 해서 알려주었다.

마적단이 하나뿐이라면 저들은 필요가 없을 터였다. 하나 이곳 요녕성만 해도 마적단은 수십여 개가 넘는다. 그들 모두가 여기저기 이동하면서 마을을 약탈하는 것이다.

한데 정말 재수없게도 다른 마적단이 턴 곳을 털게 된다면 어떨까? 아니, 진짜 재수없게도 관군이 이동하는 곳에서 마적단이 활동할 수도 있었다.

그렇게 되면 결과는 불을 보듯 뻔한 것인데, 말머리꾼은 바로 이러한 일들을 처리한다. 정확히는 마적단이 이동하고 약탈할 마을을 미리 알아서 보고하는 것이다. 즉, 마적단을 위한 정찰을 해주는 놈들인 것이다.

"세상에 그런 놈들도 있나요? 정말 살아 있어서는 안 될 말종들이군요!"

양소은은 양 눈썹을 치켜뜨며 소리쳤고, 은연중에 마유조도 고개를 끄덕였다. 다른 사람의 목숨을 담보로 살아가는 직업은 여러 가지가 있지만 이건 그중에서도 악질로 통하는 것이다.

그런 자들이 있다면 지금이라도 요절을 내야 할 것이다. 마적보다도 이놈들이 더 악랄한 놈들이라는 것은 바로 이들을 이야기하는 것일 터였다.

“그래, 말종들이지. 그리고 그놈들은 일이 성공하면 주로 이런 곳에서 진을 치지. 조용해질 때까지 이곳에서 분탕질이나 치는 거야.”

“…그래서 이곳에 온 것이군요.”

그제야 이해가 간다는 듯 모안이 말하자 혁리가 고개를 끄덕였다. 여러 군데 보면서 다닌 것은 이들이 있을 만한 곳을 알아보았던 것이다.

분명 며칠 전부터 틀어박힌 놈들이기에 기녀들이 다른 손님을 받지 못하는 곳일 터였다. 호객 행위를 안 하면서도 문을 연 곳을 찾았던 것이다.

“말했잖아요.”

갑작스레 또랑또랑한 목소리가 들려오자 모두의 시선이 아래로 향했다. 그곳엔 월홍이 양소은의 바지춤을 잡은 채 서 있었다.

“단 아저씨가 하는 행동엔 다 이유가 있다니까요.”

“……”

확실히 그렇게밖에 생각할 수 없는 순간이었다.

“말머리꾼이라뇨? 전 잘 모르겠습니다만. 하하!”

점소이는 말을 돌리고 있었다. 벌써부터 이마에 땀이 솟아나는 것을 보니 틀림없이 거짓말이다.

나이로 봤을 때 단야의 말을 알아듣지 못했다는 것 자체가 말이 되지 않았다. 단야는 고개를 살짝 들며 다시 입을 열었다.

“말머리꾼, 어디 있나?”

“…….”

간단히 점소이의 말을 무시한 채 단야는 다시 입을 열었다. 점소이의 이마에서 솟아나는 땀방울이 점점 더 굵어질 그때였다.

“말머리꾼을 찾으시면 마구간으로 모셔야지 왜 아직 여기 세워두실까? 이봐, 육삼이. 너 이 새끼, 나이 처먹고 아직도 세상 이치를 몰라?”

“아, 진 형님. 그게… 저…….”

어느새 육삼의 뒤편에서 일단의 사람들이 나오자 육삼은 작은 한숨을 쉬었다. 그나마 믿을 만한 놈들이었다.

이런 일에 필히 끼어 있는 동네 주먹패들, 양아치 놈들이 나서 준 것인데 평소라면 돈이나 뜯으러 오는 아주 짜증나는 놈들이다. 그러나 지금 이 순간은 정말 고마움이 절로 밀려 올라왔다.

“어이고, 이것참, 봉구 녀석 좀 보게나. 벌써 멋지게 한탕 해 주셨네? 이거 이젠 조용히 끝낼 수가 없겠구만. 야! 가서 애들 불러와!”

“예, 형님!”

제일 앞에서 건들거리는 사내의 말에 몇몇 건달이 쏜살같이 어디론가 움직였다. 아마도 일각 안에 이 근처에 있는 모든 건달이 이곳으로 모일 터였다.

아무리 무공을 하는 사람이지만 숫자가 많으면 쉽지 않은 것이 사실이다. 그러나 단야는 전혀 개의치 않는 듯 보였다.

“적어도 팔 하나쯤은 놔두고 가야 할 테니 어디 한번 죽어봐, 이 개자식."

"야, 육삼! 너 술 가지고 오라고 한 지가 언제인데 아직까지 거기서 노닥거려! 앙!"

어디선가 뾰족한 소리가 울려 퍼지자 사람들의 시선이 일제히 움직였다. 이층 계단 위에서 들려오는 소리였다.

그곳엔 한 여인이 있었다. 무얼 하다 왔는지 모르나 앞섶을 반쯤 풀어헤친 채 표독한 표정을 짓고 있었다. 예쁘기는 하지만 그리 마음이 가는 유형은 아니었다.

"아유, 진짜 꼭 일일이 이 초국이 해야 되는 거냐? 버러지 같은 것들이 진짜."

"초국아, 내려오지 말고 그냥 거기 있어. 지금 상황이……."

"멍청한 자식이 누구에게 이래라저래라 하는 거야! 지금 내 오라버니하고 친구들이 위에서 쉬고 계신 거 몰라!"

여인은 뭐가 그리 화가 나는지 한달음에 계단을 내려와 눈을 흘겼는데 진 형님이라는 자 역시 예외는 아니었다.

"등신 같은 게 좀 조용히 처리하라니까 하는 짓 하고는. 아휴!"

"뭐? 이년이 정말!"

"어쭈, 손댈 거냐? 응? 오라버니 위에 계신데?"

"…아나, 진짜!"

건달은 성질이 나는지 큰 소리를 내었지만 그렇다고 해서 여인을 건드리진 않았다. 여인은 피식 웃으며 이번엔 단야의 앞으로 가 허리춤에 손을 올렸다.

"이봐요, 손님. 뭐 꽤 멋지긴 하지만 날이 안 좋아. 요즘 우리 집은 오라버니와 친구들이 같이… 무슨… 꺄아아아악!"

"엇!"

"무슨 짓입니까, 단 형!"

마유조와 모안은 버럭 소리를 질렀다. 단야가 한순간 여인의 반쯤 풀어진 가슴속에 손을 집어넣었던 것이다.

같이 왔던 일행, 특히 양소은의 얼굴은 붉다 못해 터지기 직전이었다. 물론 같은 일행이 이 정도이니 반대편에서 보는 자들은 더 격한 반응이었다.

"이 개자식이 진짜 죽으려고."

"야, 그냥 째버려!"

여기저기서 살벌한 소리와 함께 단야에게 덤벼들려는 순간, 그들 모두가 멍한 표정을 지었다. 여인의 품속에 넣었던 손을 코로 가져갔던 것이다.

그리고는 눈을 감고 천천히 그 냄새를 맡고 있었다. 진정 변태도 이런 변태가 없었다.

"이 변태 같은 자식! 너 같은 건 저놈들이 아니라 내가 죽여주마! 어디 한 번 제대로… 뭐야!"

얼굴이 붉어진 채 앞으로 나가려던 양소은은 멈칫했다. 월홍이 그녀의 다리춤을 꼬옥 잡고 놔주지 않았던 것이다.

"월홍아, 지금은 마냥 저놈을 두둔할 때가 아니야. 지금은… 응?"

양소은은 월홍을 타이르다가 뭔가 월홍의 눈앞으로 오는 것을 보았다. 그건 단야의 기다란 손이었다.

꽉 쥐어진 주먹이 풀리자 그 안에 무언가 잡힌 것이 보였다. 월홍은 단야의 주먹 안에 있던 그것을 오른손으로 잡았다.

"향낭?"

가만히 잡기만 했는데도 순간 기이한 내음이 허공에 퍼지고 있었다. 그건 틀림없는 향낭이었고, 이를 입증이라도 하듯 월홍은 코로 가져갔다.

"무슨 짓이야, 월홍? 그런 걸 왜 코에……?"

월홍의 손에서 향낭을 빼앗으려던 양소은은 순간 당황했다. 월홍의 반응이 이상했던 것이다.

월홍은 커다란 두 눈에서 눈물을 펑펑 쏟아내고 있었다. 그리고는 훌쩍거리며 단야에게 입을 열었다.

"흐아아앙! 오씨 아줌마! 흐앙!"

단야는 아무런 말 없이 월홍에게 다가가 그의 작은 어깨를 감싸 쥐었다. 월홍은 단야의 허벅지에 얼굴을 묻고는 잠시 흐느꼈다.

"향낭이라고 다 같은 향낭이 아니지."

돌연한 상황에 사람들 모두 멍한 표정을 짓고 있는 사이, 단야의 목소리가 울리고 있었다. 이번엔 모든 사람이 단야의 얼굴을 바라보았다.

"짐승도 각기 고유의 향을 가지고 있다. 사향 주머니라고 다 똑같은 것이 아니라서 개중엔 정말 좋은 내음을 가진 것이 있지."

툭.

단야는 왼손을 한 번 공기 중에 털었다. 마치 관절을 풀 듯 그렇게 말이다.

"감숙성에서 오신 오씨 아주머니, 그분께 드렸었다. 바람피우는 아저씨를 잡겠다고 말이야. 대신 난 귀한 보리쌀을 얻었다."

"……."

혁리는 눈을 굴렸다. 이야기를 들어보니 이젠 알 것 같았다. 단야가 왜 그리 무례한 짓을 하는지 말이다.

그는 증거를 찾은 셈이다. 그 자신이 오씨 아주머니란 사람에게 준 향낭. 그것을 이곳에서 찾았다. 그건 어떤 관계로든 그 마을을 습격한 사람들과 관련이 있는 것이다.

쉽게 말해 이층에 있는 자들이 말머리꾼이란 뜻이다. 제대로 찾아온 것이다.

"월홍아."

스으으읏.

단야의 왼손이 움직이자 어느새 그의 손엔 거대한 활이 들려져 있었다. 그는 살짝 고개를 돌리며 다시 입을 열었다.

"잠시만… 눈을 감아라."

화아아악!

"……."

단야의 말이 끝나자마자 주위에 있는 모든 사람의 가슴이 철렁 내려앉았다. 모두 다 가슴을 관통하는 기이한 울림을 느꼈던 것이다.

무언가 폐부를 콰악 찌르면서 지나간 느낌. 바로 그런 느낌이었는데, 정작 놀란 것은 홍루에 있는 사람들이 아니었다.

단야와 같이 온 사람들. 그들이 오히려 놀라고 있었다. 그들은 지금 얼굴을 볼 수 있는 위치에 있으니 말이다.

왼 다리에 월홍을 매단 채 내력을 끌어올린 단야의 얼굴은 장포로 얼굴을 감았음에도 불구하고 두려울 정도로 차가운 악마의 형상이 나타나고 있었다.

마치 환상과도 같은 그 귀면과 함께 단야의 몸에서는 작은 일렁임이 시작되었다. 두 눈을 좁히고 자세히 보지 않으면 보이지도 않는 작은 일렁임이.

"잠시… 부탁하오."

월홍의 손이 보였다. 단야의 목소리에 양소은은 무의식적으로 손을 뻗어 그 손을 잡았다. 그 순간 단야의 신형은 돌려지고 있었다.

2

그저 조용할 뿐이었다. 조금 전까지 악다구니를 쓰던 사내들과 계집은 멍한 표정으로 단야를 바라보기만 할 뿐이었다.

아니, 그들뿐만이 아니라 지켜보는 모든 사람들은 다 입을 다물었다. 그만큼 단야의 몸에서 풍기는 기운은 이전과는 확연히 달랐다.

"사형, 이게 단야란 사람의 진짜 실력인가요?"

양소은의 목소리였다. 그녀는 무의식적으로 왼손으로 월홍을 꽉 끌어안았는데, 그 정도로 의외의 기운이었던 것이다.

"과연 혼자 몸으로 마적단과 싸우겠다는 말을 할 정도는 되는군요. 기운으로 봤을 때 제 아래가 아닌 듯한데요."

조금은 의외라 생각했는지 모안도 차분히 입을 열었다. 그의 눈동자는 단야의 뒷모습을 향하고 있었는데, 아마도 왼손에 들린 대궁을 보는 듯싶었다.

"흐음… 그건 나도 모르겠는걸."

혁리가 고개를 살짝 갸웃거리며 입을 열자 양소은과 모안은 고개를 돌려 그를 바라보았다. 생각하기에 따라서는 많은 경우를 상상하게 하는 말이었던 것이다.

"단 한 번의 행사로 그의 모든 것을 알 수는 없겠지. 나와 혁리 역시 마찬가지 입장이다. 아직까지 저 단야라는 사람의 무공은 모르겠구나. 하나 이것 하나만은 확실히 이야기할 수 있다."

"……"

"우리가 본 것은 저 정도가 아니라는 것, 그것뿐이다."

"……"

양소은과 모안은 살짝 두 눈을 크게 뜨더니 이어 신형을 돌렸다. 그들의 눈은 다시 단야의 뒷모습을 향했던 것이다.

어쨌거나 이젠 지켜보는 수밖엔 없었다. 마침 이층에서 그 실력을 알려줄 사람들이 속속 나타나고 있었던 것이다.

"술 가져오라고 한 지 좀 되는 것 같은데? 뭐 하는 거야?"

이층 한구석에서 커다란 소리와 함께 한 사내가 나타났다.

사내는 상의는 아예 벗어버린 채 이층 난간에 상체를 기대고 있었다.

"오라버니, 글쎄 저 자식이 오라버니가 준 향낭을 뺏어갔어. 그 향낭!"

초국이라 불리는 여인은 눈에 눈물이 그렁한 채로 쪼를 이층으로 올라가 나불대기 시작했다. 흡사 요조숙녀라도 된 듯 그녀는 앞섶을 여미며 교태를 부렸던 것이다.

"뭐? 향낭? 어떤 거?"

한데 사내는 뭘 주었는지조차 기억에 없는 듯 보이고 있었다. 그러자 여인은 다시금 그의 팔에 매달리며 소리쳤다.

"이틀 전에 오라버니가 준 거요! 참 좋은 향이 나온다며 차고 있으라던 거요! 그걸 저 무식한 놈이 가져갔다니까요!"

"아, 그거?"

그제야 기억나는 듯 사내는 머리를 긁적이며 입을 뗐다. 그리고는 흘끔 단야를 바라보며 말을 이었다.

"그러고 보니 분위기가 조금 이상하긴 한데…… 어이, 죽고 싶지 않으면 얼른 내놓지?"

"……"

우락부락한 인상의 사내는 그저 귀찮다는 듯 단야를 향해 입을 열었지만 단야는 물끄러미 바라볼 뿐이었다. 마치 아무 이야기도 듣지 못했다는 듯이 말이다.

"후, 증말 짜증나게. 야, 이 개자식아! 내 말 안 들려?"

잠시의 기다림 이후에 들려온 것은 커다란 고함 소리였다. 그러자 그 소리에 이끌렸는지 이층여기저기서 인기척이 들려왔다.

"간만에 좀 놀까 했더니 뭐가 이리 시끄러워!"

"빌어먹을! 누구야, 사람 짜증나게 하는 놈이?"

이층 문 여기저기가 벌컥벌컥 열리더니 반라의 사내들이 나왔다. 두말할 것도 없이 소리친 자의 일행이었다.

손에 무기가 될 만한 것들을 하나씩 들고 있었는데, 인상으로 사람을 죽일 수 있다면 정말 수백여 명은 죽이고도 남을 모습들이었다.

그들은 뭔가 재미있는 것을 발견했다는 듯 이층 난간 위에 손을 얹었다. 한데 그 순간이었다.

끼이이이!

"얼씨구?"

방금 전까지 카랑카랑하게 소리치던 사내는 피식 웃으며 말했다. 단야의 활에 한 대의 화살이 걸린 것을 보았던 것이다.

"나 참, 나한테 쏘시려고? 이야, 빌어먹을! 오늘 아주 짜증 제대로네?"

"큭큭, 도삼(刀三). 네 상판대기가 그렇지, 뭐. 아주 개나 소나 다 기어오르는 상판이야. 큭큭큭."

"저리 안 꺼져, 이 개자식아! 아, 짜증 진짜!"

시렁.

도삼이라 불린 사내는 옆 사람이 들고 온 박도를 뺏어 들고는 계단 위에 몸을 실었다. 그리고는 단야를 향해 다시금 입을 열었다.

"너 이 새끼, 지금 시위 안 놓으면 죽을 줄 알아. 이게 어느 안전이라고 연장질이야! 내가 그리 만만한 사람인 줄 알아!"

두 사람 사이는 약 사 장. 꽤나 큰 유곽이기에 가능한 거리였다. 그리고 그 정도 거리라면 화살 하나 정도 피하는 것쯤은 그리 어려운 것이 아니었다.

그냥 땅이나 파면서 농사를 짓던 사람들이라면 몰라도 어느 정도 무공을 하는 사람들이라면 이야기는 달랐다. 특히 자신처럼 사선을 밥 먹듯이 넘나드는 사람은 더욱더 말이다.

화살을 쏜다고 다 맞는 것은 아니다. 날아오는 방향을 감으로 잡은 채 움직이면 그만이었고, 그럼 백이면 백 다 피할 수 있었다.

아니, 백번 양보해서 피할 수 없다고 쳐도 살짝 몸을 돌리면 그뿐이었다. 어깨나 팔이 꿰뚫린다고 해도 죽는 것은 아니니 말이다.

그 상태로 가 쳐 죽이면 된다. 실제로 여태껏 그렇게 싸워왔으니 확실한 방법이란 증명도 있다. 그러니 지금이라고 다를 것은 없었다.

"아니, 이 새끼가 진짜 말을 귓등으로 알아듣나. 얼마……."

피이이이잉! 카칵!

"……."

도삼은 멍한 기분이었다. 갑작스럽게 무슨 일이 일어난 듯한데 그게 무엇인지 잘 알 수가 없었다.

분명하게 기억나는 것은 아주 작은 소리, 귓속을 살짝 울리는 이명(耳鳴)이 들려왔었다. 그뿐이다.

그런데 왠지 모르게 몸이 말을 듣지 않고 있었다. 특히 언제나 적을 향해 두어야 할 시선이 이상하게 틀어져 있었다.

어디선가 봤던 풍경이다 싶었더니 그건 바로 붉은 홍등에 물든 천장이었다. 물론 그 천장은 그의 의지대로 보는 것이 아니다.

그리고 이어 느껴지는 감각. 미간 가운데 아릿한 감각이 느껴졌다. 추측컨대 뭔가가 그의 미간에 박혔고, 그것 때문에 자연스럽게 고개가 젖혀졌을 터다.

"제… 기랄! 안 보… 여……."

피하기는커녕 보이지도 않는 화살. 태어나서 이런 화살은 처음 맞아봤다. 아니, 그게 당연한 일이다. 예전에 이런 화살을 맞았다면 이미 이 자리에 없을 테니.

급작스럽게 그는 몸에서 힘이 쭉 빠져나가는 것이 느껴진다. 무언가 뜨거운 것이 얼굴을 덮는다는 것, 그것이 그가 이승에서 느끼는 마지막 감각이었다.

쿠우우웅!

"꺄아아아악!"

도삼의 몸은 통나무처럼 그대로 뒤로 쓰러졌다. 추국이라는 여인의 다급한 비명성만이 지금 무슨 일이 일어났는지 온 사방에 알려줄 뿐이었다.

그리고 그것은 곧 단야와 말머리꾼 간의 싸움, 그 시작을 알리는 효시와도 같았다.

역시나 부드러웠다. 활을 쏘는 단야의 동작엔 군더더기란 없었다. 마음을 먹었으면 목표를 조준하고 바로 시위를 당겨 쏘는 것, 딱 그것이었다.

물론 자신과 혁리, 월홍을 구해주었을 때와 비교한다면 상당한 차이가 있었다. 그때 봤던 단야의 모습은 소리없는 지옥의 사자였다.

그에 비한다면 지금은 양반이다. 활을 쏘는 것이 훤히 보이는 데다 시위를 당기는 소리까지 나니 말이다.

문득 그의 눈에 단야의 오른손이 보였다. 허리춤으로 빠르게 움직이더니 한꺼번에 세 개의 화살을 움켜쥐고 있었다.

아마도 저 위에 있는 사람들 때문인 듯했다. 이층의 난간 위에는 지금 인상을 벅벅 쓴 채 무기를 들고 달려 내려오는 사람들이 있었다. 이유야 당연히 단야 때문이다.

어떻게 싸울는지 모르지만 단야는 주저함없이 시위를 당기고 있었다. 세 개의 화살을 한꺼번에 시위에 건 게 아니고 하나는 걸고 두 개는 약지와 중지로 늘어뜨려 잘 잡은 상태였다.

피이잉, 터어어엉!

"크아아악!"

놀라운 광경이었다. 보통 이렇게 가까운 경우 화살은 그리 큰 위력을 내지 못한다. 화살은 멀리서 날아오는 가속까지 같이 밀고 들어왔을 때가 두려운 법이다.

한데 단야의 화살은 조금 달랐다. 화살에 맞자마자 마치 팅기듯 사내의 몸은 뒤로 날아갔고, 정확히 가슴을 맞춘 화살은 사내의 몸을 천장에 고정시켰다.

피이잉, 터어엉!

두 번째 화살은 첫 번째 화살이 박히기도 전에 허공에 날았다. 막 이층에서 뛰어내리던 사내의 미간에 정확히 박히더니 그의 몸을 이층 난간에 매달아 버렸다.

세 번째 화살을 막 시위에 먹이는 순간 마유조는 두 눈을 감았다. 그리고는 최대한 마음을 진정시키며 온 감각을 끌어올렸다.

피이잉, 터어엉!

"칵!"

또다시 귓가에 섬뜩한 소리가 들리자 마유조는 살짝 미간을 찡그렸다. 그리고는 서서히 눈을 뜨자 또 한 번 끔찍한 광경이 나타났다. 이번에는 목이 뚫린 사내가 계단에 박혀 있었다.

보기만 해도 섬뜩한 광경이나 단야는 아무런 표정의 변화가 없었다. 그는 서서히 몸을 움직이기 시작했다. 이제 위로 올라가려는 듯했다.

아래층에 있던 사람 모두가 반사적으로 뒤로 물러나며 두려움에 가득 찬 시선을 내보내기 시작한 것은 그때부터였다. 그건 바라보기도 힘든 잔혹함 때문이었다.

하나 마유조가 보내는 시선은 비단 그 잔혹함 때문만이 아니었다. 그는 눈동자를 깊숙이 침잠시키며 한 가지 생각을 골똘히 하고 있었다. 그건 단야가 날린 세 발의 화살 중 마지막 화살 때문이었다.

두 눈을 감고 느꼈던 마지막 화살. 마유조는 아무것도 느낄 수 없었다. 화살이 허공에 날아가는 느낌조차 없었던 것이다.

후두두두두둑!

천장과 이층 난간, 그리고 계단 위에서는 피가 떨어져 내리기 시작했다. 마치 푸줏간의 그것처럼 섬뜩하기 이를 데 없는 모습이었다.

끼이이, 끼익!

단야는 한 발 한 발 계단 위로 올라서고 있었다. 그가 올라설 때마다 적은 차분하게 그 숫자를 늘려갔다. 이층 방 안에 처박혀 있던 자들이 모습을 나타낸 것이다.

진한 피 내음을 맡는 순간 반사적으로 병기를 들고 뛰어나왔다는 것이 옳은 표현일 터였다. 그들을 상황을 한번 훑어보곤 바로 단야에게 달려들었다. 누가 뒤로 가서 치라는 등 소리치는 사람 하나 없었다.

그만큼 실전을 많이 겪었다는 반증일 터였다. 그리고 그들은 단야의 활을 본 순간 바로 거리를 좁혔다.

활이라는 것은 근거리가 아니라 원거리 무기. 설마 이 활을 칼싸움처럼 사용하는 사람은 없을 것이다. 그렇기에 궁수들은 언제나 일정거리를 벌리려는 습성이 있었다.

이들은 누구보다 이를 잘 아는 사람들. 그래서 단야의 곁으로 쏜살같이 달려든 것이다. 제대로 사거리를 준다면 방패도 뚫어버리니 말이다.

그러니 단야가 할 일은 뒤로 피하든지, 아니면 옆으로 빠르게 피하며 화살을 날려야 했다. 그렇게 한두 사람씩 차례로 줄여야 하나 단야의 움직임은 상식을 벗어났다.

터어엉!

정반대로 오른발에 힘을 준 채 앞으로 벼락처럼 달려 올라간 것이다. 단 한 번의 도약으로 일 장여의 공간이 확 줄어들었다. 신법 역시 보통 이상임을 나타낸 것이다.

당연히 위에서 덮치던 사내들은 비릿한 미소를 지으며 수중의 병기를 날렸다. 순간적으로 단야의 앞에 박도 세 자루가 허공에 번뜩였다.

스슷.

순간 단야의 신형이 한쪽으로 반 족장 정도 이동하자 날아오던 박도 세 자루가 하나의 연장선 안에 놓여졌다. 철저히 일대일의 승부를 하려는 것이다.

하나 그렇다고 해서 위험에서 벗어난 것은 아니었다. 제일 앞에 있던 사내는 인정사정없이 박도를 내리그었다. 거리는 약 반 장. 이 정도라면 절대 피할 수 없다고 생각하면서 말이다.

피이이잇.

“……”

하나 그 생각은 이내 바뀌어야 했다. 박도는 하릴없이 허공을 갈랐다. 순간 단야가 어깨를 틀며 살짝 피했던 것이다.

사내는 이를 악물며 손을 뒤틀었다. 그리고는 단야의 허리를 베려 했지만 이미 그의 옆으로 빠져나갔다.

그리고 그냥 빠져나간 것이 아니었다. 단야가 빠져나간 순간 그의 목에선 피분수가 솟아오르고 있었다.

파아아앗!

그 피가 허공으로 솟구치는 순간 단야의 신형은 다시금 움직이기 시작했다. 두 자루의 박도가 같이 내려왔지만 단야는 몸을 움직이며 예의 같은 방법을 쓰며 두 사람 사이를 훑었다.

파아앗!

비명 소리조차 없었다. 목을 잘린 두 사람은 무너지듯 쓰러졌고, 단야의 눈앞에 새로운 사람이 보였다.

꽤나 큰 덩치에다 벌거벗은 몸 여기저기 기이한 그림을 새겨 넣은 자였다. 그는 두 눈을 부릅뜬 채 구환도를 들고 있었다.

그가 있는 곳은 제일 마지막 계단 위. 마치 유부 앞을 지키는 문지기처럼 인상을 확 쓴 채 구환도를 치켜들었다. 더 이상은 못 간다는 것처럼 말이다.

하나 단야의 움직임은 거칠 것이 없었다. 허리를 빠르게 틀며 오른손을 휘두르자 구환도가 옆으로 튕겨졌다.

따아아앙!

튕겨난 구환도를 다시 잡아당기기도 전에 단야의 공격이 이어지고 있었다. 그는 사내의 오른쪽 옆구리를 스치듯이 나아갔다.

터엉!

오른발을 결국 제일 위 계단에 올려놓은 채 그는 이층으로 올라섰다. 올라오자마자 놓여진 오른발을 축으로 빠르게 허리를 회전했다.

쉬이이잇, 빠각!

단야의 왼발이 사내의 오른쪽 뺨을 후려쳤다. 물론 앞이 아니라 뒤에서 길게 쳐낸 일격에 거구였던 사내의 몸이 허공 가득 떠올랐다.

그리고는 땅으로 떨어졌다. 이층에서 계단을 통하지 않고 바로 일층으로 처박혔으니 그 고통은 이루 말할 수 없었다. 그러나 그것이 문제가 아니었다.

퍼어어억!

거구의 사내가 일층 바닥에 엎어지는 순간 피가 사방으로 튀었다. 이미 사내의 몸엔 왼쪽 허벅지부터 나선형으로 몸을 돌아 오른쪽 목 어림까지 자상이 크게 나 있었던 것이다.

"그륵……."

피거품을 물며 사내는 몸을 부들부들 떨었다. 그가 살아난다는 것은 있을 수 없는 일. 자상만이 상처가 아니었다. 뒷발에 걸어차인 사내의 턱이 이미 부서졌던 것이다.

단야는 뒤는 돌아보지도 않은 채 전방을 주시했는데, 그곳엔 일단의 사람들이 그를 부채꼴로 둘러싸고 있었다.

다들 방금 나가떨어진 자처럼 벌거숭이 몸 여기저기에 그림을 그린 이들이었다. 그들은 단야의 행사에 두려움을 느꼈는지 함부로 덤비지 않은 채 두 눈만 빛내고 있을 따름이었다.

그들의 눈이 향하는 곳은 단야의 오른손. 그의 오른손엔 기형도 하나가 들려 있었다. 일자로 된 도신이 아니라 일자로 나오다가 툭 꺾인 모양으로 된 도신이었다.

도신의 앞쪽 면은 여타의 도와는 달리 상당히 크고 두꺼웠다. 길이는 약 이 척이 조금 넘어 보였는데 단검치고는 길고 장검치고는 짧은 도였다.

하나 그 도 한 자루로 네 명을 처치한 것이니 절대 무시할 것이 아니었다. 한 호흡도 채 크게 쉬기도 전에 네 명을 죽인다는 것은 절대 방심할 수 없는 상황이란 것을 뜻한다.

상황은 갑작스럽게 대치 상황으로 흘러가는 듯했다. 한데 순간 저 앞에서 한 사람이 걸어나오자 단야의 눈이 좁혀졌다.

"우리도 독하지만 네놈도 상당하군. 뭐 하는 놈이냐?"

단야를 앞에 두고 차분하다면 차분한 반응이었다. 단야는 눈을 들어 상대를 바라보았다.

쥐 상이라는 것이 딱 맞는 놈이었다. 체구는 오히려 지금 여기 있는 그 누구보다도 작았다. 하나 작은 눈 속에서 번들거리는 광기는 상당했다.

역시나 벗은 상의 사이로 어지럽게 낙서해 놓은 몸이 보였다. 그리고 다음으로 얇은 팔다리가 보였다.

살집이 없이 매끈한 느낌이었다. 양 팔목에 두툼한 천이 둘러싸여 있는데다 살짝살짝 손끝을 떠는 것을 볼 때 무엇을 무기로 쓰는지 단박에 알 수 있었다.

틀림없이 비도를 쓰는 자일 터이다. 단야는 한 걸음 앞으로 나서며 입을 열었다.

"네놈이 마두(馬頭)인가?"

단야의 목소리에 쥐 상의 사내는 비릿한 웃음을 지었다. 그는 여전히 양손을 살짝 떨며 입을 열었다.

"마두라…… . 참 오랜만에 듣는 건방진 소리구만."

그는 빙글빙글 웃으며 뒤로 물러나기 시작했다. 이유야 뻔하다. 비도를 던지려면 거리가 필요하니.

"그 야차 같은 낯짝에서 요녕성의 오구(烏口)님이라는 말이 나오도록 만들어주마."

시렁.

슬쩍 양팔을 흔들자 오구의 양손엔 섬뜩하게 빛나는 비수가 들려 있었다. 손을 들어 혀로 비수를 핥짝거리며 오구는 말했다.

"쳐라."

스스스슷.

차분한 그의 목소리에 여기저기서 살기가 터져 나오기 시작했다. 물론 그 대상은 단야 한 사람을 향하고 있었다.

단야 역시 움직이기 시작했다. 하나 착각이었을까? 그의 얼굴이 한층 무섭게 느껴지는 순간이었다. 그의 등 쪽에서 투명한 날개 같은 것이 나타나는 듯했다.

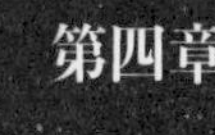

第四章

요녕성, 서벽의 홍루 2

문파에 소속되어 무공을 익히면서 양소은은 어느 정도 못 볼 꼴을 봐왔다고 생각했다. 빌어먹을 꼴도 몇 번인가 봤다. 물론 경험이 그리 많은 편은 아니었다.

그런데 지금 이 살풍경은 절로 가슴 한쪽이 메스꺼워졌다. 그만큼 단야라는 자의 손속은 잔인했다.

투투투투툭!

천장과 이층 난간에서는 아직도 피가 떨어져 내리고 있었고, 일층 바닥은 피로 홍건했다. 이층으로 올라가는 계단에서도 피가 떨어져 내리고 있었고 말이다.

이건 무공 대결이 아니었다. 이런 것은 일방적인 학살. 오히려 무공을 하는 사람이라면 이래서는 안 되는 것이다. 적어도 그녀가 배운 것이 정(正)을 지향하는 무공이라면 말이다.

"도저히 두고 봐줄 수가 없군요. 이건 무공이 아니라 학살입니다. 단야라는 저 친구, 왠지 마음에 안 드는군요."

양소은의 입에서 살짝 감정이 섞인 소리가 흘러나왔다. 그녀는 한쪽 입술을 질끈 깨물며 앞으로 나가려 했는데, 그때였다.

"함부로 이야기하지 말거라. 지금은 네가 나설 때가 아니야."

그녀의 앞에 누군가의 손이 쭉 뻗쳐 있었다. 앞으로 나서지 말라는 말. 마유조의 손이었다.

"그게 무슨 말이죠, 사형? 그럼 사형은 이 상황을 그냥 지켜보고만 있어야 한단 말인가요? 이 살육을요?"

"그렇습니다, 마 사형. 이건 무공을 하는 사람의 대결이라 볼 수가 없군요. 또한 정종 무공을 하는 사람이라면 그냥 두고 봐서는 안 됩니다. 이건 협의에……."

"자네들은 이게 무공 대결로 보이나? 이곳이 무공을 겨루는 곳으로 보여?"

혁리의 목소리였다. 그의 말투는 묘한 꼬임이 들어가 있어 양소은과 묘안은 동시에 시선을 돌렸다. 혁리는 그들을 바라보지도 않은 채 입을 열었다.

"정석대로 하자면 이럴 수는 없겠지. 포쾌이긴 하나 나 역시 관원. 하찮은 말머리꾼이라도 함부로 죽이는 저 단야라는 친구를 막아야겠지. 하지만 말이다."

혁리의 눈은 단야를 보고 있었다. 단야는 이층에서 부서진 난간에 기댄 채 상대를 맞이하려 하고 있었다.

"저 친구가 지켜야 할 마을은 어떨까? 남녀노소를 불문하고 모두 죽은 그 마을을 본 나로서는 저 친구를 말릴 생각이 없다."

혁리의 말은 그저 담담히 쏟아졌지만 그 말이 가지는 의미는 작은 것이 아니었다. 지금 그의 말은 이 순간만큼은 단야를 묵인한다는 뜻이니 말이다.

"그건 말이 안 됩니다, 혁 형님. 그런 식이라면 이 세상은 무법천지지요. 게다가 저건 정파의 무공이 아닐 것입니다. 사악한 무공이 세상을 뒤덮게 하실 것입니까, 사형?"

모안의 목소리에 마유조의 눈길이 돌려졌다. 물론 구구절절 옳은 소리였다. 모안의 입장에서 본다면 말이다.

그러나 단야나 혁리, 자신이 보는 입장이라면 조금 달랐다. 단야가 손을 쓰는 저 말머리꾼에게 인정이라고는 전혀 느껴지지 않았다. 사실 단야가 아니더라도 그들이 손을 봐주고 싶을 정도이니 말이다.

"그건 아닐 거예요."

"응?"

문득 들려오는 작은 소리에 양소은의 눈이 아래로 향했다. 가녀린 목소리의 주인공은 월홍이었다.

월홍은 두 눈을 꼭 감은 채 양소은의 다리춤을 꽉 잡고 있었다. 월홍의 목소리는 계속되었다.

"단야 아저씨가 사악한 무공을 가지고 있다는 거……."

"아, 그래?"

양소은은 무슨 소리인가 했다. 월홍의 입장에서는 충분히 그럴 만했다. 적어도 월홍에게 단야는 하나뿐인 보호자. 당연히 그렇게 생각할 수 있었다. 하나 이어진 월홍의 말에 모두 두 눈을 둥그렇게 뜰 수밖에 없었다.

"단야 아저씨도 모르거든요, 그 자신의 과거는. 그런데 사악한지 아닌지 어찌 알겠어요."

"……."

쭈욱 뻗은 복도를 가운데 두고 양쪽으로 방이 늘어져 있는 형태였다. 양측으로 보이는 방의 개수는 약 이십여 개. 꽤나 큰 유곽이었다.

이 안에 얼마만큼의 사람들이 더 있는지 모르나 노리는 것은 단 한 명. 저 어릿한 어둠 속에 숨어 있는 오구라는 자였다.

왼손에 든 궁과 오른손에 든 기형 단도, 이것이 그가 가진 전부였다. 단야는 왼손에 든 대궁을 등 뒤에 멘 화살통과 같이 쓰도록 고안된 활집으로 돌렸다.

스웃.

허리 뒤춤으로 왼손을 돌린 채 오른손에 든 도를 가슴께로 들어 올리는 것으로 준비는 끝났다. 문득 그의 귓가에 오구의 목소리가 들렸다.

"이거 이거, 그냥 활만 잘 쏘는 것이 아니라는 거야? 훗, 좋

아. 그 서역도(西域刀) 한번 제대로 쓰는 걸 볼까?"

파파팡!

오구의 목소리가 끝나자마자 빠른 일격이 단야에게 쏟아졌다. 여섯 명의 사내. 모두 다 박도를 든 채 한꺼번에 달려들었다.

병기만 따지자면 박도가 훨씬 무서운 병기였다. 단야가 들고 있는 서역도는 박도보다 길이가 짧으니 말이다. 선공을 당한다면 피할 수밖에 없었다.

여섯 명의 사내도 그 점을 잘 아는 듯 일단 출수하자 가장 빠른 속력을 내며 단야에게 덮치고 있었다. 그들 역시 이 서역도의 특징을 잘 아는 듯했다.

피피피핏!

삽시간에 단야의 눈앞에선 하얀 도광이 난무했고, 단야의 몸 이곳저곳에서는 작은 핏줄기가 솟구쳤다. 하나 단야는 그저 한 걸음 뒤로 물러날 따름이었다.

턱.

뒤로 물러나고 싶어도 더 이상 갈 수가 없게 되었다. 난간에 허리가 살짝 걸린 것인데, 순간 단야의 오른손이 뒤로 젖혀졌다.

슛, 파아앙!

오른발에 힘을 준 채 단야는 한껏 젖혀진 오른손을 앞으로 휘둘렀다. 목표는 제일 왼편에 있는 자. 그러자 그의 박도가 허공으로 올라오는 것이 보였다.

아무래도 서역도의 길이가 작다는 것 외에는 전혀 아는 것이 없는 보이자 단야는 팔꿈치를 쫙 폈다. 그러자 가속이 된 서역도가 사내의 박도 위에 떨어져 내리고 있었다. 아무래도 이 사내는 서역도와 박도와가 차이가 크기뿐인 줄 아는 듯싶었다.

비록 길이는 짧을지 몰라도 그 두께는 세 배가 넘는 것이 단야가 들고 있는 서역도였다. 더욱이 도신이 유려하고 뒤로 쏠리는 여타의 도와는 달리 도의 무게중심이 앞쪽으로 쏠려 있어 위력이 배가되는 형태였던 것이다.

그저 베는 힘이 강하다는 것만으로는 설명이 부족했다. 달리는 말에서 치는 것만큼 엄청난 관통력이 생기는 것이다. 특히나 이렇게 치는 순간 팔목과 팔꿈치의 회전을 크게 돌린다면 놀라운 결과가 나올 수 있는 것이다.

쩌어어어엉!

"크아악!"

사내의 입에서 커다란 비명 소리가 흘러나왔다. 단야의 손에 들린 서역도는 박도를 반으로 가르며 그 뒤에 있는 사람까지 같이 갈랐던 것이다.

철로 만든 갑주까지도 갈라 버리는 강렬한 힘. 당연히 칼로는 막을 수 없었던 것인데, 단야는 이를 잘 아는 듯 아무렇지도 않게 허리를 휘돌렸다.

휘이잇, 따라라랑!

회오리가 치듯 강렬한 일격에 반 토막 난 박도의 조각이 허공에 치떠 오르고 있었다. 순식간에 세 명의 장정이 피를 토하며 뒤로 튕겨 나갔던 것이다.

이어 단야는 나머지 세 사람도 같이 쳐내려 했다. 한데 어디선가 강렬한 기운이 그를 향해 뻗어왔다.

"……."

틀림없이 그를 향해 무언가 날아오고 있었다. 세 개의 박도가 그를 향해 날아오지만 모두 막을 수는 없었다. 단야는 신형을 모로 세운 채 양 무릎을 꿇었다.

쉬쉬쉿! 피이이잇!

왼 어깨에 조금 깊은 상흔이 남았지만 어쩔 수 없었다. 이 정도라면 어떻게 움직여 볼 만했다. 하나 이어진 공격은 절대 맞아선 안 되는 것이었다.

파파파팟!

"크악!"

"커어억!"

단말마의 비명 소리가 들려왔다. 그건 다름 아닌 지금까지 단야를 향해 덤벼들던 사람들. 그런데 단야가 손을 쓴 것이 아니었다.

손을 쓴 것은 저 뒤에 있는 자. 오구였다. 그의 손에서 발출된 암기가 그들을 꿰뚫은 것이다.

따라랑!

오른손을 빠르게 휘둘러 정면으로 날아오는 암기를 쳐낸 후 단야는 허리를 뒤로 젖혔다. 지면과 수평으로 될 정도로 크게 눕히자 그의 눈앞에 무언가 스치듯 지나갔다.

터어엉!

난간 위에 꽂힌 것은 작은 강침이었다. 약 삼 촌 정도의 강침. 오구는 수하고 뭐고 개념이 없는 자였다.

"이것참, 볼수록 재미있는데? 큭큭."

오구의 목소리엔 비웃음이 가득 담겨 있었다. 단야는 그 웃음소리를 들으며 신형을 바로 세웠다.

"설마하니 이 한 수를 피할 줄이야. 하나 이로써 네 실력을 알았으니 그 녀석들도 편히 눈을 감겠지."

오구는 가운데 복도의 제일 끝에 서 있었다. 약 삼 장여가 살짝 넘는 거리. 암기를 날리기에 가장 좋은 거리를 찾았던 것이다.

어느새 그의 양손엔 각기 세 개, 총 여섯 개의 강침이 들려 있었다. 오구는 진한 웃음과 함께 양손을 들어 올렸다.

이 정도면 될 터였다. 상대가 조금 강해 보이는 듯하지만 이 거리라면 충분했다. 자신의 수하들과 자신은 같은 수준이 아니니 말이다.

비록 당문은 아니지만 그에 준하는 사람에게 사사해 정식으로 무공을 배웠다. 비록 비도 대신 강침으로 대신하여 시전하고 있지만 그렇다고 해서 위력이 반감되는 것은 아니었다.

아니, 오히려 더욱더 강해졌다고 보는 것이 옳을 터였다. 더욱더 빠른 속력에 은형(隱形) 조건도 좋아 그에게는 딱 맞는 무기였던 것이다.

이제 이 강침을 떨쳐 내면 이 싸움은 그의 승리라 해도 과언이 아니었다. 일단 시작하면 소매에 장착한 수백 개의 강침이 연속으로 발출하게 되니까 말이다. 한데,

터어엉!

"크아악!"

오른 어깨를 불에 지진 것 같은 감각에 오구가 비명을 질렀다. 그와 함께 몸이 뒤로 확 밀려 벽에 부딪쳤지만 그런 고통은 어깨에 비하면 아무것도 아니었다.

"이게……."

놀란 오구는 눈을 돌렸다. 그리고는 두 눈을 부릅떴는데, 그곳엔 기다란 화살 하나가 박혀 있었다.

"비, 빌어먹을!"

그는 후회했다. 그제야 한 가지 사실을 깨달을 수 있었던 것이다. 상대의 원거리 무기 실력 역시 대단함을 말이다.

어느 틈에 단야의 손에 대궁이 쥐어져 있었던 것이다. 득의의 순간 잠시 마음을 놓은 것이 실수였다.

터어엉!

"크아아악!"

단야는 오른 어깨에 이어 왼 어깨까지 꿰뚫어 벽에 박아버리곤 시위를 내렸다. 두 개의 화살이 자신을 벽에 매달아놓은 꼴이라 오구는 버둥거렸다.

"비, 빌어먹을 화살 따위! 이야아압!"

끼긱.

오구는 한순간 내력을 끌어올리며 어깨를 떨었다. 단숨에 부러뜨리고 일단 몸을 숨겨야 할 터였다. 그러나 그 생각은 이내 바꾸어야만 했다.

"무슨……!"

양어깨에 박혀 있는 시커먼 화살. 그것은 내력을 끌어올렸음에도 꿈쩍하지 않았다. 그제야 저 활에서 나오는 화살이 근거리에서도 왜 이리 강력한지 잘 알 수 있었다.

전체가 쇠로 만들어져 있었던 것이다. 양손이 자유로운 상황이면 모르나 지금처럼 벽에 붙게 되면 아무런 힘을 쓸 수가 없다. 부러뜨린다는 것은 요원한 일이다.

"야, 이 자식들아! 지금 뭐……!"

터터텅!

"……."

오구는 목울대를 꿀꺽 삼켰다. 그의 말이 채 끝나기도 전에 일순 세 개의 화살이 그의 머리 주변에 와 꽂혔던 것이다.

양쪽 귀를 스치며 두 발이 꽂혀 있었고, 백회혈을 스치며 한 발이 머리 위에 꽂혀 있었다. 이번에 박힌 화살은 검은색이 아닌 회색의 일반적인 화살이었다.

실로 귀신같은 궁술이 아닐 수가 없었다. 도무지 이 화살은 언제 날아왔는지 기척조차 느낄 수 없었던 것이다.

그의 궁술에 질렸는지 좌, 우측에서 수하들이 나오지도 않고 있었다. 오구는 질끈 입술을 깨물며 빠르게 머리를 회전했다.

일단 그의 몸은 더 이상 싸울 수 있는 몸이 아니었다. 양손에는 힘이 들어가지 않으니 수하들이라도 싸워줘야 했다. 그러나 이도 불가능했다.

반대로 자신을 이렇게 만든 자는 정말 무서울 정도로 강한 사내였다. 특히 아무리 연사(連射)의 달인이라 해도 이렇게 빨리 쏠 수는 없었다. 세 발의 화살이 동시에 날아오는 듯한 착각이 들 정도이니 말이다.

이 귀신같은 활솜씨를 본 순간 그는 눈앞에 서 있는 사람의 실력을 확연히 깨닫게 되며 처한 상황을 알 수 있었다. 도저히 그는 상대가 될 수 없는 사람이었던 것이다.

"무… 무슨 일로 날… 찾으신 겁니까?"

저절로 존댓말이 나오는 순간이었다. 양어깨의 아픔 따위는 목숨의 무게 아래 날아가 버린 지 오래였다.

*　　　*　　　*

풀썩!

어깨에 메고 온 시신을 땅바닥에 내던지자 네 명의 사내가 이를 둘러싸고 있었다. 그들은 양손에 섬뜩한 륜을 든 사내의 시신을 보면서 흥미롭다는 듯 바라보기 시작했다.

"삼조장이 당한 건가? 이것참, 흥미로운데?"

"삼조 전체가 다 당한 것 같습니다. 집결지로 오는 도중 죽었다고 봅니다."

비릿한 목소리였다. 하나 세 사람 모두 심각한 목소리는 아니었다.

"흐음, 그래도 한가락 하는 놈인 듯한데 이렇게 당하다니 의외인데?"

키링.

거대한 도끼를 어깨에 걸어 올리며 사내는 입을 열었다. 셋 중에 가장 키가 컸으며 상당한 덩치를 지니고 있었다.

"이봐, 삼단주. 자네 휘하에 있는 놈 아니야? 이걸로 자네 수하들은 몇 명 안 남았겠는걸."

"아아, 말씀 안 하셔도 다 압니다, 이단주님. 한 개조밖엔 없지만 뭐 그 정도면 충분합니다. 새로 충원하면 그만이니."

이단주라 불린 사람은 호리한 체격을 지닌 사람이었다. 도끼를 든 삼단주와 비교 자체가 불가할 정도로 왜소했다.

"그런데 좀 희한하군요. 죽은 이유가 화살인가요?"

"응? 그런가?"

땅딸한 사내의 목소리였다. 그는 시신을 뒤적거리며 연신 눈을 빛내기 바빴는데, 허리춤에 긴 만도(滿刀)를 차고 있었다.

"틀림없습니다. 이 녀석이 손으로 이 륜을 잡고 있는 게 더 기적인데요? 양 팔꿈치 모두 화살에 꿰인 모양인데……."

땅딸한 사내의 말에 네 사람의 시선은 모두 시신에게 향했다. 과연 팔꿈치 움푹 들어간 곳에 부러진 화살이 하나씩 박혀 있는 것이 보였다.

"척택혈(尺澤穴)이라니……. 이거 가능한 거 맞아? 화살로,

그것도 양손의 같은 혈을 정확히 쏜다고?”

그는 신음성을 흘리며 고개를 좌우로 저었다. 말로는 쉽지만 실제로는 상당히 난해한 일이다. 아니, 어쩌면 불가능하다고 해도 과언이 아니었다.

더욱이 맞은 곳은 팔꿈치. 죽은 삼조장이 가만히 있지 않는 다음에야 쉽게 맞출 수가 없는 곳이다.

무공이라는 것은 양손을 주로 사용하게 마련. 양손은 언제나 휘돌리고 있을 터였다. 한데 그런데도 불구하고 양 팔꿈치를 맞추었다면 보통 실력이 아니라는 뜻이다.

“진짜 원인은 이것이구만. 왼쪽 가슴. 그런데 살짝 벗어났어.”

“큿, 그렇군요. 삼단주님 말씀이 옳군요. 삼조장 이 녀석, 죽어라고 도망쳤군.”

땅딸한 사내의 입에서 작은 목소리가 흘러나왔다. 사인은 대량의 피가 흘러 죽은 것. 그래서 이곳 근처까지 올 수 있었던 것이다.

“이상하군. 내가 명령을 내리기엔 삼단주와 사단주 모두 같이 움직이라 하지 않았나?”

묵직한 목소리에 땅딸한 사내가 움찔했다 그는 말을 한 사내를 향해 고개를 돌렸는데, 그곳엔 한 번도 말을 하지 않은 사내가 서 있었다.

중키에 눈을 빼놓고는 회색의 천으로 휘감은 사람이었다. 땅딸한 사내는 눈꼬리를 파르르 떨며 입을 열었다.

"죄송합니다, 대형. 그냥 작은 마을 하나라 수하들만 가지고도 충분할 것이라 생각했습니다. 해서 전……."

"넷째 네 마음대로 빠졌다는 거냐?"

"……."

그리 화난 음성이 아닌데도 사단주라 불린 땅딸한 사람은 찔끔한 표정을 지었다. 아무래도 그가 이곳의 최고 책임자인 듯했는데 그의 목소리는 계속되었다.

"요즘 들어 너희들 다른 생각이 좀 많은 것 같구나. 해이해진 것이냐?"

"죄, 죄송합니다, 대형."

"죄송합니다."

삼단주와 사단주라는 사람은 연거푸 고개를 조아렸다. 땅딸한 사내와 덩치 큰 사내였다.

잠시 동안 네 사람 간에 침묵이 흘렀다. 그리고 그 침묵의 끝에 대형이란 자의 목소리가 들려왔다.

"잊지 마라. 우린 일개 도적이 아니다. 우린 이 요녕성의 풍마단이다. 너희들이 날 믿지 못한다면 난 수하들을 통솔할 수가 없다."

"물론입니다."

"다신 이런 일이 없을 것입니다."

두 사람이 딱딱하게 굳은 얼굴로 말하자 사내는 고개를 끄덕였다. 그러자 두 사람은 자리에서 일어나 어디론가 사라졌다.

"활을 쓰는 자라……. 어떤가, 이단주? 자네가 보기에 이

놈은.”

“……”

이단주는 입술을 씰룩였다. 사십대로 보이는 그의 얼굴엔
연륜이 묻어나고 있었는데, 그의 등엔 강궁 하나가 달랑 걸려
있었다.

“말할 것도 없이 진짜입니다. 보통 실력이 아니죠. 솔직히
이런 실력을 가진 놈이 있다는 것이 놀랍습니다.”

“그 정도야?”

대형이란 사람의 목소리엔 놀람이란 감정이 묻어 있었다.
그러자 이단주의 입술이 다시 열렸다.

“이 정도의 실력을 지닌 자라면 이건… 실수로 못 죽인 게
아닙니다, 대형.”

이단주의 손이 시신의 가슴으로 향했다. 그는 손가락을 집
어넣더니 가슴에 박힌 화살촉을 잡아 뽑으며 입을 열었다.

“일부러 죽이지 않은 겁니다. 이유는 모르지만.”

이단주의 눈은 화살촉을 향해 고정되어 있었다.

2

오구는 어금니를 꽉 물었다. 상황이 급변한 이상, 그는 정신
을 차려야 했다. 죽고 사는 것은 오로지 그의 세 치 혀에 달린
것을 깨달은 것이다.

어느새 홍루의 이층엔 활잡이뿐만이 아니라 그 일행까지 올

라와 있는 상황이었다. 오구는 눈을 굴려 그들의 면면을 바라
보았다.

무복을 입은 세 명은 모두 같은 복색이었다. 여인 한 명에
남자 둘. 남자는 젊은 사람과 중년층의 사람. 딱 봐도 이 셋은
한 문파의 사람임을 알 수 있었다.

이곳에 문파랍시고 제대로 복색을 갖추고 있다면 단 한 곳,
설산파뿐이었다. 그렇다면 설산파의 누구라는 것이 중요했다.

말머리꾼에게 가장 필요한 것은 정보였다. 쓸데없는 일에
휘말려서 귀찮게 된다면 그건 말머리꾼으로 실격이었다. 당연
히 그렇게 되지 않기 위해서 정보는 언제나 머릿속에 구겨 넣
었다.

그리고 지금 그 정보를 다시 끄집어내니 상대의 이름을 알
수 있을 것 같았다. 가장 강해 보이는 중년인, 일반보다 훨씬
큰 붉은 수실을 허리춤에 단 사내는 틀림없이 마유조란 사람
일 터였다. 이 요녕 땅에서 열 손가락 안에 들어간다는 고수
홍사검인 것이다.

쌍검을 등에 멘 여인은 아마도 설산파의 골칫덩이 양소은일
터였다. 여인의 몸으로 쌍검을 허리도 아니고 등에 멘 사람은
설산파에서도 딱 한 명일 테니 말이다.

나머지 한 명이 문제이긴 한데, 그건 그리 중요한 것이 아니
었다. 젊은 사람은 이곳에서 발언권이 그리 크지 않을 터이니
차라리 다른 사람을 노리는 것이 나았다.

그런데 나머지 한 사람, 허리에 금포를 두른 그를 보자 볼

것도 없이 한 사람의 이름이 떠올랐다. 그는 피식 웃으며 앞을 향해 입을 열었다.

"큭, 홍사검 마유조에 설산의 양소은, 거기에 금포 혁리까지. 이 오구 아주 눈에 금칠을 하는구만. 큭큭."

아무것도 아니지만 상대의 이름을 먼저 안다는 것은 협상의 성패를 좌우하는 기본이었다. 상대에 관해 어느 정도 알고 있다는 것은 함부로 대할 수 없다는 것과 마찬가지이니 말이다.

이제 저들은 말 한마디를 조심하며 던질 것이다. 이곳에 깔린 여러 눈은 설산이란 두 글자를 세상에 퍼뜨릴 터이니 말이다.

소위 정파를 지향하는 것들이라 이제 함부로 살인을 할 수도 없을 터였다. 그건 자신이 살 확률이 좀 더 높다는 것을 의미한다.

역시나 그들의 눈이 한꺼번에 굳어지고 있었다. 오구는 씨익 웃으며 다음에 할 말을 생각하기 시작했고, 다음 수순은 이들이 자신에게 부당한 폭력을 썼다고 말하면 그만이었다. 저들은 어찌 되었든 정파니까.

"이 사람이 아무리 죄가 많다고는 하나 이런 식은 곤란하다고 생각지 않소이까? 스스로 정파를 자처하는 설산파의 행동이 이토록 무도하다니, 나 원 참."

피식 웃으며 그는 상대의 분위기를 훑어보았다. 홍사검 마유조야 뭐, 얼굴색 하나 바꾸지 않고 있었는데 그거야 당연한 일이었다. 나이 삼십 중반이 넘어가는 사람이니 이런 격장지

계에 넘어갈 턱이 없었던 것이다.

하나 양소은과 그 옆에 있는 젊은 사내의 눈은 분노와 당혹으로 물들고 있었다. 양어깨에 밀려오는 고통 속에서도 그는 속으로 쾌재를 부르며 다시 말을 이었다.

"과연 힘이란 그런 거군요. 아무리 정… 응?"

계속 입을 열어 좋은 상황을 만들려던 오구는 눈을 동그랗게 떴다. 그의 눈앞에 뭔가 나타나 있었던 것인데, 아주 뾰족한 물체였다.

물론 그게 무엇인지는 바로 알 수 있었다. 바로 화살촉, 눈앞에 바싹 들이밀어졌다.

그런데 일순 그 화살촉이 아래쪽으로 내려지기 시작했다. 천천히 내려가던 화살촉은 이윽고 정지했는데, 그의 귓가에 기분 나쁜 소리가 들려왔다.

끼이이이.

시위가 팽팽하게 당겨지는 소리. 오구는 정신을 차리며 눈앞의 사태를 바라보았다.

커다란 사내였다. 언뜻언뜻 보이는 맨살로 볼 때 근육이 커다랗게 붙은 사내는 아니지만 정말 키가 큰 사내였다. 바로 앞에 섰다고 생각하는 순간 저 뒤가 하나도 안 보이니 말이다.

보통 사람보다도 훨씬 긴 팔을 가지고 있었는데, 그 팔에 맞춰서 그런 것인지 활도 엄청나게 컸다. 지금은 한껏 뒤로 젖혀진 상태였는데, 일순 사내의 오른손이 쫙 펴졌다.

터어엉!

"크아아악! 이… 빌, 빌어먹을 놈! 이게 무슨 짓이야!"

바로 아래에 있는 왼발 등에 화살이 직격한 것이다. 화살은 발을 관통한 후 마룻바닥에 박혀 부르르 떨고 있었다.

"오구라 했나?"

귓가에 낮은 목소리가 들렸다. 저 덩치에서 흘러나왔다고는 믿을 수 없을 만큼 맑은 목소리에 오구는 인상을 쓰면서도 고개를 돌려 사내의 얼굴을 바라보았다.

워낙 키가 커서 한껏 고개를 뒤로 젖혀야 볼 수 있었다. 호랑이의 가죽을 뒤집어쓴 사내의 얼굴은 어두워 보이질 않았다.

다만 그의 눈만은 똑똑히 보였다. 마치 네 개의 눈을 가진 듯한 그의 모습. 그 모습만으로도 솔직히 모골이 송연한 느낌이었다.

"이곳에서 동쪽으로 칠십여 리 떨어진 용현촌, 난 그곳의 보군 단야라고 한다."

"…보, 보군? 단야?"

용현촌이란 말이 들리자마자 오구는 어금니를 꽉 깨물었다. 뭐 그에게 원한을 가진 사람은 한둘이 아니었으니 언젠가는 이런 상황이 닥칠 것임을 예견하고 있었던 것이다.

그런데 개인적인 원한이 아니라 용현촌이면 마적단과 관계된 일일 터였다. 최근에 말머리 잡아준 곳이 바로 용현촌이니.

한데 관군이 아니라 보군이기에 조금 황당할 따름이었다. 보군이라면 그 마을의 수호신 격인 사냥꾼. 사냥꾼이 뭐 이렇게 강하단 말인가?

"……."

스스로를 단야라 밝힌 사내는 아무런 말 없이 대신 오른손을 품속에 넣었다. 그리고는 뭔가를 꺼내 바닥에 떨어뜨렸다.

딸그랑.

아주 맑은 소리와 함께 무언가 반짝이더니 바닥에서 세차게 요동치고 있었다. 그리고는 자신의 발밑으로 굴러오고 있었다.

또르르르르, 달그랑.

한참 굴러오다 발에 툭 걸리더니 옆으로 넘어지고 있었다. 시끄러운 소리를 내며 물체는 점점 제 형상을 갖추어져 가고 있었는데, 이윽고 오구의 눈이 커졌다.

"…풍전!"

그건 풍마단의 풍전. 그렇다면 이자가 원하는 것은 풍마단이었다. 자신의 목숨이 아니라 풍마단의 위치를 원하는 것일 수도 있었던 것이다.

그러나 그것은 자신이 살 길이 아니었다. 풍마단에게 해를 입히는 짓을 했다가는 그 길로 끝이었다. 어디선가 그들의 마수에 죽게 될 것이 뻔했던 것이다.

"풍마단, 어디 있나?"

단야의 낮은 소리에 오구는 식은땀을 흘려야 했다. 이미 정신은 혼미해져 가고 있었고, 더 이상 버티기는 힘들었다. 이제 치료를 받지 않으면 그는 죽는 수밖에 없었다.

하지만 풍마단에 대한 그의 마지막 공포가 입을 꽉 틀어막고 있었다. 일순 어떻게 해야 할지 판단을 할 수가 없었던 것이다. 그런데 일순 아까 들렸던 소리가 다시 들려왔다.

끼이이이.

틀림없이 단야라는 자가 활시위를 먹이는 소리였다. 역시나 단야는 커다란 활시위를 당기고 있었다. 목표는 또다시 아래쪽이었다.

터어어엉!

"크악! 이 미친놈! 그, 그만!"

오른 발등에서 불로 지진 듯한 느낌이 들자 오구는 고래고래 소리를 질렀다.

스스로 생각해도 놀랄 만한 일이었다. 자신에게 이만한 힘이 남아 있을 줄은 몰랐던 것인데, 위기는 거기서 끝이 아니었다.

끼이이이이.

또다시 시위가 뒤로 당겨지는 소리가 들리자 고통 속에서도 오구는 정신은 번쩍 차렸다. 이번엔 다리 쪽이 아니었다. 정확히 미간을 겨누고 있었던 것이다.

더 이상 화살은 움직이지 않았고, 시위는 완전히 팽팽하게 당겨져 있었다. 다음 목표는 말하지 않아도 어디인지 너무나 잘 알고 있었던 것이다.

분명히 그는 화살을 쏠 수가 없었다. 자신을 죽인다면 풍마단은 찾을 수 없었다. 일정한 거처없이 세상을 떠도는 자들이 바로 그들이니 말이다.

그러니 이건 위협일 확률이 높았다. 그는 슬쩍 눈을 돌려 단야의 눈을 바라보았다.

"……."

단야의 눈, 그곳엔 오구의 예상과는 전혀 다른 눈이 보이고 있었다. 분노라든지 아니면 상대를 엿보는 그런 유의 눈이 아니었던 것이다.

검은색. 끝을 알 수 없는 심연과 같은 검은 눈이 그를 바라보고 있었다. 소스라치게 몸을 떨 만큼 무심한 눈인 것이다. 이자, 그 흔한 살기조차 내비치지 않은 채 시위를 당기고 있었던 것이다.

그제야 오구는 깨달을 수 있었다. 적어도 이자는 그저 말 몇 마디에 혹할 사람이 아닌 것이다. 오구는 새삼 온몸에 닭살이 확 치돋는 것을 느끼며 커다랗게 부르짖었다.

"보름 후에 당평산(棠平山)! 당평산 양무곡(陽舞谷)에서 보기로 했습니다! 양무곡이요!"

홍루가 떠나가도록 커다랗게 외치고야 말았다.

"이쯤 하는 것이 어떨까 하네. 더 이상 손을 쓰면 이자도 죽겠지. 하면 저 뒤에 있는 녀석이 조금 곤란해할 것 같아서 말이야."

마유조의 목소리였다. 저 뒤에 있는 녀석이라는 것은 혁리를 뜻하는 것. 굳이 말로 하지 않아도 무슨 말인지 단야는 잘 알 수 있었다.

어찌 되었든 금포 혁리는 법을 수호하는 사람. 그에게 있어

자신은 지금 무법자나 다름없는 것이다. 오히려 단야를 포승
으로 묶어야 할 정도이니.

"이 정도면 충분히 난처해. 그놈 하나 더 죽는다고 뭐 달라
질 것도 없으니 그냥 자네 마음대로 하게, 단야."

손사래를 치며 혁리가 입을 열자 단야는 고개를 돌렸다. 혁
리는 피식 웃으며 자신을 바라보고 있었는데, 그 옆에 있는 사
람들의 표정은 좀 달랐다.

양소은과 모안은 잔뜩 긴장한 채 마치 지옥의 야차라도 본
듯 자신을 바라보고 있었고, 월홍은 그저 두 눈을 꽉 감고 있었
다. 여전히 그 녀석은 양소은의 바짓단을 잡고 있었고 말이다.

슛.

대궁이 다시 원상태로 돌아가고 있었다. 단야는 화살을 허
리 뒤춤으로 돌려 전대에 밀어 넣었다. 이제 그가 원하는 것은
다 들은 셈이었다.

"흐음, 일단 조치는 취해야겠지?"

타타탓.

오구의 앞에 선 마유조는 빠르게 손을 놀려 점혈했다. 고통
을 주기 위해서가 아니라 그를 살리기 위해서였는데, 이어 양
손을 뻗어 단야가 박아놓은 화살을 잡아 뽑으며 오른발로 앞
을 훑었다.

피잇, 따닥, 쿠우웅!

"크억! 무슨 짓이야!"

어깨와 발을 박았던 화살이 사라지자 마룻바닥에 엉덩방아

를 찢으며 오구는 주저앉았다. 마유조는 양손에 들린 강철로 만든 화살을 잠시 보더니 오구에게 말했다.

"한시라도 빨리 의원에게 보인다면 살 수 있겠지. 하나 의원이 오기 전에 이 사람도 궁금한 것이 있네. 성실한 대답 여하에 따라 이걸 다시 쏠지 말지 결정을 하지."

"과연 위군자라 불린 자들은 다르구나. 남이 이렇게 아픈 것을 이용하는 것이 소위 말하는 정파의 행동인가?"

"돈 몇 푼에 선량한 사람들의 피를 파는 네놈들이 정파라는 글자를 입에 담을 수 있다고 생각하나? 생각 같아선 저 친구가 아니라 내가 손을 쓰고 싶을 정도인걸."

"……."

오구는 찔끔한 표정을 지었다. 역시 이자도 자신이 쉽게 대할 수 있는 자가 아니었다. 마유조는 차분한 신색으로 입을 열었다.

"용현촌에서 두 사람이 사라진 것으로 알고 있다. 젊은 여인과 노인 한 명. 시신이 없는 것으로 보아 데리고 간 듯한데, 그들은 지금 어디 있나?"

마유조의 목소리에 단야도 귀를 기울였다. 그거야 당연히 마적단에서 데려가지 않았을까 하는 생각을 하고 있었던 것이다.

그리고 오구도 그렇게 말할 것이라 단야는 생각했다. 한데 오구의 표정이 조금 이상했다.

"…누구?"

전혀 모르는 얼굴이었다. 마유조는 그 표정을 보며 눈을 굳혔다. 왠지 모를 부자연스러움이 묻어 나오는 듯했던 것이다.

"젊은 여인의 이름은 묘묘, 노인은 향 노야라 불리는 사람이다. 말머리꾼이라면 기억나지 않을 리가 없지. 그 마을에서 키우는 개 이름까지 파악하는 게 네놈들이니……."

"무슨 소리를 하는 거야! 난 몰라! 모른다고!"

지금까지와는 전혀 다른 소리에 오히려 놀란 것은 단야 일행이었다. 마유조는 차분한 신색으로 다시 말했다.

"그게 모르는 표정이라 생각하나?"

마유조는 눈빛을 굳히며 입을 열었다. 아무리 봐도 알긴 아는데 두려워 말을 못한다는 표정이었다.

두려운 것으로 따지자면 풍마단도 두려웠을 텐데 그는 이미 다 불어버린 상황이다. 그런데 더 이상 말을 못한다는 것은 무언가 더 두려운 것이 있다는 뜻이다.

"아니, 내 말은 그런 것이 아니라, 그들이 누구인지 모른다는 것이오. 그러니 난 더 할 말이 없소이다."

"할 말이 없다라……. 달리 말하면 뭔가 아는 것은 있다는 거군."

마유조는 작게 되뇌었다. 아무래도 뭔가 알면서도 말을 안 하는 것이 분명하기에 그는 다시 입을 열었다.

"아무래도 자네는 좀 더 이야기를 해줘야겠군. 그래, 오구라 했던가?"

"……."

오구는 입을 꽉 다물었다. 마치 더 이상 이야기하지 않는다는 것처럼 말이다. 그러나 그건 오구의 생각일 뿐이었다.

"이보게, 단야. 자네가 한 번 더 나서줘야겠네. 아무래도 이 녀석이 좀 더 자네와 친목을……."

"아, 아니야! 그게… 그게……."

단야라는 말에 오구는 반사적으로 고함을 질렀다. 마유조는 살풋한 웃음과 함께 몸을 틀며 오구의 목소리를 듣고자 했다.

"그, 그 노인하고 여인은 마적……."

"고개 숙여! 어서!"

마유조의 입술이 꽉 다물려지며 눈꼬리가 치솟아 올라가기 시작했다. 그는 오른손에 든 두 개의 화살을 버리고는 재빨리 허리춤의 검파에 손을 올렸다.

가슴속 깊이 크게 떨리는 느낌, 무언가 아주 기다랗고 얇은 침으로 자신을 찌르는 이 느낌이 무엇인지 모른다면 그는 무공을 접어야 할 것이다.

살기, 그것도 여태껏 경험해 본 적이 없는 엄청난 살기에 마유조는 자신도 모르게 오른발을 구르며 크게 뒤로 물러났다.

그리고는 검파를 쥔 오른손에 최대한 힘을 주었다. 시간상으로 볼 때 딱 한 수였다. 발검과 동시에 싸워야 하는 것이다.

핏!

아주 작은 소리였다. 하나 그 작은 소리가 들린 순간 오구의 이마엔 작은 붉은색의 동그라미가 그려져 있었다. 물론 그 붉은색은 오구의 피였다.

오구는 두 눈을 부릅뜨고 있었다. 자신이 무슨 일을 당했는지조차 모르는 그 미간에서 보이지 않는 무형의 기운이 마유조를 향해 덮쳐 오자 마유조는 허리를 뒤로 젖혔다.

탈칵.

검집에서 검동이 분리되는 소리가 들렸다고 생각하는 순간, 그는 오른손을 허공으로 뻗었다. 물론 한순간 온 내력을 끌어올리며 뭔지 모를 기운에 대항했다.

찌이잉! 파아아앙!

"크윽!"

절로 입에서 비명이 흘러나왔다. 검날은 채 두 자도 나오지 않은 상황. 검면에서 알 수 없는 힘이 튕겨져 천장을 뚫고 나가고 있었다.

그것도 몸을 누인 채 비스듬히 맞아낸 것이라 그의 신형은 마룻바닥에 형편없이 나뒹굴었다. 하나 그것으로 끝난 것은 아니었다.

"사형!"

"마 사형!"

"유조!"

다급한 음성이 들려오지만 마유조는 대답할 겨를이 없었다. 공격은 한 번이 아니었다. 아예 자신까지 노리는 듯 연속적으로 날아왔던 것이다.

피핏!

두 발. 정확하게 두 발이 마유조의 가슴을 향해 날아오자 마유조는 신형을 바로 세우며 검을 뽑았다. 일 검에 두 개의 공격을 막아야 했다.

“차아압”

파아아앗!

발검과 동시에 살풋한 붉은 기운이 검을 감쌀 정도로 온 힘을 다해 마유조는 휘둘렀다. 우측 하단에서 좌측 상단으로 말이다.

이제야 검기의 끝자락을 보기 시작했으니 지금 이 일격은 그가 낼 수 있는 최대한의 내력이었다. 그리고 그 내력은 수수께끼의 공격에 맞상대되었다.

쩌어어엉!

“……”

엄청난 위력이었다. 검면이 아니라 검날로 쳐 내는데도 귀청을 뗄 정도로 강력한 힘이었던 것이다. 일순 마유조는 어금니를 꽉 깨물며 오른손을 휘둘렀다.

“이야아압! 큭!”

목구멍을 타고 비릿한 것이 올라올 정도로 최선을 다한 일격에 겨우 오른손이 움직이고 있었다. 팅겨진 기운이 어디로 갔는지 알지도 못하는 상황에서 마유조의 검은 계속 움직였다.

파아아앗!

옆구리 어림은 막아냈으니 이젠 가슴으로 날아오는 것을 막으면 되는 것인데, 마유조는 아차 싶었다.

아주 약간 아래쪽을 막아내면서 밀렸던 그 시간. 그것이 지금 마유조를 절망으로 빠뜨리고 있었던 것이다. 그의 검은 허공을 가르고야 말았다.

"……."

이젠 죽는 수밖에 없었다. 호신강기로 버틸 수 있는 공격은 절대로 아니었다. 한데,

시이잉, 피이잉—!

"흡—!"

누군가 그의 가슴을 휘감아 뒤로 당기고 있었다. 보나마나 황금색 포승줄. 바로 혁리였다. 마유조의 위기를 보고 출수한 것이다.

하나 그럼에도 불구하고 상황은 그리 반전되지 않았다. 혁리의 포승줄은 비록 도움을 주기는 했으나 마유조가 맞을 부분을 가슴에서 어깨로 바꾸는 것밖에는 되지 않았다.

하지만 이것으로 죽지는 않을 터였다. 그렇게 마유조가 어깨를 내주기로 결심한 후 입술을 질끈 깨물 때였다.

스으읏.

"……!"

마유조의 눈에 흐릿한 잔영 하나가 보였다. 흡사 검은 구름 같은 기분이었는데, 그 구름 사이로 누군가의 팔이 보였다.

그리고 그 팔의 끝엔 큼지막한 기형도가 들려져 있었다. 중원에서 볼 수 있는 것처럼 칼등 쪽으로 휘어진 것이 아니라 칼날 쪽으로 휘어진 칼. 단야가 쓰는 서역도였다.

쩌어어엉!

무엇인지는 모르나 서역도의 도신에 직격하자 커다란 소리

가 허공에 울렸다. 마유조는 순간 입술을 깨물었는데, 소리와 함께 강렬한 기운이 어깨를 강타했기 때문이다.

그러나 그 충격은 참을 수 있는 충격이었다. 단야가 칼날로 막아주었기에 역시 칼날을 통해 충격이 흘려졌다. 겨우 막아낼 수 있었던 것이다.

뒤로 넘어지는 마유조의 눈에 칼을 쥔 단야의 왼손이 들어왔다. 핏줄이 툭툭 불거지고 있을 정도로 강한 힘을 주고 있었는데, 일순 그 손목이 꺾여 올라갔다.

피리리링, 파팟!

허공에 칼을 던지자마자 단야의 왼손이 섬전같이 움직였다. 칼 대신 이번에 들린 것은 단야의 대궁. 한 번에 시위를 먹여 힘차게 당기고 있었다.

끼이이이이이.

왼발을 쭉 펴고 오른발은 무릎을 끓고 있었다. 착각인지 몰라도 단야의 등허리 부근에 무언가 검은 기운이 흩날리는 것이 보이는 듯했다.

아니, 착각임이 분명했다. 눈앞에 놓인 단야의 활이 완전히 뒤집혀지고 있었다. 화살은 어디로 갔는지 없었고, 꽉 잡은 왼손 앞쪽으로 시위가 보였던 것이다.

마치 이미 활을 쏜 듯한 동작. 하나 그의 귀엔 시위가 튕겨지는 소리는 들리지도 않았다. 하늘에 맹세컨대 정말이다.

쿠우웅!

"웁!"

오늘 두 번째로 그는 마룻바닥에 널브러지고 있었다. 황당하기 그지없는 일이지만 그래서 꿈인지도 모르겠다는 생각이 들었다. 하나 이어 들린 소리는 꿈이 아님을 증명하고 있었다.

파아아아앙!

시위가 놓이는 소리는 이제야 귓가에 들리고 있었다. 그리고 그때 마유조의 머릿속엔 한 가지 사실이 떠오르고 있었다, 소리조차 앞서가는 빠름이란 말이.

"사형!"

월홍을 안아 든 채 양소은이 달려왔고, 곧 묘안도 달려와 마유조를 부축했다. 마유조는 자리에서 일어나며 입을 열었다.

"호들갑 떨 것 없다, 난 괜찮으니."

툭툭 털며 바닥에서 일어선 마유조의 눈에 단야의 모습이 보였다. 그는 어느새 활을 뒤로 돌린 채 오른손을 뻗고 있었다. 그러자 그의 손바닥에 허공에 올라갔던 기형도가 떨어졌다.

턱!

항상 그랬다는 듯 그의 오른손은 뒤춤으로 들어갔다. 그러는 와중에도 그의 눈은 저 멀리 벽 너머 어딘가를 바라보는 듯 움직이지도 않고 있었다.

아마도 상대를 찾아내려 하는 듯 보였다. 그러나 상대를 찾을 수는 없을 터였다. 마유조의 감각에는 더 이상 살기가 느껴지지 않았던 것이다.

아니, 솔직히 어디로 활을 쏜 것인지조차 의심스러운 상황이었다. 본인도 그것을 생각하는 듯 단야는 계속 흐릿한 기운을 끌어올리며 집중하고 있었다.

그렇게 반 각이나 있었을까? 이윽고 단야의 몸에서 거무스름한 기운이 사라지더니 그는 빙글 신형을 돌렸다. 그리고는 아직도 눈을 꼭 감은 월홍의 머리를 쓰다듬으며 말했다.

"됐다, 월홍. 눈을 떠도."

"응."

그 말과 함께 월홍의 큰 눈이 떠졌다. 아이는 주변을 훑어보더니 단야에게 말했다.

"그만 가자. 나 배고프다."

"그래, 그러자꾸나."

"이, 이봐요"

한순간에 월홍을 안아 든 채 단야는 움직이기 시작했다. 아무 일도 없다는 듯 내려가는 단야나 그 품에 안겨 초롱초롱한 눈으로 피범벅이 된 홍루를 바라보는 월홍이나 분명 양소은의 눈엔 정상으로 보이지 않았다.

第五章
요녕성, 서벽에서 당평산으로

1

"그 난리를 봐놓고도 밥이 들어가십니까?"

"이 밥, 니가 사주는 거 아니면 입 다물어라."

오리 고기 한 점을 입에 털어 넣으며 양소은은 중얼거렸고, 모안은 오만가지 인상을 만들었다.

단야를 비롯한 혁리 일행은 지금 홍루에서 꽤나 벗어난 객잔에 들어 있는 상태였다. 날이 저물기도 했거니와 앞으로의 일을 논의하려면 아무래도 조용한 곳이 필요했다.

다행히 혁리가 아는 객잔이라 큰 방을 싼값에 얻을 수 있었고, 일단 간단한 요기를 시작한 참이었다. 물론 처음엔 잘 넘어가지 않았다.

아직도 몸엔 피 비린내가 가시지 않았지만 그런 상황은 오

래가지 않았다. 가장 어린 월홍이 손을 대고 먹기 시작하면서
부터 자연스럽게 먹게 되었던 것이다.

"아— 해라, 월홍아. 그렇지."

월홍의 붉은 입술 사이로 오리 고기 하나를 넣어주며 양소
은이 함박웃음을 짓자 모안의 표정이 묘하게 변했다. 그가 자
신의 얼굴을 뚫어지게 바라보자 양소은이 그를 향해 입을 열
었다.

"뭐야, 그 눈은? 무슨 말이 하고 싶은데?"

오물거리는 월홍을 옆에 바짝 붙인 채 양소은이 묻자 모안
은 피식 웃으며 말했다.

"사저에게도 확실히 모성애는 있다는 생각이 들어서 말입
니다."

"…이 오리 고기마냥 잘 다져지고 싶냐?"

"설마요. 그냥 실언한 것으로 하겠습니다."

모안은 어깨를 으쓱거리며 뒤로 허리를 젖혔고, 양소은은
한 번 쏘아본 후 바로 웃는 얼굴을 만들었다. 그리고는 다시금
모이를 주는 새처럼 오리 고기를 잘게 찢어 월홍에게 먹이기
시작했다.

모안은 이번엔 고개를 돌려 그 옆의 단야에게 향했다. 사실
가장 마음에 끌리는 사람이 바로 이 단야였다.

음식을 꽤나 오래 씹는 습관을 가지고 있는지 한참 동안
입을 오물거리고 있었다. 게다가 고기보다는 야채 쪽을 더
좋아하는 것처럼 보였다. 앞 접시에 쌓인 것은 야채뿐이었던

것이다.

생각할수록 기이한 사람이었다. 사냥꾼의 행색을 하고 있지만 절대 사냥꾼은 아니었다. 만일 세상의 사냥꾼이 이 정도의 무공을 가지고 있다면 아마도 사냥꾼의 세상이 될 터였다.

그만큼 그의 무공은 대단했다. 그런데 그 대단한 무공은 정체를 짐작하기 힘들었다. 아무리 봐도 그의 무공은 정공이 아니었지만 그렇다고 사공이나 마공도 아닌 듯했다.

홍루에서 보기에는 틀림없는 사공이었지만 지금 보니 전혀 그런 구석이 없었다. 아니, 무공을 익힌 느낌조차 느껴지지 않았다.

정말도 대단한 고수라면 그럴 수도 있겠지만 아무리 봐도 그리 보이진 않았다. 그렇다면 무공의 특성이 조금 이상하다고 생각할 수밖에 없었다.

"확실히 의외라 할 만한 일이구나. 네가 그리 아이를 좋아하다니, 강보에 싸였을 때는 좋아하다가도 말하면서 움직일 만해지면 뒤도 안 돌아보는 게 너였거늘."

"그거야 애들마다 다르지요. 이렇게 생긴데다 조용한 아이를 누가 싫어하겠어요, 사형. 아마 월홍은 어딜 가도 귀여움을 받았을 거예요."

마유조까지 입을 떼자 양소은은 볼멘소리를 내었다. 하지만 양소은을 아는 모든 사람은 지금 이 상황을 믿지 못할 것이 분명했다.

그만큼 양소은은 월홍에 관해선 이례적인 관심을 보이고 있었던 것인데, 그때였다.

"후우, 이것참 피곤한 하루구만."

"허허, 어서 오게나. 간 일은 잘되었는가?"

문이 열리고 혁리가 들어왔다. 얼굴 가득 피곤함이 묻어나는지라 과연 일처리가 쉽지는 않았음을 짐작할 수 있었다.

"흐음, 겨우 마무리되었다네. 사실 뭐 그놈들이야 이곳에서도 벼르던 놈들이라 관아 쪽에서는 전혀 문제가 없었어. 오히려 홍루가 더 문제였지."

"홍! 장사에 방해되었답니까? 진짜 방해가 뭔지 한번 보여줄까요, 그럼?"

혁리의 목소리에 당장 양소은이 뾰족하게 나왔다. 그녀가 인상을 벅벅 쓰며 당장에라도 뛰쳐나갈 기세자 혁리는 손사래를 치며 말했다.

"아니, 아니야. 양 소저까지 나선다면 난 미쳐 버릴지도 몰라. 일을 덮는다는 것은 쉬운 일이 아니야."

혁리는 지금 이곳 관아에 갔다 오는 길이었다. 어쨌든 홍루에서 살인이 일어났고, 그 살인의 증거는 아직도 버젓이 남아 있었다. 걸고넘어지려면 충분히 넘어질 수 있었다.

물론 관과 무림은 서로 관여하지 않는다는 점을 들어 충분히 설득시키고 오는 길이었다. 다행히 관아 쪽에서도 눈엣가시 같은 놈들이라 유야무야 잘 되었다.

말을 하진 않았지만 홍루 쪽엔 한 달 정도 상납금을 받지 않은 것으로 하고 결론을 지은 것인데, 이곳에서 있던 일은 이것으로 일단락 지어진 셈이었다.

"흐음… 그럼 그렇게 하도록 하죠, 뭐. 그건 그렇고… 웃
차!"

시링, 터턱!

"…무슨 짓이냐?"

갑자기 양소은은 자신의 등에서 검 두 개를 빼어 탁자 앞에
내려놓았다. 공교롭게도 그 칼끝은 조용히 앉아 있는 단야의
앞에 닿았다.

"아, 싸우자는 것은 아니고요. 당신 칼 좀 보고 싶어서요."

"……"

단야는 슬쩍 고개를 돌렸다. 그러자 양소은은 양쪽 입술을
좌우로 쫘악 찢으며 웃었는데, 입만 웃을 뿐 눈은 전혀 웃지 않
는 기이한 표정이었다.

대충 그녀의 마음이 어떤 것인지는 단야도 알 수 있었다. 남
의 무기를 무턱대고 보여달라고 하는 것은 때에 따라서 싸우
자는 말과 같았다.

더욱이 이 자리엔 그의 동문 사형과 사제가 있는 자리. 위협
으로 보일 수도 있기에 그래서 먼저 자신의 검을 내어놓은 후
단야의 검을 보고자 한 것이다.

"너 정말 사람 곤란하게 만드는구나. 이게 얼마나 실례인지
몰라서 이러는 게야!"

마유조의 화난 목소리가 들려왔지만 양소은은 그저 싱글거
릴 뿐이었다. 한데 이어 들려온 단야의 목소리는 마유조의 예

상과 달랐다.

"상관없소. 얼마든지."

탁.

오른손이 움직이더니 예의 독특한 기형도가 탁자 위로 올라오자 모두의 눈이 그곳으로 향했다. 확실히 별로 본 적이 없는 모양이었다.

양소은은 반짝이는 눈으로 한술 더 떠 손을 뻗어 단야의 도를 잡아 올렸다. 그리곤 좌우로 슬쩍 흔들어보더니 입을 열었다.

"생각보다 무겁네. 내 검보다 훨씬 무거운데?"

의외라는 표정이었다. 일반적인 단도보다 크고 장검보다는 한참 작은 단야의 도. 하나 칼등의 두께는 반 치가 넘어가니 당연한 노릇이었다.

그야말로 베는 것에 특화된 무기였다. 물론 중원에서 사용하는 무기는 더욱더 아니었다.

"요녕성 성도에서 간간이 보던 무기군. 특별히 이름 같은 것도 없었어. 서역, 특히 토번국(吐蕃國) 쪽에서 빈번하게 사용되는 것이라 그냥 서역도라 불리는 것이지. 한데 이 무기를 진짜 사용하는 사람이 있을 줄은 몰랐는데……."

혁리의 목소리였다. 그 역시 흥미롭다는 표정을 지은 채 연신 단야가 내놓은 무기를 바라보았다. 하나 무기가 특이하다고 그의 무공이 특이한 것은 아니었다.

지금껏 지켜본 바로는 베는 것이 전부였다. 물론 그 속도에서는 조금 특이하다고 할 수 있었다. 특이하다 할 정도로 빠른 속도로 휘둘렀다.

어쩌면 이 칼이 아니라 다른 칼을 휘둘러도 별다를 것이 없었을 것이라는 생각이 들 정도였다. 도법에 있어서는 그리 특이할 것이 없다는 말이다.

"짐승의 가죽을 벗기기도 편하고 우거진 나뭇가지를 치기도 편하오. 나에게 판 상인들도 서역도라 불렀소."

그녀는 고개를 끄덕였다. 과연 굳이 해보지 않아도 아주 자연스럽게 상상이 될 모습이었기 때문이다. 양소은은 잠시 그 칼을 만지다 차분히 입을 열었다.

"성격이 급해서 그런지 궁금한 것은 못 참겠군요. 귀띔으로 사문이 어디인지 말할 수 없다는 것은 들었지만 조금이라도 알려줄 수 없나요? 솔직히 그대와 같은 궁술은 본 적이 없어서요."

정말 솔직한 발언이었다. 그건 여기 있는 사람 모두가 인정하는 것. 궁수로서 단야의 능력은 정말 발군이었다. 도법도 괜찮은 정도지만 궁술은 최고급이라 단정할 수 있을 정도였다.

세상엔 많은 문파가 있었다. 그 문파에서 연구, 발전시키는 것들은 검, 도, 창, 극 등등 셀 수도 없는 것들이 있었다. 물론 문파라는 것이 병기에 따라 구분되지는 않는다.

하나 당문처럼 독특하게 병기로서 특화해서 구분되는 경우도 있었다. 강호에서 암기와 독의 최고봉이라 하면 으레 당문을 꼽게 되는 것이다.

그 외에는 솔직히 어떤 문파든 여러 병기를 다룰 수가 있었다. 문파에서 간혹 어떤 병기는 안 된다고 제약을 두는 경우는 있지만 그러나 그런 일은 거의 없다고 봐도 무방할 정도였다.

그런데 그 많은 문파 중에서도 궁술을 성명절기로 하는 문파는 들어본 적이 없었다. 아니, 궁술을 절기에 포함시킨 문파 자체가 없었던 것이다.

그만큼 궁이란 것은 강호에서 많이 쓰이지 않기에 그저 원거리 무기 정도로만 생각되었다. 하지만 단야의 궁술은 그렇게 보조 무기로 볼 수 없었다.

아마도 궁술로 일가를 이루려면 단야 정도는 되어야 하지 않겠는가 할 정도로 단야의 궁술은 대단했다. 그래서 이렇게 실례를 무릅쓰고 물어본 것이다.

"……."

양소은의 말에 단야는 여전히 대답을 하지 않고 있었다. 말하기 싫다고 이미 한 번 말을 했으니 말을 안 하는 것이 당연할지도 몰랐다.

"월홍이 그러더군요. 당신 스스로 과거를 모른다고 말이에요. 말하기 싫은 게 아니라 말할 수 없는 건 아니에요?"

양소은이 다시 입을 열었다. 순간 소채를 뒤적거리던 단야의 손가락이 멈추었고, 사람들의 표정엔 살짝 긴장감이 어렸다.

기분 나쁠 수도 있는 상황이다. 단야가 화를 내도 뭐라고 할 수 없는 상황. 그러나 단야는 화를 내지 않았다.

대신 그는 묵묵히 고개를 끄덕였다. 그게 진실이었다. 말을 하고 싶어도 기억이 없으니 말할 수가 없었던 것이다.

"단 아저씨와 난 십 년쯤 전에 이곳으로 왔어요. 아니, 발견되었다고 해야 하나?"

대답은 다른 곳에서 나왔다. 그녀의 옆에 착 달라붙어서 오리 고기를 오물거리던 월홍에게서 흘러나왔던 것이다.

"발견?"

"그래요. 발견이죠. 마을 어귀에 쓰러져 있는 걸 발견했대요. 그리고는 마을에서 살게 해준 거예요. 향 노야께서 우리 두 사람을 발견하고 치료해 주었어요."

"아, 그 실종되었다던 두 사람 중 한 분?"

월홍은 고개를 끄덕였다. 작은 입을 놀리면서 조금은 슬픈 표정을 지을 법도 하건만 월홍의 표정은 거의 변화가 없었다.

"네, 향 노야요. 글도 가르쳐 주시고 잠도 잘 재워주셨어요, 그놈들이 오기 전까지는."

'그놈들' 이라는 말을 하면서 월홍의 눈가엔 슬픔이라는 감정이 살짝 비치고 있었다. 양소은은 그 변화에 살짝 눈길을 주었지만 슬픔은 바로 사라졌고, 월홍의 표정은 예의 무표정으로 돌아와 있었다.

"더 궁금한 게 있으면 단 아저씨에게 물어봐요. 난 이제 졸립네요. 아함!"

"응?"

몇 마디 쪼로록 하더니 월홍은 바로 옆에 있는 양소은에게 몸을 기대었다. 그러더니 바로 코를 소록소록 골며 잠들었다.

"……."

양소은은 황당 그 자체였다. 무슨 아이가 이렇게 행동할 수 있는지 도통 이해가 안 갔다. 얼굴이 예쁘장하게 생겼다는 것 이외에는 전혀 사람 같지 않으니…….

"이봐요, 단야. 혹 월홍이 무슨 병이 있나요? 이 아이, 아무래도 좀……."

"병은 아니오."

담담한 단야의 목소리가 흘러나왔다. 그는 소채를 집던 젓가락을 내려놓더니 이번엔 옆에 있던 작은 술잔을 들어 잔에 기울였다.

"병이 아니라고 하나 나는 병과 다름없다는 생각이 드네. 아이의 감정도 그렇고 몸 안에 깃든 것도 그렇고."

"네?"

갑자기 들려오는 마유조의 목소리에 양소은은 깜짝 놀라며 손을 들어 아이의 맥문을 살폈다. 하나 양소은은 이내 고개를 갸웃거렸는데, 말과는 조금 다른 결과인 듯했다.

"아무래도 숨겨져 있는 내력 같다. 그 아이가 가사 상태였을 때 잠깐 느꼈던 것인데 평소엔 느껴지지 않더구나."

"헤, 그런 일이……."

믿기지 않는다는 듯 모안도 월홍의 맥문을 잡고 있었다. 하긴 증거가 없으니 마유조도 더 이상 말하기는 힘든 것인데, 그때였다.

“혹시……”

뭔가 생각이 났다는 듯 마유조가 단야를 향해 시선을 던졌다. 단야는 작은 술잔에 술을 채운 채 손으로 잡고 있었다.

“단야, 당신도……?”

그의 목소리에 모두의 시선이 단야를 향했다. 충분히 그렇게 생각하고도 남는 것이 단야와 월홍 모두 십 년 전에 마을 어귀에 쓰러져 있었다고 하니 말이다.

몸에 같은 흔적이 있을 수도 있었던 것이다. 그게 무엇이든 말이다.

“굳이 말하고 싶은 생각은 없소만.”

간결한 대답에 간결한 동작이었다. 단야가 단숨에 작은 술잔을 비우고 다탁에 놓은 것이다.

하나 그 말이 뜻하는 것은 간결한 것이 아니었다. 단야 역시 뭔가 이상한 것이 있다는 뜻이다.

“월홍의 말처럼 난 십 년 전의 기억이 없소. 생각하려고 해도 안개처럼 모호한 것이 전혀 알 수가 없었지. 그건 월홍도 마찬가지요.”

“흐음, 그럼 이름만 기억하는 것인가?”

혁리가 물어왔다. 그는 말을 하면서도 십 년 전의 일이라는 말에 끊임없이 기억을 되돌렸는데 그때 즈음 뭔가 연결시킬 만한 것이 있는지를 확인했던 것이다.

하나 그의 기억 속에 십 년 전의 그 어떤 특이한 것도 남아 있지 않았다.

"아니, 이름도 기억에 없소. 이름, 무공 이름 같은 것 모두가 다."

"…그럼 단야라는 이름은 자네가 그냥 지은 것인가?"

혁리의 목소리가 들려오자 단야는 고개를 좌우로 저으며 답했다.

"그냥 그날 밤이 붉었소이다. 하늘의 달도 붉었고."

"……."

월홍과 단야. 붉은 달과 붉은 밤이라는 특이한 이름이 왜 붙었는지 이해가 가는 순간이었다. 아마도 이 두 사람이 만난 날이 조금 이상했던 것 같았다.

"하면 무공은 대체 어떻게 시전하는 것이지? 단… 협사는 따로 방법이라도 있는 건가요?"

"그냥 단야라 부르시오, 소저."

딱히 부를 말이 없었는지 양소은은 협사라 불렀지만 그것이 영 듣기 어색했다. 단야의 목소리에 양소은은 살짝 얼굴을 붉히며 혀를 날름거렸다.

"자꾸 이상한 표정 지을 겁니까, 사저? 사람이 안 하던 짓을 하면 죽는다는데, 저, 무섭습니다."

"진짜 무섭게 해주랴, 이 자식아?"

모안의 목소리에 양소은은 이를 부득부득 갈며 소리쳤고, 마유조와 혁리는 피식 웃었다. 하긴 오늘 따라 양소은은 참 표정 변화가 많았는데 모두가 잘 보이지 않던 것들이었다.

여자다운 면이 하나도 없었기에 그간 참 걱정을 많이 해왔

던 사람들이다. 그런데 오늘은 기이하도록 많은 표정을 보여
주고 있으니…….

"그저 몸에 익은 것들을 사용하는 것일 뿐, 막연하게나마 예
전부터 궁을 다루지 않았나 하는 생각이 들 뿐이오, 양 소저."

웃지 않은 것은 아마도 단야 혼자일 터였다. 마유조는 그 말
에 잠시 미간을 좁히며 생각에 잠겼다.

틀린 말은 아니었다. 기억을 잃는다 해도 몸은 거짓말을 하
지 않는다. 무공의 이름을 잊고 초식 명을 잊어도 사용할 수
있는 것이다.

게다가 단야에게는 특이하다고 할 만한 동작들이 없었다.
모두가 조용하고 빠른 것, 아니, 상상을 초월하게 빠른 것이 전
부였다. 눈 깜박할 사이에 세 발의 화살을 날릴 수 있으니 말
이다.

어쨌든 순수하게 무공만으로 따진다면 단야의 무공은 자신
은 물론이고 마유조조차 그 아래였다. 마유조가 어찌 생각할
지는 모르지만 적어도 그도 느낄 터였다. 동급 이상이라는 것
을 말이다.

"거 참, 기사라고 해야 하는 건지 정말……. 그건 그렇고, 허
면 이제 어찌하실 거지요? 진짜로 풍마단이 온다는 곳으로 가
볼 건가요?"

"그렇군. 자네 결정에 번복은 없는 건가?"

마유조는 차분한 목소리를 내었다. 오늘 한 것으로 봐서 풍
마단에 혼자 싸우겠다는 단야의 말은 허튼소리가 아닐 터였

다. 아니라면 이렇게 난리를 칠 필요가 없을 테니 말이다.

"오늘 비록 당신의 실력을 두 눈으로 봤지만 무리라고 생각하는 것은 여전해요, 단야. 상대는 요녕성을 주름잡고 있는 마적. 그것도 요즘 들어 가장 강하다는 마적단이니…….."

"사저의 말이 옳습니다. 저도 이 점에 관해선 사저와 같은 생각입니다. 지금이라도 전 말리고 싶군요."

"…….."

양소은과 모안은 한 번 더 단야에게 자신들의 생각을 피력했지만 들어줄 리는 만무했다. 단야는 무표정한 얼굴로 술병을 들어 잔에 살짝 부었다.

"그래서 하는 말인데, 아무래도 사형, 저도 가야겠어요. 그러니 넌 내일부터 혼자 다녀라, 모안."

"무슨 이야기의 결론이 그따위로 납니까! 게다가 사저가 간다고 뭐 결과가 달라지기라도 할 겁니까? 이건 뭐…….."

"아주 맞을 소리만 골라서 한다? 그럼 내가 짐이라도 된다는 거야!"

"사실 뭐 어느 정도는… 히익!"

묘안은 찔끔하며 자리에서 후다닥 일어섰다. 양소은이 어느새 장심에 내력을 모아 후려치려 했던 것인데 물론 진짜로 칠 생각은 없을 터였다.

"이 녀석들이 지금 무슨 짓을 하는 게야! 가긴 누가 간다고 그래?"

결국 마유조의 입에서 불호령이 떨어졌다. 마유조의 입장에서 보면 확실한 짐 덩어리 두 개. 이건 절대 들어줄 수 없는 요구였던 것이다.

"흐음, 확실히 짐이 될 수는 있겠지만 그렇다고 해가 되진 않을 것 같은데? 양 소저도 어엿한 무림인이 아닌가? 그것도 꽤 하는."

"무슨 말인가! 저 철부지 녀석이 같이 가면 없던 일도 생길 판인데!"

뜻밖에도 혁리가 선선히 그녀의 동행을 승낙하자 마유조의 눈에서 불길이 일었다. 장난이 심하다고 생각했던 것이다.

"하나 월홍을 두고 갈 수도 없으니 이 기회에 월홍을 맡겨도 좋을 듯해서 그러이. 게다가 이 일행의 수장은 누가 뭐래도 단야 저 친구가 아닌가? 그의 생각부터 들어보는 것이 어떨까?"

"……."

혁리의 말을 듣던 마유조는 흠칫했다. 혁리는 장난으로 하는 소리가 아니라 진심으로 하는 소리였다.

순간 일행의 고개가 자연적으로 단야를 향해 한꺼번에 모였다. 그러자 단야는 술잔을 입으로 가져가며 말했다.

"어차피……."

눈 아래 두른 천 사이로 가로로 찢겨진 구멍이 있었고, 그 사이로 단야는 술잔을 밀어 넣었다. 바로 술잔 하나가 기울여지자 그의 목소리가 이어 들려왔다.

"월홍하고 둘이 갈 상황에 여러분이 참여하는 것일 뿐."

담담하지만 그 내용은 틀린 것이 없었다. 정말로 단야 혼자

가려는 길에 다른 사람들이 억지로 끼어든 셈인 것이다.

"역시나 목숨은 보장하지 못하오. 그것만 생각하신다면 상관하지 않겠소."

단야는 자신의 입장을 확실하게 밝혔다. 혁리는 고개를 끄덕였고, 양소은은 의기양양한 표정을 지었다. 가도 된다는 뜻이니 말이다.

"한데… 이봐요, 단야."

"……."

단야는 고개를 들었다. 그를 부른 것은 양소은. 그녀는 뭔가 이상한 듯 고개를 갸웃거리며 물어왔다.

"이 녀석, 십 년 전에 만났다고 했죠?"

월홍에 관한 이야기였다. 단야는 고개를 끄덕였고, 그러자 그녀는 더더욱 이해가 안 간다는 얼굴을 만들며 말했다.

"월홍, 대체 몇 살이에요?"

"……."

대답하기는 쉬우나 말하기는 쉽지 않았다. 왠지 한 여인의 좋은 상상을 망치는 것 같은 기분에.

2

"으읍, 읍!"

거의 전라의 여인이 두툼한 요 위에서 꿈틀거리고 있었다. 양손을 묶인 여인의 입술에서는 묘한 소리가 흘러나왔는데,

그건 그녀의 입술 위에 거무튀튀한 커다란 입술 하나가 덮여 졌기 때문이다.

"흐으… 오늘은 꽤 즐겁게 놀 수 있겠구만그래. 역시 가만히 있는 것들은 재미가 없어서 말이야. 좋아, 반항해 봐라. 잘하면 할수록 네년이 살 확률이 높아질 것이야."

잠시 떨어진 사내의 입술에선 비릿한 비웃음이 실린 음성이 흘러나왔다. 눈물범벅이 된 여인은 신음성을 흘리다가도 그 목소리에 부르르 떨었다.

실로 두려움이라는 것이 어떤 것인지 그 여인을 통한다면 정말 적나라하게 볼 수 있을 정도였다. 그 두려움은 여인의 머릿속에서 이성이라는 것을 가져갔다.

여인의 몸을 좌우로 흔들리기 시작했는데, 그것이 여인이 할 수 있는 반항의 전부였다. 살 수 있다는 사내의 말에 좌우로 허리를 틀면서 갓 잡힌 물고기처럼 퍼덕거렸던 것이다.

"좋아, 좋아. 이래야 기분이 나지. 자, 흔들어! 흔들어봐!"

퍼어억!

"아아악!"

여인의 입에서 커다란 비명이 흘러나왔다. 사내가 슬쩍 상체를 들어 올리더니 그 커다란 주먹을 들어 옆구리를 후려친 것이다.

움직이기는커녕 말도 제대로 나오지 않는 상황이었다. 사내는 비릿한 웃음을 지으며 자신의 하의를 훌렁 벗어 내렸다.

"지금까진 아주 좋으니 안심해라. 이제부턴 극락을 맛보게 해주지. 그동안 고생한 대가라 생각해. 킄킄킄.”

“으으으…….”

여인은 이제 그저 하염없이 눈물만 흘릴 뿐이었다. 사내가 괴소를 지으며 하물을 잡아 여인의 옥문에 넣으려 할 때였다.

“다, 단주님, 계십니까? 단주님!”

낯익은 목소리 하나가 들려왔다. 물론 그 소리는 자신의 수하. 도고라는 놈으로 눈치가 꽤 있기에 거의 부관처럼 데리고 다니는 녀석이었다.

한데 오늘따라 이상하리만치 눈치없게 굴고 있었다. 그가 있는 파오에서 지금 무슨 일이 일어나는지 뻔히 알고 있을 텐데도 자신을 부르다니…….

“도고 이 개자식아! 지금 내가 뭐 하는지 몰라!”

거칠게 소리치며 사내는 여인의 몸 위로 올라탔다. 소리만 쳤을 뿐 하던 짓은 계속하고 있는데, 그때였다.

“몰라서 그랬겠느냐? 제 놈도 당황하니 그런 것이지.”

“…….”

뒤에서 들려오는 소리에 사내는 재빨리 몸을 일으키며 오른손을 뻗었다. 항상 수족과 같은 그의 만도는 언제든 손에 잡을 수 있도록 몸 주변에 놓았으니 문제될 것은 없었다.

“놀라지 마라, 사단주. 시끄럽게 하고 싶지 않아 이곳으로 바로 온 것이니.”

“후우, 셋째 형님. 진짜… 이 차추만가(車推灣可), 놀라 죽는 줄 알았습니다.”

스스로를 차추만가라 부른 사내는 바지를 추스를 생각도 하지 않은 채 만도를 놓으며 풀썩 앉았다. 진짜 긴장한 모양이었다. 그러자 불청객이 입을 열었다.

"풍마단의 사단주가 뭐가 그리 무서운 게 있다고 난리냐? 어서 정신이나 차려라. 오구가 당했다."

"…말머리꾼 오구 말입니까?"

차추만가의 목소리에 사내는 묵묵히 고개를 끄덕였다. 그러자 차추만가는 험악한 얼굴로 다시 말했다.

"대체 어떤 놈들이 감히 우리가 뒤를 봐주는 놈을……. 셋째 형님, 그럼 제가 가서 싹 다 목을 베어올까요? 그래야 다시는 우리에게……."

"그럴 생각이라면 내가 여기 오지도 않았다. 네 녀석은 아직도 이 하기(下起)가 그리 생각없이 굴 것 같더냐?"

"……."

차추만가는 입술을 비죽 내밀었다. 그의 눈앞에 있는 사람은 바로 그의 셋째 형이자 풍마단에서 삼단주를 맡고 있는 사람이었다.

땅딸한 몸에 어울리지 않는 거부를 차고 있지만 그의 무공은 절대 자신이 따라갈 것이 아니었다. 더욱이 그는 생각보다 똑똑한 자였다.

"들리는 바에 의하면 그놈이 당평산 양무곡으로 올 것 같더구나. 앞으로 삼 일 정도 남은 셈이지."

"양무곡에요? 호오, 아주 죽고 싶어 환장을 했군요. 하면 형님 계획은 거기서……?"

차추만가는 대강 그의 생각을 읽은 듯 씨익 웃었다. 아마도 함정을 파고 기다리고 있으라는 말일 터였다.

"그래, 대강 그렇게 되지. 한데 이번엔 형님들에게 절대 알리고 싶지 않구나. 지난번의 일로 큰형님이 좀 무서워졌거든."

"아……."

차추만가의 고개가 끄덕여졌다. 지난 마행(馬行)에서 하기는 별것 아니라고 생각하고 혼자서 하다 일을 그르쳤다. 괜한 꼬리 하나를 붙게 만든 것이다.

어차피 별것없는 마을. 한 사람은 원래 목적한 곳으로 가고 다른 사람은 다른 마을을 갔었다. 조금 돈이 되는 곳으로 눈길을 슬쩍 돌린 것뿐이다.

뭐, 자신이 보기에는 별로 대단한 일도 아니지만 저 대형이 화를 내는 것이라면 문제가 달랐다. 대형이 화가 나면 진짜 무서우니 말이다.

"실수를 했으니 반드시 원상태로 해놔야겠지. 그래서 이번엔 너와 내가 같이 움직이려고 한다. 수하들도 모두 데리고서."

"설마 그놈들을 잡는 데 같이 움직이잔 말입니까? 숫자가 꽤 되나요?"

차추만가는 살짝 놀란 얼굴을 만들었다. 두 사람이 힘을 합하면 수하는 근 팔구십여 명에 이르는 상당한 세였다. 물론 이전에 좀 손실이 있어 조금 적을지도 모르지만 꽤 많은 숫자였다.

둘이서 움직인다면 웬만한 지방 관아도 박살날 정도로 힘이 있었던 것인데, 아무리 지난번에 일이 잘못되어 질책받았다 하더라도 너무 조심하는 것이 아닌가 하는 생각을 하게 만들었다.

"과하다고 생각하느냐? 얼굴색이 좋지 않구나."

하기는 당장에 차추만가의 생각을 읽었다. 그러자 차추만가는 씨익 웃었다. 말 대신 대답을 한 셈이었다.

"지난번에 내 수하 시신을 봤겠지? 활을 쏘는 놈, 그놈이 온다."

"삼조장을 죽인 놈이로군요. 꽤나 하는 놈이 오긴 오는군요."

"그놈뿐만이 아니다, 차추만가. 이상한 놈들이 붙었어."

차추만가의 눈에 의혹이 서렸다. 이상한 놈들이라는 것은 참으로 애매한 것인데, 다행히 하기는 끌지 않고 바로 말해주었다.

"설산의 홍사검 마유조, 그리고 포쾌 금포 혁리가 붙었다고 하더군. 귀찮을 수도 있겠어."

"……!"

차추만가는 그제야 왜 하기가 이토록 심혈을 기울이는지 알 수 있었다. 몇 명 안 되는 상대가 무서워서가 아니었다. 그 뒤의 세력이 중요한 것이다.

설산과 관, 이 둘 중 하나만 와도 무서운 상황이다. 설산은

이 지역의 패자. 그들의 힘이 어느 정도인지는 굳이 말을 하지 않아도 알 수 있었다.

홍사검 마유조는 그 설산의 미래를 책임질 사람이란 평판이 있었다. 이 정도라면 설산도 그냥 수수방관하고 있지 않을 수도 있었던 것이다.

더욱이 금포 혁리는 이 지방에서 혁혁한 전과를 가진 인물. 들리는 말엔 독자적으로 군을 움직일 수 있을 정도로 발이 넓은 사람이라 일컬어지고 있었다. 물론 그것이 사실인지 아닌지는 모르지만 말이다.

"이것참, 귀찮게 되었군요. 그냥 두고 보기도 뭐하고 그렇다고 놔두기도 뭐한 상황이군요. 막는 거야 그렇다 쳐도……."

"신경 쓸 것 없다. 우린 마적이야. 언제 우리가 누굴 두려워 손을 안 쓴 적이 있냐?"

"……."

생각보다 큰 배포에 차추만가는 눈을 동그랗게 떴다. 왠지 이건 하기답지 않았다. 앞뒤 안 가리고 날뛰는 것밖에 되지 않는 꼴이니 말이다.

저 투박한 얼굴 아래 번뜩이는 기지가 있는 사람이었다. 언제나 뭔가 생각하는 것이 있었고, 때론 그 생각이 묘책이 되어 나타날 때도 있는 사람이었던 것이다.

아마도 지금 뭔가 다른 것을 생각하고 있을지도 몰랐다. 그 생각이 무엇인지 이야기해 주면 좋겠지만 성격상 해줄 턱이 없었다.

"다시 말하지만 형님들에게 말하지 않고 우리만 움직이는 이유는 지난번의 실수를 만회하기 위함이다. 이 점 꼭 명심해 주기 바란다."

"물론입니다, 셋째 형님. 두 형님에게는 보고 안 올라가도록 하겠습니다."

"그래그래. 핫핫!"

사람 좋은 웃음을 지으며 그는 자리에서 일어서려 했다. 한데 그 사람 좋은 웃음을 본 사람은 차추만가 외에 한 명 더 있었다.

"나, 나으리! 인자하신 나으리, 살려주십시오. 제발요!"

"응?"

바로 차추만가가 범하려던 여인이었다 그녀는 무릎걸음으로 다가와 하기의 신발을 잡고 입을 맞추었다.

아마도 중원이 아니라 변방의 여인인 듯싶었다. 이런 예를 취하는 것은 그쪽이니 말이다.

"아이가 둘이나 있습니다. 어린놈들이라 제가 가지 않으면 죽습니다. 그러니 제발 절 불쌍히 여기셔서……."

"머저리 같은 년."

차추만가의 입에서 작은 소리가 흘러나왔다. 보통 사람이라면 참 좋은 상황이었다. 눈물 펑펑 쏟아가며 애들 이야기까지 하면서 살려달라고 하니…….

그러나 사람을 잘못 짚어도 한참 잘못 짚었다. 그는 하기라는 사람을 너무도 잘 알았으니 말이다.

"나으리! 그러……."

파아앗!

차추만가는 한쪽 눈을 살짝 감았다. 익숙한 광경이니 무서워 감은 것이 아니었다. 눈에 뭐가 튈까 봐 그런 것이었다.

뜨끔한 그 감각은 사람의 피였다. 여인의 몸은 허리에서 반 동강이 난 상태였다. 어느새 하기의 거부가 허공에 들려져 있었던 것이다.

"지저분하게 어디다 침을……. 넌 골라도 이런 것들만 고르느냐?"

한술 더 떠 싫은 인상을 가득 지은 채 차추만가를 책망하고 있었다. 하기는 원래 저런 자였다. 어쩌면 풍마단을 이루는 네 명의 단주 중 가장 성격이 더러운 인간일 수도 있었다.

누가 자신을 만지는 것 차제를 싫어했다. 여인을 안을 때도 양팔을 자르고 만질 만큼 병적으로 사는 사람이었다. 차추만가도 그에게 손끝 하나 댄 적이 없음은 당연했다.

"그럭저럭 괜찮은 편입니다, 형님. 뭣하시면 다른 애들 좀 품고 가시렵니까?"

"됐다. 수하들이 있는 곳에 가면 더 좋은 것들이 있지. 만지지도, 말도 하지 못하게 혀와 팔을 자른 것들이지. 몇 명 보내주랴?"

"아닙니다, 형님. 전 취미없습니다. 큭큭."

싱글싱글 웃었지만 모골이 송연해지는 것은 어쩔 수 없었다. 역시 가까이 할 수 없는 사람임이 분명했다.

"알겠다. 그럼 그만 가도록 하지. 이틀 후에 양무곡에서 보자꾸나."

"예, 형님. 살펴 가십시오."

슷.

파오의 문을 열었다고 생각하는 순간 하기의 신형은 이미 사라졌다. 통통한 몸에 비한다면 정말 날랜 신법이었는데, 문득 차추만가의 눈길이 죽은 여인의 몸에 머물렀다.

아직도 뜨거운 피는 계속 흘러나오고 있었고, 여인은 믿을 수 없다는 듯 두 눈을 부릅뜬 채였다. 그 여인을 향해 차추만가는 차분히 입을 열었다.

"등신 같은 년, 그냥 조용히 있으면 극락이라도 보고 가지. 쯧쯧."

바짓단을 추스르며 그는 자리에서 일어났다. 피 냄새가 요동치는 이곳에서 방사를 하기는 적당치 않았다. 차라리 새로 파오를 치는 것이 더 나았던 것이다.

"야! 여기 정리하고 새로 잠자리 마련해! 계집도 다시 내오고!"

"예, 단주님! 힉!"

도고 녀석이 바로 들어오다 잘린 시신을 보고 흠칫했다. 차추만가는 피식 웃으며 신형을 움직여 나갔다. 문을 열고 밖에 나가니 그야말로 온 세상이 하얀 빛이었다.

"빌어먹을! 달, 드럽게 좋네. 춥지만 않으면 딱인데. 제길."

여기저기 눈이 쌓이지 않은 곳이 없었다. 올해는 이상하리

만치 눈이 많이 오고 있었다.

괜히 만도를 들고 죽어라 휘두르고 싶어지는 그런 날이었다. 차추만가는 오른손의 만도를 들어 올리며 작게 입을 열었다.

"단야라……."

차추만가의 한쪽 입꼬리가 올라가고 있었다. 어쩐지 즐거운 것들이 잔뜩 기다리고 있을 것 같은 기분이 들어서인데, 그때였다.

"한데……."

문득 드는 생각 하나에 차추만가의 미간을 찌푸리고 있었다. 일의 선후를 가만히 생각해 보니 뭔가 하나가 맞지 않았던 것이다.

하기의 수하들이 죽은 것은 이해가 갔다. 단야인지 뭔지 하는 놈의 화살에 죽은 것이 확실하니 거기엔 이론(異論)이 없었다.

그러나 맨 처음 그 마을을 갔던 자들, 그들은 달랐다. 마을 사람 거의 모두를 죽여놓고서 왜 죽었는지 말이다.

"제놈들끼리 싸웠나?"

그로선 최선을 다한 생각이었다.

*　　　*　　　*

"휘영청 밝은 달이구만. 참 좋기도 하네."

혁리는 슬며시 웃으며 입을 열었다. 그 말에 양소은은 고개를 들어 하늘을 바라보았는데, 아닌 게 아니라 정말 밝은 보름

달이 세상을 비추고 있었다.

눈이 하얗게 쌓인 이 세상 아래 달빛이 비추니 정말 대낮이라 해도 믿을 정도였다. 그녀는 잠시 세상을 바라보더니 고개를 끄덕이며 대답했다.

"그러네요. 이리 아름다운 세상이라니… 확실히 세상은 좀 더 살아봐야겠네요."

"그 나이에 할 소리는 아닌 것 같구나. 후우."

마유조는 고개를 좌우로 흔들며 작은 한숨을 내쉬었다. 확실히 여인이, 그것도 나이 어린 사람이 할 이야기는 아니었다.

하나 달빛만큼은 정말 멋진 밤이었다. 그녀의 말처럼 좀 더 살아보고 싶다는 생각이 들 정도로 아름답다는 말이 딱 들어맞는 풍광이었던 것이다.

일행은 지금 당평산 양무곡으로 향하고 있었다. 가는 사람은 총 다섯 명. 단야와 혁리, 마유조, 양소은과 월홍이 가고 있었는데, 모안은 같이 움직이지 않았다.

그는 마유조의 서신을 가지고 설산으로 움직였다. 마유조는 마지막 들른 마을에서 꽤나 두툼한 서신을 써서 그것을 모안에게 들려 보냈다.

아마도 그간의 일을 정리한 서신인 듯했는데, 어떤 내용이 쓰여 있는지는 오직 그만이 알 따름이었다. 하나 추측컨대, 이번 일에 설산이 나서달라고 쓰지 않았을까 하는 생각을 할 수 있었다.

"네 이름 같은 달이 하늘에 떴는데 뭐 느끼는 거 없니, 월홍?"

"글쎄요. 항상 보던 거라……."

월홍은 또랑또랑한 눈을 빛내며 양소은의 말에 답했고, 양
소은은 그 눈을 흥미로운 듯 바라보다 꽉 끌어안으며 말했다.

"아이고, 월홍. 그 눈은 정말 예쁘구나. 오홋."

그리 작지 않은 가슴에 안으며 양소은이 말하지만 월홍은
그 얼굴 그대로였다. 부끄럽다든지 혹은 기분 좋다거나 하는
표정이 전혀 아니었던 것이다.

"다 큰 남자아이를 왜 그리 안고 그러느냐. 보기 흉하구나."

"사형도 참, 어딜 봐서 이 아이가 남자 같아요? 전 아직도 여
아인 것 같은데요."

"허참, 그러다 월홍이 싫증내겠다. 그만두어라."

남녀가 유별한 것은 정해진 이치. 아무리 어린아이라도 양
소은의 태도는 조금 지나친 면이 있었다. 월홍은 분명 남자아
이. 앞에서 대놓고 여아라 말하는 것은 실례가 아닐 수 없었다.

그녀는 입을 삐죽 내밀고는 품에 안은 월홍의 몸을 살짝 풀
었다. 품안에 안겨 있던 월홍은 아무런 표정 없이 그저 가만히
앉아 있을 뿐이었다.

흡사 인형처럼 말이다. 월홍을 볼 때마다 느끼는 것이지만
혁리는 정말 이상하다는 생각밖에는 들지 않았다. 표정이 거
의 변화가 없으니 말이다.

아니, 그 점에 있어서는 단야도 마찬가지. 단야는 이 아이보
다 더한 사람일 터였다. 홍루에서 보였던 그 잔혹한 풍경 속에
서 월홍과 단야는 눈 하나 깜짝 안 했으니.

그렇게 냉철한 단야는 지금 열심히 화살을 만드는 중이다.

바로 옆에서 하는지라 안 볼 수가 없었는데, 가만 보니 두 종류의 화살을 손질하고 있었다.

하나는 전체가 쇠로 된 화살로 얼마 전에 그 위력을 충분히 알게 된 것이고, 또 하나는 일반적인 화살이었다. 나무 끝에 촉을 끼워 사용했던 것이다.

그런데 그 화살의 모양이 조금 이상했다. 뾰족한 삼각형의 화살이 아니라 아주 작은 침 모양의 철을 달아놓았고, 그 바로 아래 둥근 구슬 같은 것이 찔러져 있었다.

"독특한 화살을 쓰는구만. 보통 화살보다 더 잘 나가나?"

혁리의 목소리에 모두의 시선이 단야의 손끝으로 향했다. 단야는 화살촉을 끼워 넣으며 그 말에 대답했다.

"그렇지는 않소. 오히려 앞이 무거워 더 많이 못 날아가지만 짧은 거리라면 오히려 위력이 배가되오. 장거리용은 다른 화살을 쓰고 있소."

"철시(鐵矢) 말인가?"

단야는 묵묵히 고개를 끄덕였다. 철시의 위력이야 모든 사람이 다 목격한 것이니 이견이 없었다. 가까이든 멀리든 모두 관통해 버리는 화살이 바로 그것이었다.

한데 그런 철시가 몇 개 없는 듯했다. 단야의 전통에서도 몇 개 보이지 않았기에 그런 것인데, 대신 이 나무로 만든 화살은 꽤 많이 보이고 있었다.

"삼각으로 된 일반적인 화살촉은 뽑기 힘들게 만든 것, 전장에서나 쓸모있을 뿐이오. 하나 앞으로 내가 상대할 것은 전장의 군인이 아니라 보통 사람들이니⋯⋯."

"⋯그렇군. 무림인을 상대하기 위함이라 이건가?"

혁리는 그제야 이해가 갔다. 마치 암기처럼 살상력을 높이면서도 다가와 싸우려는 무림인들을 상대하기 위해 이런 기형 화살이 등장한 것이다.

당평산 양무곡은 여기서 이틀거리. 그곳에 가면 무슨 일이 일어날지 아무도 몰랐다. 하나 확실한 것은 풍마단은 그저 마적이라기보다 무림인의 집단에 가까웠던 것이다.

그들을 위한 준비를 하는 셈이었다. 거의 다 된 듯 말없이 손을 놀리더니 이어 자리에서 일어서고 있었다. 모든 화살을 전통에 넣고는 허리에 차고는 신형을 돌려 산 쪽으로 움직이기 시작했다.

"무슨 일인가?"

갑작스런 행동에 혁리는 눈을 작게 뜨며 단야를 불렀다. 단야는 허리춤의 전통을 툭툭 치며 대답했다.

"방금 만든 화살이 괜찮은지 시험하러 갔다 오겠소."

담담한 목소리와 함께 단야는 빠른 걸음으로 움직여 시야에서 사라졌다. 빽빽한 수풀 속으로 들어간 것을 보니 아마도 하는 김에 사냥감도 같이 찾아간 듯했다.

"진짜 뻣뻣한 사람이네. 월홍아, 너 같이 다니면 진짜 재미없겠다. 무슨 사람이 딱 할 말만 하냐?"

"너처럼 실없이 구느니 차라리 저런 사람이 낫다고 본다. 너도 좀 진지해져 봐라."

"사형도 가능한 것을 이야기해요. 내가 저렇게 되는 날은 죽는 날이죠. 가능할 것이라 봐요?"

"후우, 말을 말자꾸나."

양소은의 말에 마유조는 고개를 좌우로 흔들었다. 역시나 설산 최악의 여인, 차라리 말 안 하는 게 나을 정도였다.

"그러나저러나 저 사람, 아직도 무공 수준이 파악 안 되나요? 꽤 강한 것은 알겠는데, 사형이 보기엔 어때요?"

양소은은 별생각없이 입을 놀렸다. 단야의 무공은 함부로 판단할 수 없었지만 대단한 것은 분명했다. 어느 정도 수준 이상이라는 것엔 이견이 없었다.

그런데 그 수준을 판단하기가 참으로 애매하여 이렇게 마유조에게 물어보는 것이다. 마유조는 피식 웃으며 답했다.

"아마 나와 저 친구가 같이 덤벼도 힘들 거다. 안 그러냐?"

"그렇지. 그 점엔 나도 동의해. 진짜 잘못하면 우리가 짐이 될 수 있을 정도로 말이야."

"예? 두 분 다 어떻게 되신 거 아니에요? 말도 안 돼요. 그럼 단야가 우리 장로님 수준이라는 거예요?"

양소은은 황당하다는 듯 입을 열었다. 혁리와 마유조 두 사람이 제대로 덤빈다면 일파의 수장도 쉽지 않은 상대였다. 물론 과장이 좀 크게 들어가긴 했지만 두 사람의 무공이 상당한 편인 것은 사실이었다.

한데 그 둘을 합친 것보다 강하다는 것은 수준 차이가 눈에 보일 만큼 난다는 것인데, 도무지 믿을 수 없는 이야기였던 것이다.

아무리 봐도 그의 무공은 자신보다 살짝 나은 정도? 그것뿐이었다. 이건 조금 심하게 부풀린 듯한 생각이 들었던 것이다.

"넌 우리가 그를 처음 만났을 때를 몰라서 그런다. 삼십여 명에 가까운 자들을 고작 차 한 잔 마실 시간에 모두 고혼으로 만들었단다."

"진짜요?"

믿을 수 없다는 듯 양소은은 두 눈을 동그랗게 떴다. 사실이라면 정말 놀라운 일이 아닐 수가 없었다.

"내가 가까스로 동수를 이루던 그들의 수장을 단 세 발의 화살로 패퇴하게 만들었지. 양손을 미친 듯이 휘두르고 있는데도 양손의 척택혈을 맞추고 심장 바로 아래에 화살을 박아놓고는 그 뒤를 쫓아가려 했다. 월홍이 정신을 잃지 않았다면 아마 갔을 거야."

"……."

양소은은 모골이 송연해졌다. 삼십여 명 정도를 차 한 잔 마실 시간에 죽이는 것은 어쩌면 할 수도 있었다. 무공이 조금 높고 상대가 약하다는 조건이라면 말이다.

하나 팔이 움직이고 있는 데도 척택혈을 맞춘다는 것은 믿을 수가 없었다. 게다가 이들의 말을 들어보면 그 짧은 순간에 상대의 숨통을 조일 방법을 생각했다는 뜻이다.

더 많은 사냥감을 찾기 위해 야수에게 상처 입힌 것이다. 스스로 쉴 수 있는 집을 찾아가 그곳에 있는 자들까지 같이 사냥하듯이.

"향 노야께서 그랬어요. 세상엔 무림, 혹은 강호라 불리는 곳이 있다고요. 젊었을 적에 그곳에서 산 적이 있었다고요."

월홍의 목소리였다. 뜬금없이 하는 말에 세 사람은 눈을 돌려 아이를 바라보았다. 월홍은 아무런 표정 없이 붉은 입술을 나풀거렸다.

"작년 풍년이 든 날, 향 노야는 많이 취하셨어요. 이상한 동작을 막 하시더니 집을 훌쩍 넘어 보이기도 하셨죠."

"……."

세 사람의 눈에 동시에 이채가 서렸다. 그건 경공술이었고, 향 노야란 사람은 곧 무림인이라는 뜻이다. 게다가 집을 뛰어 넘을 정도면 그 정도가 상당하다는 뜻이었고 말이다.

"그때 말하길, 단 아저씨가 마음만 먹으면 다섯 손가락 안에 들 수 있을 거랬어요. 무림이란 곳에서요."

"……."

광오한 말이었다. 세 사람은 동시에 눈을 크게 뜨며 월홍을 바라보았다. 혹시나 월홍이 장난치는 것은 아닌가 하는 생각이 들었던 것이다.

그러나 월홍의 표정은 진지했다. 언제나처럼 조용한 그의 목소리에 거짓은 들어 있지 않았다. 진짜였던 것이다.

"아, 하하! 그러니? 단야가 대단하긴 대단한가 보네. 호홋."

양소은은 그저 웃으며 살짝 얼버무렸다. 실제로 그렇다고 믿기엔 너무 파장이 큰 이야기였다.

더욱이 그 향 노야라는 사람이 술을 마시고 하는 이야기라 그리 큰 신빙성이 없었다. 강호에서 다섯 손가락 안에 든다는 것이 어떤 의미인지 잘 모르고 하는 소리이니 말이다.

다섯 손가락에 든다는 것은 곧 일파의 종사 급 이상임을 뜻했다. 본신의 실력으로 한 문파와 능히 대적할 수 있을 정도란 말이다.

그런 수준을 가진 사람을 그녀는 본 적도 없었고 앞으로도 볼 수 없다고 생각하고 있었다. 다섯 손가락에 든다는 것은 그런 뜻이다.

하나 그녀의 생각과는 달리 혁리와 마유조는 굳은 얼굴을 만들고 있었다. 그 말을 듣는 순간 두 사람의 머릿속엔 한 가지 기억이 동시에 떠올랐던 것이다.

그날 단야를 처음 봤던 날의 기억, 단숨에 사람들을 해치우던 그 기억을 떠올리자면 이상한 생각 하나를 떠 올릴 수 있었다.

어쩌면 그럴 수도 있겠다는……

뽀득뽀득.

걷는다는 것이 꽤나 깊은 곳까지 와버렸다. 근 무릎까지 오는 눈을 헤치며 들어왔으니 깊어도 보통 깊은 곳이 아니었다.

아마도 그가 이곳에 처음 온 듯 발자국 하나 없는 새하얀 백설만이 세상을 뒤덮고 있었다. 단야는 커다란 아름드리나무를 등에 진 채 대궁에 시위를 먹였다.

끼이이이.

그가 목표로 한 것은 약 오 장여 너머의 나무. 어른 세 명 정도가 팔을 둘러야 안을 수 있을 만큼 커다란 나무였다.

그냥 쏘면 될 일인데 단야는 신중한 표정을 짓고 있었다. 문득 단야의 몸에서 작은 기운이 일기 시작했다.

흐릿한 회색 기운이 어깨 어림으로 스멀스멀 기어오르기 시작했던 것이다. 그리고 그 기운은 팔로 전달되더니 화살에도 머물기 시작했다.

언제부터인지 모르지만 화살에 최대한의 힘을 실을 때는 이렇게 하는 것이 제일 좋았다. 슬쩍 몸 안의 기운을 밀어내듯 화살에 실어 보내는 것이었는데 이 이상은 단야도 해본 적이 없었다.

스스스스.

화살에 회색 기운이 밀려들어 가자 작은 소리가 들려왔다. 화살에 기운이 들어가고 가슴 어림까지 뻑뻑한 걸 느끼는 순간 단야의 오른손이 펴졌다.

파아아앙! 콰아아악!

약 이십여 장 너머에 있던 나무에 단야가 쏜 화살은 깊숙이 박힌 채 부르르 떨고 있었다. 언제나처럼 시원하게 날아가 거의 반절 이상이 박힌 상태였다.

"……"

단야는 조용히 화살 하나를 더 꺼냈다. 그리고는 시위를 먹인 채 천천히 들어 올렸다. 한 발 더 쏘려는 것이었다.

그런데 그 시위는 당겨지지 않았다. 한참을 그냥 그렇게 서 있던 단야는 활을 내리며 조용히 입을 열었다.

"아닌가?"

그뿐이었다. 단야는 신형을 돌렸고, 화살은 전통으로 돌아갔다. 그리고는 왔던 길을 다시 되돌아가기 시작했다.

단야가 사라진 지 약 일각 후. 장내에 한 사람이 우뚝 서 있었다. 방금 전 단야가 쏜 화살이 박힌 나무에서 한 사람이 나타났던 것이다.

그냥 환상처럼 나타났다고밖엔 말할 수 없었는데, 거대한 검은 피풍의를 걸쳤고 얼굴 전체를 뒤덮은 커다란 방갓을 쓴 자였다.

그는 이미 사라져 버린 단야의 뒷모습을 바라보며 가만히 서 있었다. 그러더니 자신의 오른손을 들어 올리며 작은 목소리를 내었다.

"두 번이나 날 봤다면… 돌아온 건가?"

사내의 오른손엔 기다란 화살 하나가 쥐어져 있었다. 전체가 쇠로 된 기다란 화살. 그건 바로 단야의 화살이었다.

"후, 적어도 두 번이면 우연은 아니라는 것이겠지."

사내의 말이 허공에 울리는 순간 그의 모습이 변하기 시작했다. 나타났을 때처럼 그렇게 천천히 사라져 가고 있었다. 마치 유령이라도 되는 것처럼.

第六章
요녕성, 당평산의 양무곡 1

1

　사악사악.

　커다란 빗자루를 좌우로 흔드는 소리가 들려왔다. 부드러우면서도 청량한 소리. 언제 들어도 소름 끼치도록 기분 좋은 소리가 바로 이 소리였다.

　그냥 소리가 좋아서 그런 것은 아니었다. 모안이 어릴 때 지겹도록 했던 일이 바로 이것. 본전으로 가는 길, 그곳에 쌓인 눈을 치우는 일을 그 역시 해왔던 것이다.

　물론 반복 동작이니 지겹기는 하지만 빗자루로 쓸어버리면 푸르스름한 빛이 비치는 것이 정말 보기 좋았다. 바닥에 깔린 청석이 제 빛을 내는 것이다.

　만일 지금이 여름이라면 삼십여 장이 넘는 청석이 깔린 광

경을 볼 수 있을 것이고, 보기만 해도 시원한 그 광경에 잡념이
싹 사라지는 것을 느낄 수 있을 터였다.

세인들은 이 길을 청의로(靑義路)라 불렀고, 이 길을 보기 위
해 많은 참배객이 몰려왔다. 그러니 겨울에 눈이 쌓였다고 해
서 그냥 둘 수는 없었던 것이다.

"모 사형을 뵙니다."

"안녕하십니까, 모 사형?"

모안이 쓸려진 그 길을 걸어가자 한참 비를 가지고 쓸던 소
동(小童)들이 고개를 숙이며 인사를 해왔다. 모안은 빙긋 웃으
며 그 옆을 스쳐 지나갔다.

"힘들더라도 온몸을 사용하거라. 본 파의 무공을 연성하는
데 가장 기초인 중신경(重身經)의 수련 중 가장 좋은 것이 이것
이니……."

"네, 사형."

"잘 알겠습니다."

또랑또랑한 목소리를 내며 두 아이는 힘차게 비질을 시작했
다. 사실 이 아이들의 빗자루는 중간 대 부분이 쇠로 만들어져
있었다. 무게만 해도 십여 근 이상이다.

당연히 팔만으로는 힘들기에 자연스럽게 몸을 움직이게 된
다. 그러다 보면 중심을 잡으면서도 힘의 분배에 관한 것을 깨
닫게 되는 바, 인체에 원활한 힘을 언제든 내보내는 중신경의
공부가 가능했던 것이다.

모안의 미소는 한층 더 짙어졌고, 그들을 뒤로한 채 본전으

로 향했다. 이곳에 진짜 온 목적을 수행해야 할 시간이었다.

그는 어제 본산으로 들어와 바로 장문인을 만났다. 그리하여 마유조의 서찰을 전했고, 장문인은 심각한 얼굴로 읽었다.

보통 때라면 바로 지시를 내렸을 것 같은데 왠지 모르게 이번엔 하루의 시간을 허비했다. 이건 현 장문인답지 않은 처사로서 뭔가 이상함을 느끼기에 충분한 행동이었다.

오늘은 그 답을 들으러 가는 길이다. 시간을 세어보았을 때 아직 이틀 정도의 시간이 있었다. 지금 바로 결정난다면 온 힘을 다해 경공을 펼쳐 가면 딱 맞을 터였다.

문득 그의 눈앞에 한 사람의 모습이 보이자 모안은 더욱더 짙은 웃음을 흘렸다. 그러자 그 웃음에 화답이라도 하듯 밝은 목소리로 사내가 말했다.

"기다리고 계십니다, 모 사형. 어서 드시지요."

"고맙다, 견오(堅悟). 앞장서 주겠나?"

갓 스물이 넘은 이 친구는 그의 사제 지견오(地堅悟). 장차 이 설산파를 이끌고 나갈 동량인 것이다.

특히나 현 장문 설군(雪君) 고경선(高京善)은 견오를 상당히 아끼고 있는지라 아마 미래의 설산 중심엔 바로 지견오가 되지 않을까 하는 소리가 나돌 정도로 영기 발랄한 젊은이였다.

"한데 정말 중요한 일인가 봅니다? 그간 세속의 일에 초탈하셨던 반양(半養) 장로님 두 분께서도 들어 계시니 말입니다."

"반양 장로님? 청설검(淸雪劍), 홍설검(紅雪劍) 어르신들이 계신단 말이냐?"

조금은 의외의 얼굴을 하며 모안이 입을 열자 견오는 고개를 끄덕였다. 견오는 정말 의외라는 표정을 지었는데, 그도 그럴 것이 설산의 반양 장로는 이미 십여 년 전에 은거한 기인들이었던 것이다.

물론 자신의 일과는 전혀 다른 일로 온 것일지도 모르나 다른 일이라면 이 녀석이 이토록 호들갑을 떨 일이 없었다. 틀림없이 자신이 가져온 일 때문이었다.

"오랜만에 어른들이 들어 계셔서 그런지 지금 본산에 있는 사람 거의가 다 대전에 들어 있습니다. 이거 뜻하지 않게 대회라도 여는 분위기가 되고 있습니다, 사형. 하하하!"

"흐음… 생각보다 일이 커져 가는구나."

솔직히 상관없었다. 어차피 이 일은 조용히 처리할 수가 없는 일이었고, 문파 전체의 도움이 필요한 일이었다. 풍마단이란 곳은 그리 만만한 곳이 아니니.

"장문인께 아룁니다. 모 사형이 드셨습니다."

꽤나 오랫동안 걸은 후에야 드디어 두 사람의 앞에 긴 회랑이 보이기 시작하자 견오는 공손히 고개를 숙였다. 그 회랑의 끝에 이 설산의 어른들이 있는 것이다.

모안은 그 뒤를 따라 한 걸음 앞으로 나가 역시 고개를 숙였다.

"제자 모안, 장문인의 부름을 받아 왔나이다."

"어서 오너라."

세월의 흔적이 묻어나는 목소리가 회랑에 울려 퍼지자 모안은 숙였던 고개를 들었다. 그러자 회랑의 모습이 일목요연하게 눈에 들어왔다.

확실히 상당한 수의 사람들이 들어서 있었다. 물경 사십여 명이 사람. 이 정도면 이곳에 있는 동문 거의 대부분이 들어와 있다고 해도 과언이 아닌 것이다.

생각보다 장황한 분위기에 모안은 입술에 지그시 힘을 주었다. 그러자 정면의 단아한 태사의에 앉은 사내가 다시 입을 열었다.

"허허허, 오늘은 참으로 이 본전에 많은 사람들이 모였구나. 따지고 보면 다 이것이 네 덕분이겠지."

"……."

모안은 공손히 고개를 숙였다. 다섯 치가량의 하얀 수염을 단정하게 늘어뜨린 이 사람이 바로 현 장문인 설군 고경선이었다. 냉철한 판단과 결단력으로 설산을 이곳 요녕성의 패자로 만들어놓은 사람이었던 것이다.

"일단 네가 올린 서신은 잘 보았다. 마적단이 이리도 오만하게 구는 것은 나도 몰랐구나. 무공을 하는 이유 중의 하나가 약자를 돕는 것에도 있으니 기본적으로 나 역시 책임을 통감한다."

고경선은 차분한 목소리를 들려주었다. 역시나 언제 들어도 사람의 마음을 차분하게 만드는 신중한 목소리. 그 목소리만

들어도 앞으로의 결정이 합리적이라는 것을 저절로 느낄 수 있었다.

"그러나 우리가 관군을 대신할 수는 없는 일. 관에서 요청이 온 것도 아니고 그냥 우리의 생각만으로 움직인다는 것은 좋은 생각이 아니다. 밤새 심사숙고한 결과이니라."

"……."

예상외로 결론은 안 된다는 것이다. 물론 장문인의 생각을 이해는 한다. 이건 확실히 관이 해야 할 일. 직접적인 위해가 있지 않은 이상 무림에서 나설 문제는 아니다.

사실 이러한 것이 저 마적들이 설치는 이유 중의 하나였다. 관군도 잘 피하지만 조금이라도 강한 곳은 건드리지 않는다. 그러니 당하는 것은 오로지 힘없는 작은 부락이나 상인들뿐이다.

"하나 지금 현 상황을 비추어볼 때 유조와 소은의 안위 또한 생각해 봐야 할 일. 마냥 안 된다고 할 수만은 없었다. 한데 하늘이 도우시는지 두 사람의 안위를 돌봐줄 분들이 나타나셨다."

"예?"

양소은은 몰라도 마유조는 사실 일대제자 급 중엔 가장 강한 사람이었다. 양소은의 쌍검도 무시할 수준이 아니어서 이 두 사람의 조합이면 그리 나쁜 것은 아니었다.

그런데 이 두 사람의 안위를 한꺼번에 돌볼 수 있는 사람을 말하는 것이니 모안으로서는 조금 놀랄 수밖에 없었다. 그는 잘 이해가 가지 않는 듯 두 눈만 껌벅거렸다.

"혹 장문인께서 직접 나서시는 것입니까? 아무도 안 데리고 요?"

생각할 수 있는 것은 그것밖에 없었다. 설산의 문도가 그리 많지 않은 것은 본산의 제자 중 쓸 만한 사람들은 모두 여기저 기에서 활동하기 때문이다. 지금 남아 있는 사람들 중 마유조 와 양소은을 한꺼번에 아우를 수 있는 사람은 장문인뿐이었 다.

"허허허, 내가 간다면 좋겠으나 그럼 관군의 눈치를 보지 않 는다는 뜻이니 그럴 수는 없지. 흰소리 그만하고 장로님께 감 사 인사나 드리거라. 사정을 들으시고는 쾌히 승낙을 해주셨 으니."

"…장로님들께서 직접 말입니까?"

도무지 믿기지 않는 듯한 표정을 지으며 모안은 되물었다. 그러자 쪼골쪼골한 얼굴을 한 두 명의 노인이 싱글싱글 웃으 며 앞으로 나가왔는데, 모안은 자신도 모르게 한 걸음 뒤로 물 러섰다.

아주 편안한 기운을 풍기는 그들이지만 그 기도는 엄청났던 것이다. 각기 붉고 푸른 장삼을 입은 그들은 홍설검(紅雪劍) 항 임(恒任)과 청설검(淸雪劍) 우오상(友五常)이란 이름을 가진 사 람들이었다.

세수 백은 이미 넘긴 지 오래된 이들이 강호의 일에 나선다 는 것은 거의 기적에 가까운 일이다. 가끔 뵙기는 했지만 모안

자신조차 근 이십 년 전에 출도하는 것을 기록으로 한 번 봤을 정도로 세상사에 초연한 사람들인데 어째서…….

"오홀홀, 귀신이라도 본 것이냐? 무슨 표정이 그렇지?"

"이런 늙은이들이랑 가는 것이니 당연한 것 아닌가? 걱정 말거라, 잡아먹을 일은 없을 테니."

"어찌 그런 말씀을……. 너무 놀랐던 것뿐입니다. 본의 아니게 실례를……."

정중한 인사와 함께 그는 나이답지 않은 모습을 보여주었다. 그러자 항임과 우오상의 입술이 열렸다.

"에잉, 재미없는 놈. 무릇 어른과 농담을 할 땐 소은이 고 계집처럼 해야지."

"그렇지, 그럼. 아주 들을 때마다 가슴이 철렁할 정도로 농담을 해주어야 좋은 게지."

두 사람은 빙긋 웃으며 말했지만 모안의 입장에서는 전혀 웃을 일이 아니었다. 그것이 무슨 의미인지 잘 알고 있었던 것이다.

양소은은 본산에 있으면서 유난히 반양 장로를 따랐던 사람이다. 물론 반양 장로가 사람이 좋아서 그럴 수도 있지만 다른 사람에 비해 이상할 정도로 양소은을 예뻐했었다.

아마도 그래서 양소은의 성격이 나빠진 것이 아닌가 하는 생각이 들 정도였다. 하나 그 성격을 고쳐 줄 사람은 아무도 없었다. 물론 그 성질머리를 절대로 장문인 앞에서 내지는 않았지만 말이다.

"두 분께서 그 녀석을 너무 예뻐하시니 버릇이 없어지는 것 같군요. 모쪼록 이번에 만나시면 혼구멍을 내주십시오. 물건 사서 오라고 했더니 어찌 그냥 따라갔는지……."

"클클, 고년이 행여나 말을 듣겠소? 헤우 그 등쌀에 이 뼈다귀나 부러지는 건 아닌지."

"그러게나 말일세. 어쨌든 그만 가볼까? 당평산 양무곡이면 꽤나 먼 거리이니……."

두 사람은 대청마루로 걸어나오며 입을 열었다. 두 사람 모두 허리에 검조차 차지 않은 상태였다. 솔직히 모두 검이 필요 없을 정도로 강한 사람들이었다.

그래서 모안은 얼떨떨하면서도 한 가지 의문이 들고 있었다. 둘 중의 한 사람도 아니고, 이 두 사람이 같이 가기로 했는지 이해가 가질 않았던 것이다.

물론 이 두 사람이 간다면 그야말로 천군만마였다. 이 요녕성제일의 고수를 데려간다는 것이나 다름없는 것. 풍마단이 아무리 강해도 함부로 할 수 없을 정도의 무위를 지닌 사람인 것이다.

말은 양소은과 마유조가 걱정된다고 하지만 그건 핑계였다. 그러나 진실한 이유가 무엇인지 짐작조차 되질 않았다.

"흐음, 한데 아이야, 마유조의 서신을 보니 기이한 녀석을 만났다고 하던데?"

"네? 아, 단야라는 사람을 말씀하시는군요? 흉사를 당한 용현촌의 보군입니다."

"보군?"

홍설검 항임의 입에서 갸웃한 목소리가 흘러나왔다. 그는 뭔가를 곰곰이 생각하는 듯하더니 이어 말했다.

"보군의 실력이 마유조를 웃도는 것이라면 그야말로 놀랄 일이지. 흐음, 단야라 했던가?"

"…무슨 말씀을! 마 사형의 무공을 넘는다니요. 그 사악한 무공이 어찌 그런 결과를……!"

모안은 발끈하며 소리쳤다. 소리치고 나서 그는 실태를 깨달았는지 얼굴을 벌겋게 달구며 입을 꽉 다물었는데, 그러자 청설검 우오상의 입술이 열렸다.

"호오, 사악하다고 느꼈더냐? 하면 사공(邪功)이었단 말이냐?"

"예? 아니, 그것이……."

사실 단야의 무공에선 사이한 느낌은 들지 않았다. 굉장히 잔혹한 것은 있었지만 그것은 무공이 사이한 것과는 많이 달랐던 것이다.

"하면 마공과 같았더냐?"

"…그것도 솔직히……."

다시금 우오상이 물어왔지만 그 질문에도 모안은 고개를 갸웃거렸다. 마공이라고 부르기도 뭣했던 것이다.

"마공도 아니고 사공도 아니다……. 그거야 유조가 그의 뒤를 따르겠다고 서신을 보낸 순간부터 짐작하고 있었던 것이다. 그 녀석이 마공이나 사공을 보고도 그냥 있을 턱이 없으니……."

"……."

들려오는 장문 고경선의 목소리에 모안은 흠칫했다. 과연 그 점을 잊고 있었다. 마유조의 눈을 말이다.

아마도 자신이 느낀 것을 마유조도 느꼈기에 그렇게 서신을 올린 것일 터이다. 확실히 단야라는 사람은 한마디로 정의하기 힘든 자였다.

"하나만 더 묻자꾸나, 모안아."

"예, 장로님. 얼마든지 하명하시길."

다시금 항임이 말하자 모안은 공손히 대답했다. 항임은 잠시 생각을 정리하는 듯하더니 이어 질문했다.

"그 단야라는 자의 무공이 혹 끝없는 어둠, 보고 싶지만 도무지 볼 수 없는 어둠이 아니었더냐? 형체도 느낌도 없는 그런 어둠 말이다."

"……."

모안의 눈이 커졌다. 과연 그 말이 딱 맞았다. 홍등가에서 보여준 단야의 신위는 그렇게 표현하는 것이 옳았던 것이다.

비록 입을 놀려 대답을 하지는 않았으나 대답은 그것으로 족했다. 모안의 커진 눈은 긍정을 이야기하고 있었고, 두 사람은 빙긋 웃으며 말했다.

"역시, 오홀홀."

"좋아! 아주 좋아!"

뭐가 좋은지 모르지만 항임과 우오상은 솔직하게 자신들의 감정을 나타내고 있었다. 두 사람은 이번엔 장문 고경선을 향해 말했다.

"자, 그럼 이 사람은 출발하겠네."

"두 사람은 걱정 마시게. 헛헛."

스슷, 파아아앙!

"우앗!"

모안은 커다란 소리를 지르며 두 눈을 찢어지게 부릅떴다. 어느새 그의 신형이 허공을 가르며 날아가고 있었다.

항임의 오른손이 그의 뒷덜미를 잡는 순간, 그와 항임은 한 덩어리가 되어 허공을 날았던 것이다. 눈을 뜰 수도 없을 정도로 엄청난 속도. 이것이 경공이라고 생각되지 않을 정도였다.

"헛헛, 두 분 장로님의 앞날에 무운이 함께하시기를……."

세 사람이 이미 점이 되어 사라질 때 고경선은 작은 목소리로 말했다. 그는 자리에서 일어나 포권을 하고는 가슴께로 끌어 올리고 있었다.

그리고는 양손을 풀며 다시 태사의에 앉았다. 그리고는 낮은 목소리로 다시 말했다.

"단야라……."

왠지 모를 의뭉스러움이 느껴지는 목소리였다.

*　　*　　*

"그냥 조용한데요?"

"당연히 그렇겠지. 너 같으면 먼저 나와 표적이 되어주겠느냐?"

쭉 뻗은 계곡을 보며 마유조가 말하자 양소은은 입술을 비죽 내밀었다. 그녀는 고개를 홱 돌리며 다시 계곡을 바라보기 시작했는데, 역시나 아무런 기색이 없는 곳이었다.

"훗, 어쩌면 양 소저의 말대로 아무런 준비도 되어 있지 않을 수도 있지. 하나 나라면 그렇게 하지 않겠어. 어차피 우리가 이곳에 오는 것을 아는 이상 함정을 파는 것이 최선이지."

혁리는 당연하다는 듯 입을 열었고, 마유조는 말없이 고개를 끄덕였다. 그 생각에 이견은 없었다.

일행은 지금 당평산 양무곡에 도착한 상태였다. 이제 약속한 보름까지는 하루가 남은 상태. 하지만 혹시 모를 상황을 대비해 하루 일찍 도착했다.

혹시 모를 상황이란 적의 매복이었다. 홍루에서 오구의 입을 통해 이곳을 알아낸 순간 장소를 들은 것은 한두 사람이 아니었다.

그들 모두를 입막음하고 온 것도 아니기에 틀림없이 자신들이 이곳에 도착한다는 것을 풍마단은 잘 알고 있을 터이다. 그렇다면 분명 이에 대비할 것이라 생각한 것이다.

"어쩌면 장소가 들통난 것을 알고 안 올 수도 있지요. 괜히 벌통을 건드린 셈이 될 수도 있으니까요."

양소은의 목소리였다. 벌통이라는 것은 결국 설산파를 이야기하는 것이다. 즉 무림문파를 상대하는 귀찮음을 피하려 할지도 모른다는 말이다.

물론 가능성은 있지만 희박했다. 그 정도로 어수룩한 놈들이 아닌 것이다. 게다가 그 가능성보다는 말머리꾼을 바꾸는 것이 훨씬 가능성이 높았다.

"역시 그 가능성도 있지만 저 마적단과 말머리꾼들의 유대 관계는 생각 이상일 경우가 많소이다. 웃기는 일이지만 말머리꾼이 살해당하면 마적단이 와서 복수를 하는 경우도 있지. 더러운 인생을 살아가는 놈들이지만 마적단이 필요로 한다는 것을 분명히 보여주는 셈이지."

"실제로 그런 사건이 있었나 보죠?"

"있다 뿐인가? 생각 외로 많이 일어나네. 그러니 내 이리 긴장한 것이지."

혁리의 말에 양소은은 잠시 생각을 거듭하더니 고개를 좌우로 힘차게 저었다. 그리곤 왼손에 안은 월홍을 돌려 세우고는 눈밭에 같이 누우며 말했다.

"그럼 뭐 일단 저들의 반응을 봐야 한다는 거군요. 하면 이렇게 있을 동안 쉬면서 그들에 대한 이야기를 좀 들어봐야 할 것 같은데, 혹 저들에 대해 아시나요?"

그녀가 편안한 자세를 취하고 묻자 혁리는 살포시 웃었다. 확실히 너무 긴장하는 것은 도움이 되질 않았다.

"그럼 무슨 일이 있으면 귀가 밝은 단야가 알려줄 테니 내

일단 아는 바를 이야기해 주지. 우선 그 풍마단이란 단체의 규모는 상당하단다. 근 이백이 넘는 자들이라 하더군."

이백이란 말에 양소은은 놀란 표정을 지었다. 설마하니 그 정도로 많은 자들이 마적일 줄은 몰랐던 것이었다.

"물론 이건 추측으로 알려진 것이니 진짜 세력은 알 수가 없단다. 하지만 사실일 것이야. 풍마단의 수뇌부들은 그저 떠돌이 무사가 아니라 엄연한 강호인들. 조직을 운영할 줄 아는 사람들이니까."

"음? 풍마단이 무림인들이 주축이 된 것은 몰랐는데? 어떤 자들인지 알 수 있나?"

마유조가 의외라는 듯 입을 열자 혁리는 옅게 웃었다. 하긴 그들의 정체를 안 것도 얼마 전의 일이니 이들이 알 리가 없었다.

"원래는 감숙성에서 움직이던 놈들이었네. 모두 네 명으로 의형제를 맺었다고 하지. 못된 짓으로 의형제를 맺었다고는 하는데 그래서 그런지 네 명 다 독랄한 자들이야. 감숙성의 동지들이 주의하라고 서신을 보내왔는데 하는 짓을 보니 아주 가관인 놈들이었어."

혁리의 눈이 날카롭게 빛나고 있었다. 인접한 관청에서 주의할 자들을 뽑아 보내주는 것은 오랜 묵계였다. 아무리 썩은 세상이라고는 하나 말단끼리는 통하는 법이다.

"어디 보자……. 그래, 여기 있군. 원래는 사사혈랑(邪四血狼)이라 부르는 놈들이라네. 첫째가 천벽, 서이구, 하기, 차추만가라 불리는 놈들인데, 화산파에서도 애먹을 정도로 강한 놈들이라 하더군."

"그 말은 화산과 사이가 좋지 않다는 뜻이로군."

"그렇지. 또한 대문파의 눈치 따위는 보지 않는다는 뜻이기도 하지. 생각이란 것 자체가 없는 놈들이야."

"흐음……."

마유조는 미간을 찡그렸다. 확실히 그런 상태의 놈들이라면 일이 어떻게 전개될지 모르는 상황이었다. 진짜 피곤한 놈들일지도 몰랐던 것이다.

문파의 이름으로 한수 접고 들어가는 것은 생각할 필요도 없었다. 이런 놈들은 말보다 바로 치는 것이 상수였던 것이다.

"자네는 어떻게 생각하나? 그 정도의 성향을 가진 놈들이라면 꽤나 독하게 나올 것도 같은데 말이야."

마유조가 말을 건넨 것은 단야였다. 단야는 이곳에 도착하고 나서부터 지금까지 아무런 말 없이 주위를 바라보고만 있었다.

이유는 모르지만 단야의 오감은 이상하리만치 높아서 기척을 누구보다도 빨리 느꼈다. 물론 무공이 높아서 그런 것일 수도 있지만 단야가 느끼는 기척은 살기로 알아내는 것 정도가 아니었다.

그냥 무언가 있으면 바로 느끼는 것이다. 사냥꾼이라서 그런지 모르지만 오감 하나만큼은 정말 기가 막히게 대단한 것을 가지고 있었다.

"독하다는 것이 무슨 뜻인지는 모르지만 이미 이곳엔 많은 자들이 숨어 있소."

"뭣!"

단야의 목소리에 혁리는 짧은 비명을 질렀고, 양소은은 자리에서 일어서며 무릎을 꿇었다. 매복이 있다는데 편하게 있을 수는 없었다.

혁리는 눈을 살짝 감으며 온 정신을 집중하기 시작했다. 그리고는 내력을 휘돌리며 주위의 환경을 다시금 돌아보았다. 하나 그 어디에서도 사람이 있는 듯한 느낌은 느껴지지 않았다.

살짝 눈을 떠 옆에 있는 마유조를 바라보았지만 마유조 역시 살짝 고개를 좌우로 젓고 있었다. 그 역시 느끼지 못한 것이다.

"좌우 계곡 양끝에 숨어 있소. 이곳만이 아니라 출구 쪽에도 있는데 다 합치면 육칠십 명 정도 될 듯하오."

"육칠십 명?"

그렇게 많이 있다는 것인지 아니면 생각보다 적다는 것인지 알 수 없는 가운데 단야는 미간을 좁혔다. 그리고는 손가락을 들어 출구 쪽을 가리키며 입을 열었다.

"그리고 숨어 있는 자들 이외에 또 새로운 자들이 오고 있소."

쭈욱 뻗은 단야의 팔을 따라 사람들의 시선이 그쪽을 향했

다. 그러자 진짜로 저기 반대편 곡구에서 누군가 말을 타고 오
는 것이 보이고 있었다.

십여 명의 사람과 짐을 실은 말과 마차, 그게 무엇인지 모른
다면 바보였다. 혁리는 어금니를 꽉 깨물며 말했다.

"빌어먹을, 하필 이럴 때에 상인들이라니⋯⋯."

중원과 서장을 오가는 상인들, 그들의 일행이 틀림없었던
것이다.

2

"망할 놈들이 하필이면 여기를 지나가?"

차추만가는 입술을 씰룩이며 토하듯 말을 내뱉었다. 힘들게
잘 숨었더니 엉뚱한 먹잇감이 걸려들었던 것이다.

오십여 명 남짓한 수하들을 모두 매복시킨 채 오늘로 이틀
째였다. 피곤한 것을 무릅쓰고 기다린 결과 정찰을 나간 놈들
로부터 드디어 먹잇감이 들어섰다는 보고가 들어왔다.

조금 후 상황을 보다 바로 공격할 찰나에 괜한 것들이 참견
한 셈이었다. 차추만가는 옆에 착 달라붙어 있는 도고를 향해
입을 열었다.

"제길, 매복이고 뭐가 다 틀려먹은 것 같구만. 야! 가서 애들
보고 저 멍청한 새끼들 목이나 치라 그래! 더 이상 이곳에 들어
오지 못하게 막으라고!"

"아, 예, 단주님. 당장 시행하겠습니다."

　차추만가의 소리에 부관 도고는 재빨리 입을 연 후 신형을 돌렸다. 그리고는 출구 쪽에 있는 수하들에게 신호를 보내려 하는 순간이었다.

　"아니, 이왕 이렇게 된 것, 저놈들을 이용하는 것이 좋겠다."

　"…형님, 그게 무슨 말이오? 이용하다니?"

　뒤쪽에서 가만히 지켜보던 하기의 목소리에 차추만가는 의뭉스런 표정을 만들었다. 저들을 이용한다는 소리 자체를 이해 못했다.

　"저 단야란 놈의 일행, 그중에는 설산파 놈들이 있다고 하지 않았나? 소위 정파를 지향하는 놈들 말이야."

　"홍사검 마유조와 설산의 골칫덩어리 양소은이 같이 있다고 하시지 않았소. 다른 사람도 아니고 셋째 형님이 말이오."

　하기는 그 말에 씨익 웃으며 차추만가를 바라보았다. 하나 차추만가는 무슨 뜻인지 잘 모르는 듯했고 하기는 피식 웃으며 다시 입을 열었다.

　"멍한 표정 짓기는. 어디 정파의 위선이 어디까지 통하는지 보자는 것뿐이다. 곡의 중앙으로 갈 때까지 놔두도록. 그리고는 잡고 나올 때까지 하나하나 목을 치자고."

　"오호라, 그런 방법이 있겠군요. 역시 형님은 최고입니다. 우핫핫핫!"

　매복 중이라는 것도 잊을 정도로 차추만가는 커다랗게 웃었다. 그리곤 도고를 향해 눈인사를 하자 도고는 알았다는 듯 쪼르르 움직였다.

"좋아, 어디 나오지 않고 배기는지 한번 보자. 흠, 그러고 보니 계집들이 꽤 많은데, 이거? 큭큭."

점점 다가오는 상인들의 행렬을 보며 차추만가의 입가에는 사이한 미소가 점점 더 짙어져 갔다.

뭔가 일어날 것만 같은 기분. 딱 지금이 그 순간이었다. 아니, 일어났어도 벌써 일어나야 정상이었다.

상단으로 보이는 인물들은 벌써 곡의 중앙에 다다랐다. 단야 일행이 숨어 있는 숲 속과는 약 사십여 장. 워낙이 좁은 곡이라 금방 중앙에 다다를 수 있었다.

"한데 호위무사들도 없는 자들인가? 어떻게 저렇게 평안히 올 수 있지?"

뚱한 표정의 양소은이 입을 열었다. 중앙쯤 오니 상단의 면면이 보이고 있었는데 보면 볼수록 황당한 경우였다.

마차 한 대에 달구지 세 대. 마차야 사람이 타는 것이니 그렇다 치지만 달구지는 물건이 가득 실려 있었다. 그런데 그런 물품을 호위하는 사람치고는 그 수가 너무 적다.

약 이십여 명 정도의 사람이 보였는데 그중 여섯은 여인, 그것도 젊고 호리한 여인들이었다. 마차에 타고 있는 여인의 신분이 조금 있는 듯 마차 주변에서 말을 탄 채 움직이고 있었다.

더욱이 경험도 별로 없는지 눈 속에서 이동 속도는 거의 거

북이와도 같은 형국인지라 보기만 해도 답답한 광경이었다.

"아무리 봐도 저 사내들의 무공은 일류 급도 되기 힘들 듯하구나."

혁리는 살짝 혀를 찼다. 이건 무신경도 도를 넘어선 것으로 그냥 당하자는 이야기밖에 되지 않았다.

물론 여러 가지 사정이 있을 수 있겠지만 달구지의 수로 볼 때 적어도 기백 냥 이상의 물건이 실려 있을 터였다.

그런데 호위하는 무인들의 수준은 삼류를 겨우 벗어난 정도고 숫자는 열다섯도 안 된다니 당연히 이해하기 힘들었다.

"어쩌면 저들이 만든 함정일 수도 있겠군. 아닐 수도 있지만."

"……."

문득 들려오는 마유조의 목소리에 사람들은 미간을 살짝 좁혔다. 과연 그 말대로 이자들이 함정의 시작일 수도 있었다. 저들을 구한답시고 나간 순간 공격이 시작될 수도 있었던 것이다.

"반대로 진짜 상단일 수도 있겠지. 이곳 역시 중원으로 가는 길목 중의 하나. 상단들이 빈번하게 털리는 곳일세."

"진짜 상단이란 말인가?"

"그저 그럴 수도 있다는 뜻일세. 그러니 너무 한쪽으로만 생각하지 말자고. 그냥 아무 일 없이 이리로 오면 좋겠는데……."

"음."

혁리의 말에 마유조는 미간을 좁혔다. 확실히 선택하기 쉽지 않은 상황인지라 함부로 움직일 수가 없었다. 만의 하나 함정이라면 그 대가는 실로 무시무시할 테니 말이다.

아무리 이쪽에 고수들이 있다고는 하나 숫자의 우위는 무시할 수 없다. 차륜전으로 나온다면 그땐 필패였다.

"그럼 결정되었군요. 이봐요, 단야. 저기까지 화살이 닿죠? 그냥 한 대 쏴요. 위험하다는 것은 알려야 해요."

뜬금없이 들려오는 양소은의 목소리에 단야는 고개를 돌렸다. 무표정한 얼굴로 그녀를 바라보는 단야의 얼굴엔 어떠한 표정도 나타나 있지 않았다.

"뭐에요, 그 표정은?"

단야의 눈빛을 본 양소은은 뚱한 얼굴을 만들었다. 적의는 아니지만 '왜?'라는 눈빛이 역력히 나타났던 것이다.

"무공을 하는 자가 약한 자를 돕는 것은 상식이에요. 그럼 당신은 저자들이 죽는 것을 그냥 보고만 있겠다고?"

"지금까지 무슨 이야기를 들은 것이냐? 그러다 저들이 함정이라면 그땐 어찌할 것인데?"

"그땐 그냥 싸우면 되는 거죠, 뭐. 어차피 이렇게 시간이 흘러봐야 아무것도 안 되잖아요."

딴에는 일리있는 소리다. 탁상공론 펼쳐 봐야 공론에서 끝난다. 결과는 아무것도 없는 것이다.

그러니 차라리 먼저 손을 쓰자는 것이 그녀의 생각, 하나 그 이후의 일도 정하는 것이 순서다.

"낭자의 말도 확실히 일리는 있소만 만일 단 형이 화살을 쏘면 그건 공격 행위라 받아들이지 않겠소? 자칫하면 지금까지 왔던 길을 되돌아가 버릴 수도 있는데?"

혁리의 말이 끝나자 양소은은 미간을 찌푸렸다. 과연 그렇게 될 수 있는 가능성도 없지 않아 있었는데 그렇다면 화살을 날리는 것도 좋은 방법은 아니다.

"후우."

이래도 이상하고 저래도 이상한 상황이라 생각되었는지 그녀는 긴 한숨을 쉬었다. 그러더니 단야를 야해 다시 입을 열었다.

"이봐요, 혹시 효시(嚆矢) 같은 것이 있나요? 그런 것이라면 저들도 눈치채지 않을까요?"

군대 간에 서로 소리를 알려주며 상황을 전달하는 효시. 확실히 그런 것이 있다면 조금 나을 수도 있었다. 그러나 단야는 군인이 아니다.

그는 조용히 고개를 가로저었다. 일반 화살과 철시 딱 두 종류만 가지고 있었고, 또 있다 해도 쓸 상황은 아니었다.

효시라는 것은 서로 간에 약정한 것. 약정이 없는 효시는 혼란만 줄 뿐이다. 아마 저 상인들은 소리를 듣자마자 바로 우왕좌왕할 것이 뻔했다.

"제길! 그럼 이렇게 그냥 두고 보고만 있자고요? 혹시나 저들이 진짜 상단이라면 난 평생 죄책감에 잠을 못 잘 거예요! 사형은 안 그래요?"

양소은이 소리쳤다. 상당히 격앙되어 있어 그 소리에 있는 곳이 들키지나 않을까 걱정될 정도였다.

협의라는 것 때문인 듯했다. 혁리와 마유조 역시 그녀와 같은 얼굴을 하고 있었는데, 그렇지 않은 사람은 단 한 사람, 단야뿐이었다.

"왠지 당신은 그렇게 생각하지 않는 것 같군요. 그런가요?"

그 눈빛을 보고 읽었는지 그녀가 단야에게 말했다. 하나 단야는 아무런 말 없이 상단만 주시할 뿐이었는데, 그 눈빛 속의 숨은 뜻을 그녀는 읽었다.

다른 사람을 동정하는 눈이 아니었다. 철저하게 남을 보는 눈. 지금 단야의 눈길이 그런 감정이다. 그녀로서는 조금 실망스러운 순간이었다.

무공이 패악하긴 해도 성정은 그렇지 않을 것이라 생각했다. 객잔에서의 일도 있고 이곳으로 오면서 내내 같이 지내보니 의외로 착한 구석이 있었다.

그러나 그건 그녀만의 착각인 듯했다. 그간 착한 것은 가식이었고 이것이 본모습이었다. 한순간 한기가 들 정도로 차가운 이 모습이.

멱살이라도 틀어쥐며 사람답게 살라고 소리치고 싶었지만 더 이상 단야에게 신경 쓸 겨를이 없었다. 혁리의 목소리 때문이었다.

"빌어먹을, 최악이다. 진짜 상단이었어."

"……."

혁리의 목소리에 돌아본 양소은은 두 눈을 부릅떴다. 어느새 상단의 주위는 검은 옷을 입은 자들로 휩싸여 있었다. 매복해 있던 풍마단이 습격을 감행한 것이다.

그냥 공격하는 척이 아니다. 허공에 핏물이 징그럽게 튀어 오르고 있었다.

피피피핑! 파아아악!

"꺄아아악!"

어디서 날아오는지도 모르는 올가미에 호위무사들이 좌우로 튕기듯 날아갔다. 올가미엔 작은 철 조각들이 붙어 있어서 걸리면 바로 핏물이 튀어 올랐다.

마차 주위에 있던 여인들은 비명만 지를 뿐 움직임이 전혀 없었다. 파랗게 질린 얼굴을 봐서 그녀들은 역시 무공을 하는 사람들이 아니었다.

"마차를 호위한다! 모두 원진을!"

카라라락!

누군가의 호통에 십여 명이 넘는 무사들은 재빨리 마차로 다가왔다. 그들은 바로 검을 빼 들며 마차를 수호하기 시작했지만 공격은 이미 시작된 후였다.

여기저기 하얗게 덮인 눈 속에서 뜬금없이 사람이 솟아 나왔던 것이다.

파아아악!

그것도 사람이 말 등에 탄 채였다. 잘 때도 서서 자는 말을 누여서 움직이지 못하게 하는 것 하나만 봐도 이들의 기마술이 어떤지 능히 알 수 있었다.

"끼앗!"

"찹!"

두두두두!

몇 기인지도 모르는 말들이 원진의 한구석을 밀고 나가자 진은 형편없이 무너져 버렸다. 돌아가면서 휘두르는 만도에 두 명의 호위무사가 몸뚱이째 잘려 버리자 혼란은 극에 이르렀다.

파아아앗!

비명조차 지르지 못하고 그들은 생을 마감했다. 진을 독려하는 자는 어금니를 꽉 깨물며 마차 위를 뛰어넘어 가려 했지만 이미 늦었다.

두두두두—

한 기의 말이 뚫린 원진으로 들어와 마차를 스치듯 지나갔다. 물론 그냥 가는 것은 아니었고 수중에 들고 있던 끈이 달린 갈고리를 툭 던진 후였다.

갈고리는 정확히 마차의 한쪽 바퀴에 걸렸고, 기수는 안장에 끈을 한 번 휘감고는 마차에서 멀리 달리기 시작했다. 그러자 마차 바퀴가 허공으로 튀어 올랐다.

콰직! 꽈아앙!

"아아악!"

“아, 아가씨!”

다급한 음성과 함께 뾰족한 여인의 목소리가 들려오자 마차 위로 올라간 사내의 눈빛이 절망으로 물들었다. 그는 간신히 마음을 추스르며 눈을 돌려 주변을 살폈다.

아무리 적게 잡아도 오십 명은 족히 넘는 자들이었다. 하나같이 같은 복색을 한 것으로 보아 같은 단체였고, 하는 짓으로 봐서 무림 문파는 아닌 듯했다.

그렇다면 마적단밖에 없었다. 그간 걱정에 또 걱정을 했던 것이 실제로 일어난 셈이었다.

“크흐… 이거 괜찮은 계집들이구나! 호오!”

“단주님, 오늘 이년들 때문에 있었던 겁니까? 이야!”

여기저기서 거친 목소리가 흘러나왔다. 이미 승부는 난 것이다. 싸울 수 있는 자는 이제 열 명도 채 안 되었으니……

원진은 반대쪽도 무너졌다. 양쪽으로 원호를 만들며 공격을 시작해서 어찌할 도리가 없었던 것인데, 사실은 애당초 막는 것 자체가 불가능한 상황이었다. 인원도 구성원의 무공 실력도 너무나 차이가 났다.

“무, 물렀거라, 이놈들! 감히 여기가……!”

“요런 싸가지없는 년을 봤나? 네년부터 손봐줘야겠구나! 합!”

피이이잇! 콰악!

“아아악!”

여인의 몸이 허공으로 솟구쳤다. 말 위에서 한 사내가 채찍

을 날리더니 소리친 여인의 허리를 휘감아 잡아당겼던 것이
다.

왼손으로 여인의 허리를 안은 사내는 거칠게 여인의 앞섶을
잡아 뜯었다. 그러자 여인의 뽀얀 젖가슴이 그대로 드러났다.

"꺄아아악! 아악!"

있는 대로 비명을 지르며 몸을 감싸 쥐었지만 그건 거친 사
내들의 욕정에 불을 당기는 것밖엔 되지 않았다. 사내가 더욱
더 눈에 불을 켜며 여인을 핍박하려 하는 순간이었다.

"이런 쳐 죽일 놈들! 당장 손을 치우지 못할까!"

타타타탓!

마차를 지키던 무사 중 두 명이 참지 못하고 그에게 신형을
날렸다. 검을 뽑아 든 채 한꺼번에 쭉 뻗어 기세 좋게 나갔으
나 채 반 장도 앞으로 가기 전 그들의 몸에 갈고리가 수없이 날
아들었다.

카카카카카카칵!

몇 개인지도 모를 갈고리가 몸에 박혔지만 두 사내는 나가
는 기세를 멈출 수가 없었다. 그리고 그것이 그들의 마지막이
었다.

쫘아아아앗!

허공에 붉은 안개가 피어오르고 있었다. 두 무사는 갈기갈
기 찢겨 사방으로 튀었고, 그 광경에 마차를 지키던 자들 모두
떨기 시작했다.

"등신 같은 것들이 처한 상황도 모르는구만. 어디, 더 나서

보시지?"

　말 위에서 여인의 가슴을 주무르며 사내가 입을 열었지만 이번엔 아무도 나서지 못하고 있었다. 얼마나 불리한 상황인지 이제야 확연하게 느껴졌던 것이다.

　"좋아, 그쯤 하면 일단 되었다. 물러서."

　"예, 단주님!"

　뒤쪽에서 들려오는 소리에 말 탄 사내가 움직였다. 여전히 한쪽 손을 여인의 가슴에 올려놓은 채 표정만 굳어서 말이다.

　그 여인의 봉긋한 가슴을 슬쩍 보던 차추만가는 입맛을 다시며 말을 움직였다. 그리고는 달구지로 가더니 손을 움직였다.

　펄럭!

　달구지를 덮었던 커다란 천이 걷히자 차추만가의 눈이 반짝였다. 그는 연달아 달구지들의 천을 걷더니 웃으며 소리쳤다.

　"크하하하핫! 이거야 원, 오늘 내 운세가 제대로 트인 건가? 당귀(當歸)에 황기, 상황버섯? 허, 이건 그 귀하다는 홍삼(紅蔘)이 아닌가!"

　차추만가의 눈에 탐욕이 번들거렸다. 그는 세 개의 달구지를 모두 확인하고는 마차 앞에 서서 차분히 말했다.

　"내 이름은 차추만가라고 한다. 이 정도의 물품을 이만큼이나 가져가는 사람이니 보통 사람이라 말하기는 힘들군. 얼굴이나 좀 볼까?"

"차추만가? 푸, 풍마단!"

진을 독려하던 무사의 입에서 절망 어린 목소리가 흘러나왔다. 그나마 눈빛이 좋은 사내가 그 모양이니 나머지는 말할 것도 없었다. 모두들 얼굴이 흙빛이 된 채 차추만가만 바라볼 뿐이었다.

차추만가는 확신을 하고 있었다. 이 정도의 물목을 가지며 움직이는 자가 보통의 사람일 리가 없다고 말이다. 지금 이 달구지엔 풍마단의 단주인 그조차 구할 수 없는 약재가 산처럼 쌓여 있었다.

원래는 이 모든 사람을 인질로 삼아 단야와 그 떨거지들을 압박하려 했으나 막상 이 물목을 보자 차추만가는 생각을 수정할 수밖에 없었다. 이들까지 모두 자신의 것으로 만들고자 마음먹게 되었다.

특히나 삼은 일반 가정에선 거의 볼 수 없는 것으로 분명 고려에서 들어온 것이었다. 그렇다면 이건 약재가 아니라 금이었다. 천금을 얻은 것이나 다름없는 것이다.

"얼굴 한번 보자는데 그것조차 싫다면 일단 작살을 내고 보는 수밖에. 어이, 도고. 그년 가랑이를 확……."

"손속에 사정을 부탁드립니다."

차추만가의 말을 자르며 유려한 소리가 흘러나오자 차추만가는 턱을 살짝 들어 올렸다. 목소리로 봤을 때 상당한 기품이 느껴지는 여인인 듯했다.

끼이이익!

이윽고 부서진 문이 활짝 열리며 일단의 사람들이 내리자 차추만가는 두 눈을 부릅떴다. 내린 여인은 모두 넷. 한데 그 용모가 상당했던 것이다.

시비로 보이는 세 명과 한 여인이 내리고 있었다. 시비는 젊은 여인 두 명과 나이가 든 여인이었는데 문제는 주인인 듯한 여인이었다.

주위의 눈이 모두 빛을 발하는 것 같았다. 제대로 눈을 뜨는 것조차 불가능할 정도로 아름다운 얼굴에 차추만가는 그저 명한 표정을 지었다.

"소녀 손여(孫麗), 강호의 협사들을 뵙니다."

"……."

머리가 울리는 듯한 아릿한 목소리에 차추만가는 아무런 말을 할 수가 없었다. 그저 마른침만 삼킬 뿐.

"뭐지?"

돌연한 상황임을 알게 된 것은 단야 일행도 마찬가지였다. 마차에서 나온 여인의 자태는 멀리서 보고 있어도 단박에 예사 사람이 아님을 알 수 있었다.

방금 전까지 보여주었던 잔인한 행사에 불같이 화를 내며 뛰어나가려던 양소은도 뭔가를 느낀 듯 미간을 좁히며 함부로 움직이지 않았다. 물론 그건 혁리와 마유조 역시 마찬가지였다.

세 사람의 이목은 모두 마차 안에서 나타난 여인에게 집중되었지만 더 이상 그들에 관한 것을 알 길이 없었다. 입술을

읽을 수 있는 거리도 아니었고 소리가 들리는 거리도 아니었
으니…….

"확실히 저들은 풍마단의 함정과는 관련이 없어 보이는군.
그렇지 않나, 혁리?"

"그래, 내 생각 역시 그렇다네. 그리고 아무래도 저 여인, 그
저 여염집에서 볼 수 있는 사람은 아닌 듯하이."

"그래, 그 점은 나 역시 동감이네."

마유조는 미간을 좁히며 잠시 생각에 잠기는 듯했지만 그것
으로 끝이었다. 더 이상 생각나는 것은 없었고, 그저 눈치를 보
는 것 외엔 방법이 없었던 것이다.

모두가 멍한 얼굴로 전방을 바라보는 가운데 움직이는 것은
단 두 명뿐이었다. 어느새 단야의 곁에 다가온 월홍, 그리고 천
천히 오른손에 세 개의 화살을 꺼내 든 단야, 그 두 사람뿐인
것이다.

"소, 손여라…… 손여라……. 호오, 이것참, 내가 오늘 운이
트여도 아주 단단히 트였구나. 크흐흐흐훗."

차추만가는 괴소를 흘렸다. 돈에 여자까지……. 오늘이야말
로 운이라는 것이 세상에 있음을 실감하는 날이었다.

머릿속에 단야 일행에 관한 것은 일단 까맣게 잊혀가는 중
이었다. 그는 누런 이를 드러내며 말에서 내리더니 앞으로 나
아갔다.

손요라는 여인을 좀 더 가까이 보고 싶은 그의 욕망이었다.

그런데 중년의 여인이 그의 앞을 막아섰다.

"무슨 짓입니까! 더 이상 다가오신다면 이 현모, 목숨으로 당신을 막을 것입니다!"

"이, 일비(一婢)님, 위험합니다."

젊은 계집종이 현모라 불린 여인의 손을 붙잡으며 바들바들 떨었지만 여인은 꿈쩍도 하지 않았다. 젊었을 적엔 꽤나 한 미모 했을 것 같지만 그건 과거의 이야기. 지금 여인의 모습엔 전혀 흥미가 없었다.

"부탁드립니다, 협사님. 역병 앞에 생명의 등불이 꺼져 가고 있습니다. 청컨대 저희를 그냥 보내주실 수 없겠습니까?"

아름다운 목소리가 들린 것은 그때였다. 목소리만으로도 기분 좋은 여인이지만 그 내용은 그냥 흘려보낼 것이 아니었다.

"역병?"

흠칫한 얼굴을 만들며 차추만가는 그 자리에 멈추었다. 물론 현모라는 여인의 서슬에 놀라서 그런 것은 아니었다. 역병이란 두 글자에 절로 놀라서였다.

무공을 하는 사람들에게도 역병이라는 것은 두려움의 대상이었다. 역병은 무공의 고하를 막론하고 걸릴 수 있는 것이니 말이다.

"역병이라니? 중원에 역병이 창궐했다는 것인가?"

"모르셨습니까? 하남에서 시작된 역병이 장강을 건너 하북으로 올라오려 하고 있습니다. 해서 이렇게 급히 약재를 가져

가는 것입니다."

차추만가는 그제야 뭔가 조금 알 것 같은 얼굴을 만들었다. 웃기는 일이지만 정말 급하게 약재를 공수하는 길이었던 것이다.

이 많은 약재가 한꺼번에 모인 이유는 그리 설명할 수 있었다. 그와 함께 이 정도의 약재를 모을 수 있는 곳이 어디인지 하는 의문도 들었다.

아무래도 이 여인의 배경은 상당할 것이 분명했다. 솔직히 그 배경이 무엇인지 조금 켕기기도 했다. 만일 저 여인이 이 자리에 없었다면 어쩌면 그냥 보내주었을 수도 있었다.

그러나 손여라는 여인을 본 순간 이미 그의 결정은 내려진 것이나 진배없었다. 그냥 보내기엔 너무도 아름다웠던 것이다.

"큭, 그놈의 역병이 올라오든 말든 중요한 것은 그게 아니지."

쉬이이잇!

바람을 가르는 소리가 허공에 울렸다. 차추만가의 오른손이 섬전같이 움직인 것인데, 그와 함께 그의 목소리가 허공에 울렸다.

"일단은 네년의 눈앞에 있는 내가 문제라 생각지 않느냐?"

파아아아아!

"아아아악! 이, 일비님!"

현모라는 여인의 목에서 핏줄기가 솟아오르더니 그녀의 목이 땅으로 떨어졌다. 시신을 잡고 있던 여인은 눈물을 펑펑 쏟으며 시신을 부둥켜안고 있었다.

"계집들은 반반하니 살리고 사내놈들은 죽인다. 저 손여란 년은 손끝 하나 건드리지 마라. 저년은 내가 데려간다."

"네, 단주님! 뭣들 하느냐! 어서 움직여!"

"우히히히! 좋아, 저년은 내 것이야!"

"이 새끼가! 찬물에도 위아래가 있어!"

광기 어린 눈동자를 번들거리며 사내들이 마차를 향해 덤벼들기 시작했고, 여인들은 파랗게 질린 얼굴을 만들었다. 그렇게 손요가 아랫입술을 질끈 깨물며 양손을 꽉 쥘 때였다.

쉬이이잇!

"……."

등 뒤에서 느껴지는 느낌에 차추만가는 오른손을 휘둘렀다. 그러자 무언가 자신의 만도에 걸리는 듯한 감각이 느껴졌다.

따아앙.

구리로 만든 동전이었다. 그 작은 동전치고는 실린 내력이 만만치 않았다. 귓가에 카랑카랑한 여인의 목소리가 들려왔다.

"보자 보자 하니 도저히 두고 볼 수가 없구나. 이 빌어먹을 개자식들! 그 손, 당장 치우지 못해!"

"…응?"

고개를 돌려본 차추만가는 흥분으로 뛰었던 마음이 확 가라앉는 것을 느낄 수 있었다. 어느새 십여 장 앞에 세 사람이 나타나 있었던 것이다.

이 손여란이란 여인 때문에 까맣게 잊고 있던 자들이 나타
난 것이다. 여인 하나에 사내 둘. 혁리와 양소은, 그리고 마유
조였다.

"이것참, 뭐, 어떻게 해볼 필요도 없었네. 맞아, 맞아. 난 네
놈들 때문에 온 것이었지?"

그는 빙글 신형을 돌려 세 사람의 앞에 섰다. 그리고는 손가
락을 까딱이며 소리쳤다.

"마음이 바뀌었다. 저 연놈들부터 죽여! 빨리!"

"옛, 단주님! 가자!"

"끼이히히!"

"단숨에 베고 계집이나 끼고 보자고!"

괴이한 소리를 내며 마적단이 한꺼번에 움직이기 시작했다.
그들의 목표는 오직 한 곳. 품자를 이루고 서 있는 마유조의
일행을 향해서였다.

뽀득.

한 걸음 앞으로 내디디며 단야는 주위를 살폈다. 숨어 있는
자들 대부분이 지금 나와 있는 상황. 하나 아직도 이십여 명이
나오지 않고 있었다.

아직까지 그가 움직이지 않는 것은 그 때문이다. 최후의 힘
인 듯 꼭꼭 숨겨놓은 그들이 나올 때까지 단야는 나갈 생각이
없었다.

같이 있던 세 사람이 나간 것은 순전히 그들의 의지. 그 의지를 막을 생각은 전혀 없었다. 저들이 나가 그 움직임으로 인해 그들을 불러낼 수 있다면 그보다 좋은 상황은 없었다.

"잠깐만, 단 아저씨. 나 부탁하나 해도 될까?"

부탁이라는 말에 단야는 눈을 돌렸다. 월홍은 단야의 얼굴을 바라보며 큰 눈을 또랑또랑하게 굴리는 중이었다.

"저… 양 누나가 저리 나오는 것을 보면 우리가 좀 이상하긴 한가 봐. 우리가 잘못한 게 있기는 한 거지?"

이상한 노릇이었다. 월홍은 단 한 번도 단야에게 이런 말을 한 적이 없었다. 아니, 그와 같이한 십 년 동안 부탁이란 것 자체가 없었다.

"월홍에게 요물이라고 안 했어. 단 아저씨에게 괴물이라고도 안 했고. 좋은 사람이 아닐까?"

"……"

요물, 괴물. 나이를 먹지 않는 월홍과 얼굴이 징그럽게 망가진 단야를 가리키는 말이었다. 용현촌이란 곳에서 말이다.

용현촌의 사람들은 거의 대부분이 두 사람을 싫어했다. 사실 단야의 기억 속 용현촌은 거의 다른 마을을 보는 듯한 느낌이었다.

개중에 몇 명만이 두 사람에게 잘해주었다. 묘묘와 향 노야는 그 몇 안 되는 사람들이었던 것이다.

그래서 단야는 그 두 사람을 찾으려 했다. 풍마단과 싸우는 것은 오로지 그 이유뿐, 명성이나 의협심 따위는 전혀 이유가 아니다.

"그리고 저 사람들. 좋은 냄새가 나, 가까이 하고 싶을 정도로."

월홍은 솔직한 아이다. 말을 잘해서 그 말로 구슬리는 것 따위는 월홍에게 통하지 않는다. 사람 그 자체를 본능적으로 판단한다.

단야보다 월홍이 오히려 사람 보는 눈은 더 좋다고 봐도 무방했다. 이 아이가 이렇게 말한다면 아마도 틀림없을 터이다.

"이상하게 생각할지 모르지만 나, 저 누나를 생각할 때마다 조금 달라지는 것 같아. 뭔가 가슴이 조금 더 쿵쾅거려. 그리고… 응……."

월홍은 고개를 갸웃거리며 생각에 생각을 거듭했다. 그가 말하는 것이 무엇인지 단야는 조금은 알 것 같았다.

이성적인 느낌이 아니다. 그저 친근한 느낌이 든다는 것을 어렵게 표현하고 있었다. 그러한 감정을 거의 느껴보지 않았기에 난감한 것이다.

"에이, 말로 표현이 잘 안 되네. 하여튼 난 저 누나와 같이 있는 사람들이 다치는 것이 싫어."

확실한 의사 표현이다. 이 정도까지 들었으면 더 들을 것은 없었다. 단야는 월홍을 향해 말했다.

"아직 부탁을 말하지 않았다, 월홍."

"아……."

단야의 말에 월홍은 그제야 생각이 났다는 듯 고개를 들었다. 그리곤 고사리 같은 손으로 앞을 가리키며 입을 열었다.

"저기 저 마차에 있는 사람들, 안 다치게 구해줘. 물론 양 누나와 다른 사람들도. 단 아저씨, 내 부탁은 그거야."

"어렵다, 월홍"

단야는 빠르게 말했다. 이건 계산도 필요없는 일이다. 그냥 양소은과 마유조, 혁리뿐이라면 조금은 여유가 있었다.

그러나 저 마차에 타고 있는 자들까지라면 솔직히 버겁다. 몸을 지킬 수 있는 세 사람에 비해 저들은 너무나 약했다.

"알고 있어, 월홍도 그거 어렵다는 거. 근데……."

스륵, 털썩.

월홍은 손을 뻗어 단야의 허리춤에서 전통 하나를 끌러내었다. 그건 나무 화살을 넣는 전통이었는데 아무리 나무로 만든 화살이라도 꽤나 무게가 있었다.

"웃차!"

단야의 허리춤에서 푼 전통을 등에 메며 월홍은 낑낑거렸다. 그러나 상당히 많이 메어본 듯 곧 익숙하게 짊어지더니 단야의 오른편에 가 섰다.

"월홍은 알고 있어. 단 아저씨는 그렇게 할 수 있다는 거. 그치?"

"……."

단야는 고개를 돌려 앞을 바라보았다. 갑작스런 일이지만 돌이켜 생각해 보면 꽤나 특이한 일이 아닐 수 없었다.

월홍의 부탁이라……. 십 년 동안 한 번도 부탁하지 않았던 월홍이 하는 부탁이니 안 들어줄 수 없었다. 그리고 그 자신 역시 특이하다 할 수 있었다.

확실히 누군가를 위해 부탁하는 것은 정말 처음 있는 것이다. 언제나 무언가를 받기 위해 움직여 온 것이 그의 삶. 지금 나선다면 그 삶의 원칙에 위배되는 일이다.

"알았다. 그럼 천천히 갈 테니 내게서 떨어지지 마라, 월홍."

"응."

월홍의 대답을 들으며 단야는 앞으로 움직이기 시작했다. 생각해 보니 그 삶의 원칙 따윈 정한 적도 없었다.

第七章

요녕성, 당평산의 양무곡 2

1

땅, 따당, 따다당!

"후우!"

선두에 서 있는 마유조는 답답한 신음을 흘렸다. 확실히 마적단의 공격은 매서웠다. 특히나 풍마단이라 하며 두려워하는 이유가 무엇인지 금세 느낄 수 있었던 것이다.

만도만 치는 공격이라면 어찌해 볼 도리가 있었지만 이건 병기가 한 종류가 아니었다. 창에 월도에 갈고리까지 공격하니 정신을 차릴 수가 없을 정도였던 것이다.

그러나 아직까지는 그런대로 싸울 수는 있는 정도. 하나 언제까지 이렇게 버틸 수 있을지는 미지수였다. 그냥 버티는 것만 해도 극렬한 내력을 소비하는 일이니 말이다.

"빌어먹을 놈들! 결국 비루한 차륜전이냐!"

양소은은 버럭 소리를 질렀지만 그거야 당연한 노릇이었다. 차륜전은 기본 중의 기본. 적의 전력을 고스란히 남기면서 상대방을 상대하는 좋은 수단인 것이다.

처음엔 좋았다. 세 사람의 무공으로 삽시간에 이십여 명을 고혼으로 만들었을 땐 정말 나서기를 잘했다는 생각이 들었다.

그런데 지금은 저들이 작정하고 차륜전으로 나선 것이라 어찌할 도리가 없었다. 공격은커녕 버티는 게 전부인 것이다.

"멍청한 소리는 그만하고 집중해! 여차하면 모두 죽는다!"

마유조는 버럭 소리를 지르며 내력을 한껏 끌어올렸고, 양소은은 비죽 입술을 내밀었다. 사실 이 모든 일의 시발은 양소은이었던 것이다.

상의도 없이 무작정 암기부터 던지며 나가 버렸기에 이런 결과가 온 셈이다. 조금 돌아서 기습을 하든지, 아니면 단야를 설득해서 같이 싸웠어야 했다.

그런데 이런 상황이니 피곤하기 그지없었다. 공세는커녕 수세만 계속 취할 뿐 별다른 방법이 없는 상황이었다.

더욱이 이곳에 나온 이유는 저 마차를 끄는 여인 일행 때문이니 그들의 안전도 봐야 했다. 여러모로 신경 쓸 것이 많은 상황인 것이다.

"끼야호! 감히 뉘 앞에서 눈길을 돌려! 홍사검 좋아하네! 크하하하!"

"그 붉은 검을 네놈의 입에 처박아주마! 얌전히 죽엇!"

두두두두!

양편에 두 사내가 말을 타고 달려오면서 소리치자 마유조의 눈이 깊숙이 가라앉기 시작했다. 한순간 그의 마음속에서 불길이 치솟았다.

이맘때쯤 무언가 보여주는 것도 좋겠다는 생각을 하며 그는 오른손을 앞으로 쭈욱 내밀었다. 아울러 오른발을 크게 앞으로 내디디며 순식간에 반 장이 넘는 거리를 뛰어들었다.

고오오오오.

마유조의 검에서 기이한 소리가 흘러나오기 시작했다. 그와 함께 커다란 붉은 수실이 달린 그의 검이 붉은 빛을 띠기 시작하자 마유조는 더욱더 정신을 집중했다.

마유조의 무공은 양강의 무공이다. 그것도 그냥 양강의 무공이 아닌 극양강(極陽强)의 무공이었는데 이는 설산파가 가지는 무공의 특성에 기인했다.

설산은 언제나 추운 곳이다. 여름이라고 해봤자 서늘하다는 느낌이고 그나마 그 기간도 짧았다. 칠월 하순에서 팔월 중순, 약 한 달여가 전부다.

오월달에 꽃은 피지만 그 꽃 위에 아침이면 눈이 쌓이는 곳이 설산이다. 추위만큼은 정말 대단해서 그 추위에 버틸 수 있는 무공이 그 무엇보다도 먼저 개발되었던 것이다.

그것이 지금 마유조의 무공 기반이 되었다. 즉, 가장 설산에서 오래된 무공을 그는 연성했고, 어느 정도 큰 성과를 보았다.

열양진공(熱陽眞功)이란 이름이 붙어 있었다.

쉬이이이잇!

마유조의 주변에 한순간 부연 수증기가 피어오르기 시작하자 모든 사람의 눈이 한꺼번에 빛났다. 이는 마유조의 열양진공이 피어오르자 주위의 눈이 순간적으로 녹아 생기는 현상이었다.

"무공 고수는 무슨, 잔재주구나!"

"그 정도는 애들 장난이지!"

피이잇! 파아앗!

하나 달려오던 마적 두 사람은 당황은커녕 상당히 침착하게 공격을 전개했다. 그들의 양손이 번개처럼 움직이자 수중의 병기가 수증기 안을 향해 찔러 들어갔다. 왼쪽은 창, 오른쪽은 갈고리였다.

카카칵!

"엇!"

하나 두 사람은 이내 놀라야만 했다. 창과 갈고리는 서로 얽힐 뿐 수증기 안에 마유조는 없었다. 헛손질을 한 것이다.

두두두두!

두 사람은 일단 병기를 거두며 앞으로 나가려 했다. 서로 큰 원을 돌며 양쪽으로 돌아가면 그만인데 말과 함께 일 장여를 빠르게 움직이던 순간이다.

"……"

두 사람의 눈이 부릅떠졌다. 두 필의 말 사이에 홀연히 마유조가 나타난 것인데, 그는 공중에 뜬 채 말의 속력과 같이 뒤로 빠지고 있었다.

실로 절정의 경공(輕功). 절로 입이 벌어지는 이 경공은 유빙진세보(遊氷晉世步)라는 것으로써 이 역시 가장 오래된 설산의 경공이었다.

대성하게 되면 곤륜의 운룡대구식(雲龍大九式)에 버금간다는 절기가 이것이었다. 운룡대구식과 함께 유일하게 공중에서 신형을 바꾸는 것이 자유로운 무공이었던 것이다.

마유조는 대성한 것은 아니지만 현재 팔성의 경지를 바라보고 있었다. 물론 공중에서 방향을 바꾸어 뒤로 튕기듯 나온 것은 더더욱 아니었다.

처음부터 뒤로 몸을 날렸던 것이다. 어떻게 하든 말과 속도를 맞추고자 했는데 그건 단 한 가지 이유. 일단 이들의 말을 제지하고자 했다.

말만 없다면 해볼 만하다는 생각에 시작한 승부였다. 그리고 그 승부는 결실을 맺으려 했다. 마유조의 검이 수평으로 그어진 것이다.

파아아아앗!

완벽한 검기는 아니지만 꽤 강한 내력이 대지를 수평으로 가르자 말의 목에서 묘한 소리가 흘러나왔다. 볼 것도 없이 그건 목이 갈라지는 소리였다.

그런데 이상한 것은 생각보다 피가 그리 많이 나오지 않은 점인데, 그건 그의 검날에 실린 내력 때문이었다. 열양진공이

자르는 순간 바로 달구어진 검으로 지져 버리는 효과도 가져
오기 때문인 것이다.

타탓!

두 필의 말이 땅으로 쓰러지자 마유조는 땅에 내려섰다. 두
사람의 기수는 보이지 않았지만 어디 있는지는 뻔했다. 그들
은 허공으로 신형을 날릴 수밖에 없다.

마저 마무리를 지어야 하지만 마유조는 상관하지 않고 앞으
로 다시 나아갔다. 공격은 계속될 것이고, 그는 계속 선봉에 서
야 했다. 이유는 그것뿐이었다.

피리리리링.

작은 소리가 귓가에 들려오자 마유조는 살포시 웃었다. 그
의 생각대로 친구가 움직이고 있었다.

마유조의 등 뒤편으로 금색의 줄 하나가 허공으로 솟구쳤
다. 마치 살아 있는 뱀이라도 되는 듯 줄은 정확하게 창을 쥔
사내의 목을 향해 빠르게 날아갔다.

"빌어먹을! 이대로 조용히 당할 것 같냐!"

파아아앗!

기광이 번뜩이는 눈을 보니 아무래도 한 수가 있는 놈인 듯
싶었다. 과연 풍마단. 졸개까지도 어느 정도 무공이 있는 것은
사실이었다. 그런 자가 휘두른 창이라 속도는 비할 바가 아니
었다.

까아앙!

“으응?”

그냥 잘라져야 할 금포가 어이없게도 쇳소리를 내며 창날을 막아내자 그는 멍한 표정을 지었다. 상식적으로 이해가 가지 않았다.

포쾌들이 쓰는 포승줄은 그저 일반적인 줄에 강도가 높은 얇은 강철선을 넣어 만드는 것이 대부분이었다. 아니, 그냥 일반적인 줄을 쓰는 자들이 더욱더 많았다.

그러니 그냥 잘려야 하는 것인데도 포승줄은 마치 단단한 철 몽둥이라도 된 듯 창날을 튕겨내니 환장할 노릇이었는데, 그때였다.

“곧 죽을 놈이 뭘 그리 놀라나?”

피리리링!

“헛!”

사내의 입에서 절로 헛바람이 튀어나왔다. 금포는 이번엔 다시 뱀처럼 창날을 휘감으며 그에게 다가왔고, 삽시간에 그의 팔까지 나선형으로 휘감더니 어느새 목을 두어 번 감은 후 끝이 축 늘어졌다.

달리는 말에 타고 있었기에 그 관성으로 인해 그의 신형은 위로 날고는 있으나 앞으로 가는 셈이었다. 한데 혁리는 전혀 움직이지 않고 있었다.

그러니 자연스럽게 줄은 어느 한 지점을 지나자 팽팽히 당겨졌다. 순간 혁리는 오른손을 들어 올리며 나직이 말했다.

“내세에는 제발 착한 놈으로 태어나라.”

그리고는 오른 손목을 앞쪽으로 확 젖히자 뒤쪽에서 섬뜩한 소리가 들려왔다.

빠가각! 우두두둑! 쿠우웅!

비명조차 지르지 못한 채 사내는 목이 부러져 추락했다. 금 포가 휘감았던 창과 팔까지 함께 말이다.

휘리리리릭! 턱!

삼 장이 넘게 날아갔던 금포는 어느새 다시 감겨 혁리의 손에 들어왔다. 금포이식(金包二式)이라 불리는 그의 독특한 포승법이 나타난 순간이었다.

그는 금포를 다시 말아 쥔 후 시선을 옆으로 던졌다. 그곳엔 허공에 뜬 마적단을 향해 쌍검을 날리는 양소은이 보였다. 확실히 그녀는 마유조와는 정반대의 기운을 쓰는 여인이었다.

카라라라락!

허공에 떠 있는 상대지만 양손은 자유로우니 갈고리를 그냥 둘 턱이 없었다. 순간적으로 양소은의 목 줄기를 노리고 파들 었지만 그녀는 왼손을 쭉 펴며 막았다.

좌수검에 갈고리의 끝부분을 거는 것과 동시에 그녀는 빠르게 자신의 내공을 끌어올렸다. 그러자 마치 자석이라도 된 듯 갈고리와 좌수검이 철썩 달라붙었다.

그건 그녀의 내력에 기인한 현상이었다. 그녀의 내력은 마유조와는 정반대의 성향을 띠고 있었다. 뜨거운 양강의 기운이 아니고 차가운 음유의 기운이었던 것이다.

물론 그것은 양소은이 여인이라는 것에 기인하는 것이긴 했다. 하나 무조건 여인이기에 음유한 무공을 선택한 것은 아니었다.

추위에 대항하기 위한 무공이 필요하다면 반대로 그 추위에 순응하는 무공 역시 필요했다. 즉, 마유조와 양소은은 정반대의 무공을 배웠던 것이다.

음한은기(陰寒隱氣)라는 이름을 가지고 있었다. 그 기운을 좌수검에 흘려보내 상대의 무공을 끌어당긴 것인데 이후 우수검을 쫙 펴서 갈고리를 거는 줄에 슬며시 올려놓았다.

그리고는 허리를 틀어 마치 실타래를 감듯 빠르게 회전하자 그녀의 몸은 팽이가 되어 마적에게 접근했다.

"누굴 호구로 아나!"

차아앙!

사내의 입에서 거친 소리가 흘러나왔다. 그의 손엔 줄 대신 어느새 만도가 들려 있었고, 그것은 빠르게 양소은의 머리를 향해 떨어지고 있었다.

하나 양소은은 침착했다. 그녀는 양손을 비틀었고, 양손검에 감긴 줄은 한꺼번에 뜯겨졌다. 양손이 쫙 펴지자 그녀의 신형은 한순간 회전이 사라졌다.

파아앗!

머리 위에 끊어진 줄의 파편이 휘날리는 순간 양소은의 머리 위로 만도가 내려쳐졌다. 하나 결과적으로 그는 헛손질을 하고 말았다.

쐐애애액!

"……."

사내는 두 눈을 부릅떴다. 만도가 닿기 직전에 그녀의 신형은 빙글 돌려세워진 것인데 공중에서 너무도 자연스럽게 신형을 이동시킨 것이다.

불과 도와 머리가 한 치를 남겨두고 신형이 늘어나듯 옆으로 이동하자 사내는 절망했다. 회심의 일격이 벗어나면 다음에 올 것은 너무도 뻔했다.

카각! 파아아앗!

"크아아악!"

비명과 함께 그의 가슴에 커다란 검상이 새겨졌고, 양소은은 쓰러지는 그의 머리에 발을 올렸다. 그리고는 힘을 주며 허리를 뒤로 젖히자 유려한 곡선을 그리며 공중에서 회전했다.

퍼어어억!

당연히 땅에 떨어진 사내는 곤죽이 되어 널브러졌고, 양소은은 사뿐히 일 장여 뒤로 내려섰다. 그리고는 그제야 긴 호흡을 내쉬었다.

"호오, 천방지축인 줄 알았더니 연습은 하고 있었구나. 유빙진세보가 구성이 넘은 것이냐?"

"그나마 잘되는 것이 이것뿐이니까요, 사형."

양소은의 목소리에 마유조는 피식 웃었다. 쌍검을 휘두르며 눈길을 끄는 양소은이지만 진짜 그녀의 장점은 검법이 아니라 그녀의 두 다리였다.

유빙진세보의 성취는 자신보다도 양소은이 더욱더 나았던 것이다. 그걸 모르는 사람은 이렇게 쉽게 당할 수밖에 없었고 말이다.

마유조는 작은 웃음을 한 번 짓고는 다시 거두었다. 비록 이제 작은 승리를 거둔 것이지만 이것으로 인해 상황이 나아졌다고는 말할 수 없으니 말이다.

일단 얕보이지 않은 것은 성공이라 할 수 있었다. 하지만 이 작은 침묵 이후엔 더욱더 강한 공격이 올 것임을 그는 직감했다. 물론 그건 자신이 원하는 바였다.

이대로 가면 차륜전이 될 것이고, 그럼 결과는 너무나 뻔했다. 해보지도 못하고 죽는 것뿐인 것이다.

그것이 싫어 무리를 하면서도 내력을 끌어올린 것이다. 상대를 도발해 한 번에 승부를 내려 하는 것. 위험할 수는 있지만 어차피 이쪽에는 별 상관 없었다. 유리한 것을 던지는 것은 저들이니 말이다.

"역시 쳐 죽일 놈들이구나! 좋아, 제대로 한번 죽고 싶다 이거냐!"

다행히 먹혔는지 얼굴까지 시뻘게지며 차추만가가 고함을 치기 시작하자 마유조는 한층 더 내력을 끌어올렸다. 제일 처음에 날아오는 이 선공을 막으면 승산이 조금은 높아질 테니 말이다.

"야! 모두 저놈의 상판을 날려······!"

차추만가의 입에서 커다란 고성이 흘러나오려 할 때였다. 그의 목소리가 뚝 끊기더니 이어 한층 차분해진 목소리가 흘러나왔다.

"훗, 그런 거였나? 보기보다 잔머리를 쓸 줄 아는 놈이었구만."

"……."

돌연한 사태에 마유조는 미간을 좁혔다. 잘되는 듯하더니 한순간 차추만가가 평정심을 회복한 것이다.

"가만히 있어도 죽을 놈들이 꿈틀댄다고 달라질 것은 없다 이건가. 큭큭."

"……."

마유조의 눈이 매서워졌다. 이건 좀 부자연스러운 상황이다. 그리고 그 이유를 생각하니 한 가지 결론에 자연스럽게 도달할 수 있었다.

누군가 지켜보고 있는 사람이 있는 것이다. 그것도 아주 냉정하게 판단하면서 말이다. 마유조는 눈을 치뜨며 주위를 살폈다.

그러나 그 어떤 곳에서도 다른 사람의 기운은 느낄 수 없었기에 그는 아랫입술을 질끈 깨물었다. 차추만가의 음성이 다시 들린 것은 그때였다.

"낭패란 얼굴이구만. 좋아, 그럼 그 표정에 걸맞은 대우를 해주어야겠지? 야! 끌고 와!"

"예, 단주님!"

마유조 일행이 싸울 때 상단 일행은 이미 제압된 상황이었다. 마적들은 그중 사내 두 명을 끌고 왔는데 차추만가는 두 사람을 무릎 꿇렸다.

"아주 대단한 무공을 지니신 분들이라 조금 더 재미있게 상대해 주고픈 마음에 하는 짓이다. 잘 보도록."

스릉!

허리에서 만도를 꺼낸 차추만가는 슬쩍 고개를 돌려 손여란 여인을 바라보았다. 그녀는 죽은 여인의 시신을 안은 채 여러 시비들과 함께 모여 있었다. 더 이상의 동요가 없도록 다독이고 있었던 것이다.

어쩐지 이런 곳에서 느낄 수 있는 모습이 아니었다. 슬픔이나 안타까움이 가득 담긴 모습이었다. 공포나 두려움에 질린 듯한 모습이 아니었다.

그 모습에 차추만가는 뭔가 가슴속이 틀어지는 듯한 기분이 들고 있음을 느꼈다. 어쩐지 건드려선 안 될 사람을 건드린 듯한 생각이 확 드는 것이다.

"빌어먹을, 네년의 얼굴도 마음에 안 드는구나."

파팟!

일말의 주저함도 없었다. 스스로 겁을 먹었다는 생각을 떨쳐 버리기라도 하듯 차추만가의 만도는 두 남자의 목을 쳤고, 두 사람은 비명도 없이 스러졌다. 그러자 손여의 입에서 호통이 터졌다.

"이 무슨 짓입니까! 이들은 대항도 하지 않았지 않습니까!

당신의 마음속에는 협이란 글자가 있긴 한 것입니까!"

아름다운 얼굴과는 달리 추상같은 목소리가 흘러나오자 차추만가는 피식 웃었다. 그리고는 다시 말했다.

"우리 애 둘이 죽었으니 나도 죽인 것뿐이다. 협? 그딴 게 뭔데? 아, 그건 저기 서 있는 저 세 놈에게 해당하는 거겠지. 그래서 하는 말인데 말이야."

차추만가의 왼손이 올라갔고, 그러자 바로 앞에 있던 시비 하나가 손에 잡혔다.

"아아악!"

"향비야!"

손요는 소리쳤지만 어찌할 수가 없는 상황이었다. 차추만가는 향비란 여인을 잠시 보다가 한쪽으로 던졌다.

"너, 지금부터 내 말 잘 들어."

"넷, 단주님!"

차추만가는 사이한 미소를 지었다. 그는 그 미소를 마유조에게 보내며 다시금 말을 이었다.

"이제부터 저 빌어먹을 것들이 우리 애들을 죽이면 바로 그년을 죽여 버려. 아니, 검으로 막기만 해도 죽여. 팔부터 시작해서 아주 잘근잘근. 알았냐?"

"예, 단주님. 맡겨주십시오! 큭큭."

정말 즐거운 역할을 맡은 듯 사내는 괴소를 흘렸다. 그리고는 향비를 무릎 꿇리곤 그 옆에서 만도를 들어 올렸다.

"아, 아씨! 살려주세요, 아씨!"

"향비야! 그만두세요! 부탁입니다! 제발……."

손여의 입에서 애원의 말이 흘러나오자 차추만가는 더더욱 짙은 웃음을 흘렸다. 이 느낌이었다. 언제나 느끼던 상황이 이제야 전개되고 있었다.

"그건 내가 아니라 저 정파의 협사들에게 말해보지 그래? 혹시 알아? 들어줄지도. 크핫핫핫!"

턱짓으로 마유조를 가리키며 차추만가가 소리치자 마유조는 살기 어린 눈빛을 쏘아 보냈다. 하나 그것뿐이었다.

한 번에 저들을 살릴 수가 없었던 것이다. 그렇다고 차추만가의 말처럼 반항도 하지 못한다면 말도 안 되는 일이다.

"빌어먹을 놈이 할 줄 아는 게 고작 그따위 짓밖에 없냐? 네 놈이 그러고도 남자야!"

보다 못해 양소은이 소리쳤지만 차추만가는 비웃음으로 일관했다. 그는 턱짓으로 한 번 더 마유조를 가리켰고, 그러자 네 마리의 말이 순차적으로 달려나갔다.

두두두두두!

말은 최대한 빠르게 마유조를 향해 달려왔는데, 한순간 마유조는 오른손을 움직였다. 그러자 그의 손에서 검이 빠져나갔다.

터텅!

검은 얼어붙은 대지에 박혀 좌우로 흔들리고 있었고, 그러자 혁리와 양소은의 얼굴이 해쓱하게 변했다. 무슨 짓을 하려는지 알 수 있었던 것이다.

"맨손으로 막을 수 있는 것이 아니다, 유조! 어서 검을 들어!"

혁리가 소리쳤지만 마유조는 양손을 가슴께로 끌어 올렸다. 그리고는 벼락같이 앞으로 내밀며 내력을 집중했다.

쩌어어엉!

한 필의 말이 스치듯 지나가자 마유조의 몸이 뒤로 밀려났다. 마유조는 소매를 둘둘 말아 거기에 내력을 집중해 막아낸 것이다.

"오호, 한번 해보자 이거지? 차아앗!"

쩌어어엉!

"큭!"

두 번째 공격이 닥치자 마유조의 입에서 작은 핏줄이 흘러나왔다. 역시나 마상 공격을 맨손으로 막는 건 무리인 것이다.

하나 마유조는 인상만 쓸 뿐 막는 것을 멈추지 않았다. 이윽고 세 번째 공격이 들이닥쳤다.

쩌릉!

"쿨럭!"

결국 붉은 피가 마유조의 입에서 흘러나왔고, 혁리는 이를 악물며 앞으로 뛰어나갔다. 더 이상 버틴다는 것은 무리였다.

벌벌 떨리는 양손을 봐도 충분히 알 수 있는 일이다. 어이없는 일에 당한 셈인데, 문득 그의 귓가에 차추만가의 목소리가 흘러들었다.

"크하하하! 역시 빌어먹을 놈이구나. 그래, 그렇게 뒤져라.

아주… 어이가 없어 웃음밖에 안 나온다. 크핫하하하!”

세상이 떠나가도록 그는 웃었다. 물론 그 웃음은 조롱이었다. 설마하니 이렇게 광대처럼 사람을 웃겨줄 줄은 몰랐다.

정을 지향하는 위군자들이 얼마나 바보인지 잘 알고 있었지만 이 정도일 줄은 짐작도 못했다. 진짜로 죽으려 하다니…….

하나 그것도 이제 끝이었다. 마지막 일격. 그의 부관인 도고가 직접 나가서 만도를 휘두르고 있었다. 이건 어찌해도 막을 도리가 없었던 것이다.

“죽엇!”

도고의 목소리가 들렸고, 그의 오른손이 크게 휘둘러졌다. 말의 속도에 도고의 무공이라면 볼 것도 없었다. 한데,

카라라랑!

조금은 다른 소리가 흘러나왔다. 이건 분명히 병기끼리 부딪치는 소리였다. 하나 그렇다고 마유조가 버린 검을 주워 든 것은 아니었다.

그의 앞에 한 사람의 신형이 버티고 있었다. 쌍검을 교차시켜 가슴에 댄 채 크게 숨을 쉬고 있는 양소은. 그녀가 더 보지 못하고 나와 막은 것이다.

“사매, 이게 무슨…….”

“죄송해요, 사형. 도저히 난…….”

그냥 있을 수가 없다는 말일 터였다. 그녀는 아랫입술을 질끈 깨물며 눈을 떨어뜨렸다.

차마 저쪽에 있는 여인들을 볼 수가 없었다. 분명 그녀는 들

었다. 막기만 해도 사람을 죽일 것이라고. 그 말은 양소은의 가슴속에 비수가 되었다.

양소은의 마음속에 저울이 매달려졌다. 그리고 그 저울은 사형에게로 확 기울어졌고, 그래서 이렇게 막은 것이다. 저 여인들이 어떻게 되든 말이다.

이래서야 저 뒤에 손 놓고 있는 단야란 자와 다를 것이 없었다. 말만 협을 추구한다 해놓고 결국 하는 짓은 단야와 같으니 위군자란 소리를 들어도 할 말 없는 상황이다.

"그럼 그렇지. 정파는 무슨……. 좋아, 약속을 지켜주지. 야!"

차추만가는 득의의 표정을 지으며 소리쳤다. 이것이야말로 그가 바라던 상황. 이제 조금 더 진한 여흥을 즐길 수 있었다.

"예, 단주님! 이야아아아!"

향비의 목을 노리던 사내의 손이 빠르게 움직였다. 바로 목을 치려는 심산. 향비란 여인은 해쓱한 얼굴로 입만 벙긋거렸다.

그녀의 눈은 이미 눈물로 가득 차 있어 잘 보이지도 않았다. 하나 어차피 죽을 것, 이렇게 아무것도 안 보이는 것이 오히려 나을 수도 있었다.

콰각!

향비의 귓가에 섬뜩한 소리가 들려왔다. 무언가가 박히는 소리, 그리고 이어 다른 소리가 들려왔다.

쉬리리리링, 떨그렁.

바로 눈앞에서 일어나는 소리에 향비는 눈을 깜박이며 눈물을 떨어뜨렸다. 그러자 한순간이지만 눈앞의 정경이 확연히 보였다.

그건 기다란 칼이었다. 유려하게 꺾어진 초승달같이 생긴 칼. 바로 그녀의 목을 치려던 사내의 만도였다.

"…뭐야?"

짜증 섞인 차추만가의 목소리가 들려왔다. 그도 이 소리가 목을 베는 섬뜩한 소리가 아닌 것을 잘 알고 있었다.

물론 향비의 목도 여전히 건재했다. 차추만가는 무슨 일인가 싶어 고개를 돌렸다. 그러자 목을 베라 했던 사내의 오른손 팔꿈치에 무언가 달려 있는 것이 보이고 있었다.

길쭉한 막대기. 그건 화살이었다. 어디선가 화살이 날아와 박혔던 것인데, 그냥 박힌 것이 아니었다. 팔꿈치를 뚫고 들어와 옆구리까지 깊게 틀어박혔던 것이다.

"다, 단주… 님."

팔에 화살을 맞은 사내. 그 자신도 크게 놀랐는지 멍한 표정을 짓고 있었다. 하나 그 표정은 이내 중인들의 시선에서 사라졌다.

퍼어억!

"……."

차추만가의 눈이 부릅떠졌다. 어디선가 화살 한 대가 그의 미간에 꽂혔던 것인데, 사내는 뒤로 이 장여나 튀어나가고 있었다. 진정 활의 위력이라고는 생각할 수도 없는 모습이었다.

그제야 그는 하나의 사실을 기억했다. 그간 잊고 있었던 사실. 오늘 여기서 함정을 판 것은 바로 이 화살을 쏘는 자 때문이라는 것을 말이다. 단야라 했던가?

뽀드득, 뽀득.

조금 먼 곳에서 눈을 밟는 소리지만 갑자기 깔린 정적에 모두의 귀에 똑똑히 들어오고 있었다. 차추만가는 눈을 좁혀 근 이십여 장이 넘는 곳에서 나타난 사내를 보았다.

어린아이와 같이 오고 있는 듯한데 키가 놀라울 정도로 컸다. 그리고 그 큰 키만큼이나 거대한 대궁을 들고 있는 사내였다.

그는 서로 간의 간격이 십여 장이 될 때까지 걸음을 멈추지 않았다. 그리곤 십여 장이 되자 그 자리에 서서 주변을 둘러보았다.

"네놈이 단야라는 놈이더냐?"

먼저 입을 연 것은 차추만가였다. 그의 목소리에 단야의 고개가 아래위로 끄덕여졌다.

"큭… 과연 우리 애들이 당할 만하군. 귀신같은 솜씨야."

시킨 것도 아닌데 방패가 있는 수하들은 저절로 방패를 들어 몸을 감쌌다. 단 한 수지만 보는 순간 고수임을 감지했던 것이다.

"용현촌의 묘묘와 향 노야… 어디 있나?"

문득 귓가에 한줄기 맑은 목소리가 들려오자 차추만가는 미간을 찡그렸다. 단야의 목소리였다.

"응?"

뜻밖의 말에 차추만가는 입술을 실룩였다. 누굴 살려라, 혹은 꺼져라가 아니고 웬 사람들 이름이니 말이다. 물론 그 사람들이 누구인지 그는 알 턱이 없었다.

그러나 용현촌이라는 말에 뭔가를 생각하다 미간을 쫙 폈다. 누구인지 알 듯했던 것이다.

일단주 천벽이 데리고 있는 사람들이다. 웬 노인과 여자를 개인적으로 데리고 가는 일은 처음이었기에 기억하고 있던 것이다. 물론 그들의 이름이 뭔지는 몰랐다. 아니, 알고 싶지도 않았다.

"아, 그 나이든 놈과 어린 년? 이것참, 어떻게 하나? 기억이 가물거리는데?"

차추만가가 이죽거리며 말하자 단야는 오른손을 월홍의 머리 뒤에서 빼내었다. 그러자 어느새 그의 손엔 화살 세 개가 들려 있었다.

"그럼……."

단야는 차분히 입을 열었다. 오른손을 들어 대궁에 시위를 먹이더니 힘껏 잡아당기며 말했다.

"기억나게 해주지."

끼이이이이!

단야의 얼굴에서 귀신의 형상이 나타난 것은 그때부터였다.

2

솔직히 궁수 하나 더 있다고 해서 상황이 나아질 것이라고 는 생각지 않았다. 아무리 나아져 봤자 원거리 원호 무기를 쓰 는 것일 뿐, 근접전에서 승부가 나는 것이 정상이라 생각했다.

하나 단야란 사람의 활은 달랐다. 그가 활을 들고 자신들을 원호하기 시작하자 지금까지와는 전혀 다른 방향으로 풀리고 있었던 것이다.

사형 마유조가 이야기하고 혁리가 대단한 사람이라고 했을 땐 사실 어느 정도 과정이 있을 거라고 생각했다. 홍루에서 말 머리꾼을 살해하는 것이야 일방적인 학살이라 무공에 대한 것 은 고려하지도 않았다.

그런데 지금은 확연하게 깨달을 수 있었다. 이 단야라는 사 람의 무공은 정말 상상 이상이라는 것을 말이다.

긴 호흡 한 번 내쉴 때 두세 명의 풍마단원이 죽어갔다. 말 위에 있든 땅 위에 서 있든 간에 보이면 곧 죽음이었다.

벌써 이십여 명의 풍마단원이 고혼이 되자 차추만가의 얼굴 은 한순간 파랗게 질려갔고, 살아남은 풍마단원들은 가까이 오지도 못한 채 여기저기로 흩어져 버렸다.

양소은은 새삼스레 이 단야라는 사람에게 새로운 시선을 던 지기 시작했다. 단야는 활을 쏘면서 앞으로 나가더니 어느새 제일 앞에 나가 있었다.

"이 정도면 기억이 나나?"

스웃.

또다시 오른손에 세 개의 화살을 집어 든 채 단야가 말했다. 차추만가는 어금니를 꽉 깨물며 함부로 대답하지 못했는데, 생각보다 단야의 무공이 너무나 높았다.

시신을 보며 활솜씨가 대단하다는 것을 알면서도 방심한 결과였다. 처음부터 이렇게 나서지 못하도록 해야 하는 것이다.

"부족하다니… 아주 차고 넘치는구만. 그러니……."

차추만가는 시간을 끌며 옆의 부관에게 눈짓을 했는데 그건 바로 뒤에 있는 여인들을 한 번 더 인질로 잡으란 소리였다.

이유는 모르지만 이 단야란 자는 이 여인들의 목숨을 살리려 하는 것이 눈에 역력히 보였기에 그런 것인데, 그 생각이 실천되기도 전에 막혀 버렸다.

파파팡! 터터텅!

여인의 주변에 있던 사내 둘이 이 장여 뒤로 튕겨 나가고 있었다. 물론 그들의 몸엔 화살이 박혀 있음은 당연했다.

"…빌어먹을!"

생각하기도 전에 당해 버리자 차추만가는 수중의 만도를 들어 올리며 중얼거렸다.

"좋아, 알려달라니 알려주지."

스스스스스.

차추만가의 몸에서 괴이한 소리가 흘러나왔다. 몸 주변에 흐르는 공기가 뒤틀리는 듯한 소리. 가진 내력을 한꺼번에 끌어올리는 소리였다.

그 소리와 느낌으로 보건대 차추만가의 무공은 보기보다 상당한 듯했다. 단야는 오른손을 움직여 월홍의 몸에 매여져 있던 전통을 다시 벗겨내었다.

"이제부턴 나 혼자 움직여야겠다, 월홍."

"응, 단 아저씨. 알았어."

월홍은 순순히 뒤로 한 걸음 물러섰고, 단야는 한 손을 움직여 다시 전통을 허리에 찼다. 차추만가가 무슨 짓을 할지 안 봐도 뻔하니 말이다.

수하들이 안 되니 스스로 나설 터이다. 아무래도 묘묘와 향노야의 안위는 그 후에 알아봐야 할 것이다. 그리고 그의 생각대로 차추만가는 움직였다.

"단… 날 꺾은 이후에 알려주마!"

스스슷, 파아아앗

차추만가의 신형이 흐릿하게 떨리는 듯하더니 어느새 단야의 앞에 나타나 있었다.

끼이이이이!

단야는 뒤로 물러나며 화살에 시위를 먹였다. 거리는 약 오 장여. 물론 지금도 좁혀오는 중이었다.

파아앙… 카각…….

첫발을 날리자 차추만가는 바로 반응을 해왔다. 그는 허리를 틀며 만도를 크게 휘둘렀던 것이다.

화살이 반으로 갈라지며 옆으로 나가자 단야는 두 번째 화살을 날렸다. 둘 사이의 거리는 삼 장. 한데 날린 것은 쇠로 된 화살이 아니었다.

파아앙!

이번엔 부수지도 않은 채 그냥 흘려 버린 후 차추만가는 더욱더 다가오는 속력을 배가했다. 어느새 그의 얼굴에는 비릿한 미소가 번지고 있었다.

타타탓.

단야는 뒤로 다시금 물러서며 세 번째 화살을 먹였다. 이 장여 안으로 날아온 차추만가의 눈을 향해 다시금 날렸다.

파아앙, 티이잉!

정확히 화살은 차추만가의 미간을 향했지만 차추만가는 피하지도 않았다. 만도를 들어 날아오는 화살의 옆면을 툭 쳐 그 궤적을 바꾸었던 것이다.

"한가락 하는 놈인 줄 알았더니 결국 이 정도였구만. 큭큭, 네놈의 멱을 따주마!"

타탓, 스파아아앗!

놀라울 만치 빠른 일격이었다. 그는 마치 팽이처럼 휘돌며 공격을 해왔는데, 이건 최대한도의 힘을 끌어내는 방법이었다.

이 정도의 위력이라면 스치기만 해도 상당한 타격이 있을 터이다. 더욱이 차추만가는 검을 쥔 양손을 펴거나 굽히면서 속도까지 조절했다.

피피피핏!

일순간 단야의 몸 주변에서 작은 핏방울이 터져 나왔다. 말할 것도 없이 차추만가의 공격에 여기저기 작은 상처를 입은 것이다.

"크크큭, 가까이 붙으니 역시 네놈도 별수가 없구나! 어디, 활로라도 때려보시지! 하아압!"

스파라라랑!

차추만가의 만도가 더욱더 크게 휘둘러지기 시작했고, 단야의 몸에선 조금씩 흐르는 피의 양이 증가하기 시작했다. 하나 그의 눈빛만은 여전히 담담한 상태 그대로였다.

"사형, 도와줘야 되는 것 아닌가요? 저러다 죽겠어요!"

양소은은 아랫입술을 질끈 깨물며 단야에게 달려가려 했다. 그러나 그녀의 움직임은 혁리에게 바로 제지당했다.

"아니, 잠깐만. 함부로 나설 때가 아닌 것 같구나."

"……."

혁리의 목소리에 양소은은 무슨 말을 하느냐는 듯한 표정을 지었다. 이대로 놔두면 단야는 죽게 될 터다. 그것도 상당히 처참한 모습으로 말이다.

"저자의 무공을 보고도 몰라요? 저건 상당히 틀이 잡힌 무공이라고요."

"그래, 잘 알고 있다. 중원이 아닌 여진의 무공이구나. 마라살도(魔羅殺刀)라 불리던가?"

기혈이 뒤틀린 것을 간신히 진정시키며 마유조가 말하자 양소은은 놀란 표정을 지었다. 그 이름은 그녀도 들어본 적이 있었던 것이다.

"소뢰음사의 마라살도임을 알면서도 이리 태평합니까? 사
형, 진짜 무슨 생각을 하고 있는 거예요?"

어느 정도 무공이 잡혀 있는 것은 알고 있었지만 설마 소뢰
음사의 무공을 쓸 줄은 꿈에도 몰랐다. 그런데도 태평한 이 두
사람이라니…….

소뢰음사의 마라살도는 그냥 겉멋만 가득한 무공이 아니다.
가장 실전적이고 살인적인 도법으로서 만도와 함께할 때 그
위력을 배가하는 특징을 가지고 있었다.

그들의 무공은 하나같이 괴이하고 독랄하다. 솔직히 그건
무공이라 부를 수가 없는 것들. 그저 살법(殺法)이란 이름으로
불려야 정상인 것들이다.

"생각은 내가 아니라 단야 저 친구가 가지고 있는 것 같은
데? 넌 저 움직임이 보이지 않느냐?"

"……"

마유조의 목소리에 양소은은 미간을 살짝 좁혔다. 갑작스레
움직임이라니? 무슨 말인지 몰랐는데, 그때였다. 무언가 눈에
확 와 닿는 것이 있었던 것이다.

상단의 여인으로부터 멀어지고 있었다. 조금씩이긴 해도 멀
어지고 있었고, 어느새 곡구 쪽으로 나가고 있었다. 소용돌이
같은 마라살도 앞에서 용케 움직이고 있었던 것이다.

"아무래도 저 친구는 상단의 사람들을 살리기로 작정한 것
같군. 그렇게 봐야 하지 않겠나?"

혁리의 말에 양소은은 고개를 끄덕였다. 그제야 단야의 움

직임을 이 두 사람이 꿰뚫어 보았다는 것을 알 수 있었던 것이다.

"제가 부탁했어요. 저 사람들도 구해달라고."

"으, 응?"

쪼롱한 목소리에 양소은은 고개를 내렸다. 거기엔 언제 왔는지 월홍이 큰 눈을 또로록 굴리며 서 있었다.

"네가 부탁을 했다고? 저 사람들을 살려달라고?"

양소은은 잘못 들은 것이 아닌가 하는 마음에 월홍에게 물었다. 월홍은 고개를 끄덕이며 잘못들은 것이 아님을 확인시켜 주었다.

자신이 도와달라고 할 땐 꿈쩍도 안 하더니 이 아이가 도와달라고 하자 도와준다는 사실이 도무지 믿기지가 않았다. 저 단야라는 사람은 누구의 말도 듣지 않을 것 같은 사람이니 말이다.

"힘들겠지만 해준다고 했어요. 그럼 될 거예요."

"……."

그야말로 절대적인 믿음이었다. 쪼그만 아이가 무엇을 알까 싶지만 어쩌면 단야를 가장 많이 본 사람이니 특별한 것이 있을지도 몰랐다.

아니, 그것보다 이 단야와 월홍이란 두 사람 간의 관계가 어떻게 되는지가 못내 궁금해질 따름이었다. 이 정도면 그냥 보호자의 관계를 넘어선 것처럼 보였다.

어쩌면 같은 피가 흐르는 관계일 수도 있지만 그럴 확률은 거의 없어 보였다. 아무래도 생긴 것이 너무도 차이가 나니 말이다.

"말도 안 되지, 그것만은."

"…뭐가 말도 안 된다는 거냐?"

"아, 아무것도 아니에요, 혁 오라버니. 호훗."

"……"

혁리와 마유조는 무슨 소리를 하는가 싶어 양소은을 바라보았지만 양소은은 그저 헛기침만 할 뿐이었다. 그녀는 화제를 돌리기라도 하듯 빠르게 말을 이었다.

"그, 그렇다면 우리도 뭔가 해야 하지 않나요? 저 사람들에게 다가가 보호해 줘야죠."

"그래, 그건 좋은 생각 같군. 다만 언제인가가 문제가 되겠구나."

얼떨결에 한 말에 혁리가 맞장구를 치자 양소은은 작은 한숨을 쉬었다. 목숨이 왔다 갔다 하는 곳에서 쓸데없는 생각을 했으니 욕을 먹어도 할 말이 없었던 것이다.

다행히 두 사람은 아무런 말이 없었고, 혁리는 시기만을 바라보기 시작했다. 그런데 아무래도 마유조의 생각은 살짝 다른 듯했다.

"그것도 그렇지만 다른 이유도 있어 보이는군. 마지막 한 수를 끌어내려 하는 것인가?"

"마지막 한 수요? 그건 또 뭔가요, 사형?"

또다시 뜻 모를 이야기를 하는 마유조의 말에 양소은은 물었지만 그는 아무런 말을 하지 않았다. 그저 입을 꽉 다문 채 바라보기만 할 뿐이었다.

하나 그는 분명하다고 여겼다. 분명 단야는 모든 것을 한꺼번에 하려는 셈이었다. 숨어 있는 또 하나의 세력. 그들을 끌어내려 하는 것이 분명했다.

차추만가는 한인이 아니었다. 그는 뼛속까지 여진족이었고, 당연히 여진의 모든 것을 따랐다. 그리고 그건 풍마단이 되어서도 그렇게 했다.

어릴 때 그는 소뢰음사에 간 적이 있었다. 여진족 아이들이 언제나 꾸는 꿈인 소뢰음사의 무승이 되고 싶었던 것인데, 운 좋게도 그는 동량(棟樑)으로 인정받을 수 있었다.

그러나 그런 생활도 잠깐, 그의 나이 열둘이 되자 더 이상 재지가 없음을 소뢰음사의 사람들은 알았고, 그 길로 내쳐지게 되었다.

그때 익힌 것이 바로 이 마라살도. 다른 것은 기억에 없지만 이 마라살도와 내력의 기본인 합원공(合元功)은 잊지 못했다. 그리고 그것이 그의 밥줄이 되어버렸다.

물론 그가 완전한 마라살도를 알 리는 없었다. 마라살도의 아홉 가지 변화 중 그는 채 세 가지도 깨닫지 못했다. 하나 그것만으로도 사는 데 아무 지장이 없었다.

한데 지금 그의 머릿속에서 진한 아쉬움이 들고 있었다. 조금만 더 열심히 해서 최소한 다섯 개라도 알았다면 어땠을까 하는 생각이 든 것이다.

　단야라는 놈이 그 원인이었다. 커다란 대궁을 들고 이리저리 피하기만 하는 주제인 이 사냥꾼 놈은 곧 죽을 것 같더니 이젠 여유있게 피하고 있었다.

　쾌(快)를 기본으로 한 평격(平擊), 직격(直擊), 그리고 원격(圓擊), 딱 이 세 가지를 기본으로 그때그때 쓰는 것이 마라살도의 기본, 물론 지금은 절대 안 먹히는 방법이기도 했다.

　하지만 이렇게 놔둘 수는 없는 일, 차추만가는 어금니를 꽉 깨물었다. 그리고는 단야의 머리를 향해 수직으로 그어 내렸다.

　파아아아!

　역시나 단야는 반 족장 옆으로 이동하며 너무도 수월하게 공격을 피했고, 직격이 실패하자 그는 바로 평격으로 이동했다. 단야는 한 걸음 뒤로 빠르게 물러났다.

　피잇.

　바로 지금이었다. 물러나는 단야의 발을 주의 깊게 보고 있던 차추만가이기에 온 내력을 끌어올리며 앞으로 달려나갔다. 물러나는 단야의 발이 땅에 내려서기 직전에 공격할 셈이었다.

　당연히 피할 리 없다고 생각했다. 허리를 축으로 빠르게 몸을 비틀며 오른손을 뻗자 또 한 번 만도의 회오리가 몰아쳤다. 지금이야말로 그는 단야의 몸을 베었다고 생각했다. 한데,

　스스슷.

“…….”

어스름한 안개 같은 것이 보인다고 느껴지는 순간, 그의 만도는 또다시 허공을 갈랐다. 당연한 이야기지만 단야에겐 전혀 손을 댈 수가 없었던 것이다.

도무지 어떻게 움직일지 모르는 상황에 차추만가는 등줄에 땀이 흐르는 것을 느꼈다. 물론 그 땀은 단야의 신형을 놓쳐서가 아니었다.

어느새 단야의 등이 자신의 등과 딱 달라붙었던 것이다. 단야는 마치 친구 사이에 등을 마주하는 것처럼 그렇게 자세를 잡고 있었다.

“…빌어먹을!”

그제야 차추만가는 본인이 당했음을 느꼈다. 이 정도의 보법을 쓰는 자라면 이렇게 가까이 오도록 놔둘 리가 없다.

지금까지 상대의 손에 놀아난 꼴이었고, 그 이유는 바로 알 수 있었다. 어느새 인질들과 멀어진 자신의 모습을 본 것이다.

“죽엇!”

쐐애애액—!

아마도 오늘 가장 쾌속하게 날린 일도가 아닌가 하는 생각이 들 정도로 시원한 소리가 흘러나왔지만 차추만가의 표정은 여전히 어두웠다.

당연한 노릇이었다. 어떻게 하는 것인지 모르지만 단야의 등은 여전히 차추만가의 등에 붙어 있었다. 아무리 신형을 뒤집어 움직여도 단야를 뿌리칠 수가 없었던 것이다.

스릉!

문득 차추만가는 미간을 좁혔다. 이 익숙한 소리는 검이나 도가 빠져나오는 소리. 활에서 무기를 바꾸었다는 뜻이다.

아마도 허리춤에 차고 다니던 단도를 꺼낸 듯한데, 그것이 차추만가의 가슴에 불을 지피게 만들었다. 상대가 완전히 자신을 갖고 놀고 있는 것이니……

"이 개자식이 사람을 놀리나! 활이나 쏘던 나부랭이가 칼을 잡는다고 달라질 줄 알아!"

쐐애애액!

허리를 힘껏 비틀며 차추만가는 오른손의 만도를 날렸다. 이 이상 빠를 수는 없었다.

얼마나 빨리 돌렸는지 허리가 아파왔다. 근육 한두 군데가 놀란 듯했지만 멈출 수가 없었다. 그랬기에 이번엔 확실히 성공을 자신했다.

까강!

그리고 예상대로 만도의 앞에 단야가 서 있었다. 하나 피를 흘리고 잘려져야 할 그의 몸은 그대로였다. 문득 차추만가의 눈에 기형도 한 자루가 들어왔다.

시전에서 서역도라 불렸던 것 같은데 그걸 단야가 들고 있었다. 그리고 그 칼은 자신의 만도를 막고 있었다.

가가각!

그리고는 바로 힘 대결로 들어가자 차추만가는 온 내력을 끌어올렸다. 그리고는 격렬하게 움직이며 단야의 목을 치기 위해 버둥거렸다.

카카카카카칵!

"……."

그러나 그 어떤 짓을 해도 단야의 신형을 물러나게 할 수는 없었다. 아니, 물러나기는커녕 단야의 칼이 자신의 만도와 떨어지지도 않자 그는 얼굴색을 바꾸었다.

"이놈! 감히!"

키이이이!

차추만가의 눈에 핏발이 서기 시작했고, 그의 만도에서 거무스름한 기운이 배어 나왔다. 그야말로 최대한의 힘을 낸 것으로 그 기운을 그대로 유지한 채 앞으로 내달렸다.

타타타타탓! 지이이이익!

단야의 몸이 뒤로 밀려 나가자 차추만가는 더욱더 힘을 배가했다. 이번에야말로 단야를 죽이겠다는 듯 꽉 깨문 아랫입술에서는 피가 흘러나왔다.

카랑!

그리곤 기회가 왔다. 단야가 뒤로 밀리면서 검과 도가 떨어진 것이다. 아주 작은 틈이지만 그것으로 족했다. 차추만가는 살소를 머금으며 빠르게 만도를 휘둘렀다.

쩌어어엉!

하나 단야는 곧 빠르게 신형을 다잡으며 다시 그의 만도를 막아내었다. 차추만가는 기회를 놓친 것 같은 생각에 어금니를 꽉 깨물었다. 한데,

"……."

왼쪽 옆구리에서 섬뜩한 감각이 느껴지자 자신도 모르게 왼손을 가져다 대었다. 그러자 뜨거운 것이 만져졌다.

뜨겁고 끈적끈적한 이 느낌. 거기에 비릿한 내음은 한 가지밖에 없었다. 피였다.

카랑!

바로 그때 단야의 오른손이 움직였고, 차추만가의 만도가 살짝 뒤로 밀려났다. 그리고는 순간적으로 단야의 칼이 사라졌다가 다시 나타났다.

카카카칵!

또다시 단야의 칼과 만도가 서로 얽혔다. 그리고 이번엔 오른쪽 옆구리에서 불로 지진 듯한 감각이 느껴지고 있었다. 왼쪽에 이어 오른쪽까지 당한 것이다.

일이 이렇게까지 되자 차추만가는 몸에 한기가 드는 것을 느낄 수 있었다. 뭘 어떻게 한 것인지조차 그는 알 수 없었다. 이 단야라는 작자의 무공은 자신의 예상을 훨씬 뛰어넘은 것이다.

"다시 묻겠다."

단야의 목소리에 차추만가는 퍼뜩 정신을 차렸다. 착각이었을까? 차추만가의 눈에 비친 단야는 정말 두려웠다. 흡사 귀신의 형상처럼 보였던 것이다.

"묘묘와 향 노야는 어디 있나?"

다시금 들려오는 조용한 목소리. 그러나 이번에 들려오는 목소리는 생략된 뒷말이 있음을 느낄 수 있었다. 대답하지 않으면 죽이겠다는.

대답하지 않을 수가 없었다. 그러나 한 수 접히고 들어간다는 생각은 하고 싶지도 않았기에 짐짓 비틀린 음성이 흘러나왔다.

"큭큭… 알고 싶나? 그럼 알려주지. 이유는 모르지만 우리 큰형님께서 지대한 관심을 가지고 계시더군."

"큰형님?"

아마도 일단주 천벽을 말하는 것일 터다. 그럼 이번엔 그자의 위치를 묻는 것이 수순이었다.

"그래, 큰형님. 네놈 따위는 발끝에도 못 미치는 우리 큰형님! 차아앗!"

카앙, 파아앙―!

의외의 상황이었다. 죽을힘을 다해 만도를 밀어내더니 차추만가는 단야에게서 뒷걸음을 쳤다. 아니, 뒷걸음 정도가 아니라 아예 등을 보이며 전력으로 도주하기 시작했던 것이다.

아무리 상대가 안 된다는 것을 알게 되었다고는 해도 단야로서는 이해가 가지 않는 상황이었다. 한데 그자의 도주 방향을 보는 순간 차추만가의 속셈을 알 수 있었다.

손여라는 여인에게 향하고 있었던 것이다. 단야는 오른발을 크게 구르며 오른손을 휘둘렀다. 꽤나 거리가 벌어져 있지만 칼끝이 닿을 수 있는 거리였다.

파아아앗!

"크아아악!"

차추만가는 등에 기다란 자상이 났지만 멈추지 않고 오히려 두 눈을 부릅뜨고는 손여에게 한 걸음 더 다가갔다. 그러자 단야는 한 걸음 더 내디디며 그의 뒤를 쫓았다.

단야는 보통 사람보다 훨씬 큰 키 때문에 보폭이 상당했다. 게다가 손발도 모두 길어서 더 멀리 손을 쓸 수가 있었다. 바로 지금처럼 말이다.

촤촤앗!

"우우욱!"

또 한 번 왼쪽 넓적다리와 종아리에 자상을 남겨놓자 차추만가는 오른손의 만도로 땅을 찍었다. 그리고는 온 힘을 다해 만도를 밀쳐 냈다.

"이야아압!"

쩌어엉!

만도는 반쪽으로 부러졌지만 그는 그 반동으로 앞쪽으로 빠르게 날아갈 수 있었다. 순간적으로 거리가 벌려지자 단야는 나가려던 신형을 멈추며 왼손에 대궁을 들었다. 이젠 발로 쫓는 것은 무리였다.

신형을 뒤틀면서 가는 것도 아니고 그냥 공중을 날아가는 그를 맞추는 것은 단야에겐 너무도 쉬운 일이었다. 차추만가의 악수(惡手)라 해도 틀림없었다.

이제 오른손을 뒤로 돌려 도집에 서역도를 넣고 화살을 꺼내기만 하면 되는 일이었다. 한데,

“……!”

단야는 빠르게 신형을 돌렸다. 그리고는 우측 하단부터 좌측 상단까지 대각선으로 힘차게 도를 밀어냈다.

쩌어어어엉!

“후읍!”

단야의 입술이 꽉 다물려졌다. 팔이 저릴 정도의 충격. 그 충격과 함께 단야는 뒤로 한참 밀려났다. 바닥에 깔린 눈 때문인지 더욱더 길게 밀려나는 듯한 기분이었다.

좌앗! 파아앙!

오른발로 크게 원호를 그리며 밀려나는 신형을 세운 단야는 바로 양발을 차고 허공으로 도약했다. 그러자 그가 있던 자리에 거대한 충격이 가해지고 있었다.

콰아앙!

눈과 함께 흙먼지가 허공으로 피어오르는 가운데 단야는 땅에 내려섰다. 내려선 그의 눈에 한 사람의 신형이 보였다.

키는 작지만 덩치가 좋은 사내였다. 그 덩치만큼이나 큰 도끼를 지닌 사내가 단야를 보고 얼굴을 굳히고 있었던 것이다.

“큭큭, 이제 됐구만. 빌어먹을. 어디 더 날뛰어보시지, 이 미친놈!”

“흐윽!”

뒤쪽에서 차추만가의 목소리가 들려오자 단야의 고개가 돌아갔다. 오 장여 떨어진 곳에서 차추만가는 부러진 만도를 한 여자의 목에 들이대고 있었다.

결국 손여를 인질로 잡는 데 성공한 것이다. 단야의 귓가에 차추만가의 목소리가 들려왔다.

"하기 형님, 왜 이리 늦으신 겁니까? 이 사람, 죽는 줄 알았습니다, 진짜."

"훗, 미안하다. 이놈이 어떤 놈인지 좀 파악하다 보니 그리 되었구나."

하기란 이름을 듣자 단야는 살짝 고개를 끄덕였다. 혁리가 말했던 풍마단의 셋째 단주의 이름, 설마 이곳에 단주 급 두 명이 같이 있을 줄은 몰랐다.

누군가 숨어 있는 것은 어렴풋이 느끼고 있었다. 이 기회에 그들도 같이 나오게 하려 했었다. 한데 그것이 단주 급일 줄이야.

"오냐, 이 개자식, 이제 다시 시작해 볼까? 어디 얼마나 날뛸 수 있는지 이 두 눈으로 똑똑히 봐주마! 일어서!"

"흐윽."

"아, 아가씨!"

가냘픈 손여의 몸을 잡아 일으키며 차추만가가 일어서자 어느새 그 옆에 수하들이 와 호위를 시작했다. 한데 복색이 조금 달랐다.

그의 수하들이 아니라 이 하기란 자의 수하였다. 느낌으로 봐서 차추만가의 수하들보다 뛰어나 보였다.

숫자는 약 이십여 명. 차추만가의 수하들과 비슷하지만 그들은 별 신경 쓰지 않아도 될 것 같았다. 어느새 전장에서 멀리 떨어져 눈치만 보고 있었던 것이다.

문득 단야는 눈에 손여라는 여인이 보였다. 여인은 무공의 흔적이라고는 전혀 없었지만 이상하게도 두려워하는 듯한 표정은 전혀 없었다.

이런 것을 가리켜 의연하다고 해야 하나? 그대로 끌려가게 되면 무슨 일을 당할지 모르는데도 여인은 너무도 차분했다.

오히려 보고 있는 단야가 더 마음이 초초해질 정도였다. 그러다 문득 단야는 뭔가 가슴 한쪽이 이상해지는 것을 느꼈다.

"……."

무슨 일인지 알 수 없지만 여인의 모습이 낯설지가 않게 느껴졌던 것이다. 물론 단언컨대 태어나서 처음 보는 얼굴이었다.

"오호라? 이 개자식! 이제 좀 긴장이 되나? 후회해도 이미 늦었다!"

차추만가가 이를 부득부득 갈며 외쳤지만 단야는 대꾸조차 없었다. 그의 신경은 온통 그 여인에게 가 있었다.

여인의 얼굴 때문에 그런 것이 아니다. 하늘에 맹세컨대 단 한 번도 본 적이 없는 얼굴. 원인은 그 의연함에 있었다.

마음속 어딘가에서 그 의연함으로 인해 기이한 형상들이 떠오르고 있었다. 그런데 형상은 확연해지지 않았고, 그저 이리저리 이지러지며 어지러이 흔들릴 뿐이었다.

"큭……."

단야는 미간을 찡그렸다. 그나마 흔들리던 형상들이 한꺼번에 사라져 버린 것인데, 곱게 사라지지 않았다. 대신 미간을 찌르는 듯한 고통만이 남았다.

두두둑.

아니, 남은 것이 하나 더 있었다. 고통도 고통이지만 기이한 기운이 온몸 가득 퍼지고 있었다. 어디서부터 시작되었는지조차 불분명한 기운이다.

온몸의 혈관이 두드러지게 부풀어 올랐다. 팔이 떨리고 가슴이 뛰면서 숨 쉬기조차 힘들어졌다. 그리고 무언가 치밀어 오르는 이 느낌.

꽈아아악!

대궁이 부서져라 쥐어졌다. 너무 많은 힘을 주어서 그런지 덜덜 떨릴 정도였는데 그렇게라도 하지 않으면 가슴이 터질 것만 같았다.

"……"

순간 단야는 귓가에 아무런 소리가 들리지 않음을 느꼈다. 고요한 세상 속에서 단야는 살짝 눈을 떴다.

찌릿한 미간 때문에 완전하게는 뜰 수가 없지만 이 정도로도 충분했다. 단야는 오른손을 움직였다.

오른손의 서역도를 도집으로 돌려놓은 후 단야는 화살 세 대를 뽑아 들었다. 하기는 바로 옆에서 도끼를 쳐들고 내려칠 기세였다.

그런데 단야는 그자에게서 눈길을 돌렸다. 그가 바라보는

것은 손여라는 여인을 향해서였다. 이상하게도 하기의 신형이
전혀 걱정이 되질 않았다.
　화살 한 발을 시위에 건 단야는 왼발로 땅을 박찼다. 왠지
왼 어깨 쪽에 묵직한 느낌이 실리는 듯한 느낌이었다.

第八章
요녕성, 당평산의 양무곡 3

"비부수(卑斧手) 하기! 저놈이 이곳에 숨어 있었다니……."

혁리의 입에서 비명과도 같은 소리가 나왔다. 설마 이곳에 풍마단주 네 명 중 두 명이 나타날 줄은 몰랐다.

솔직히 차추만가 저놈이야 그리 대단한 놈은 아니다. 무공도 그렇지만 꼬장꼬장한 객기와 수하들만 믿고 덤비는 놈이라는 것이 그에 대한 평가였다.

그러나 비부수 하기는 달랐다. 천벽, 서이구, 하기 이 세 사람은 상당한 무예를 가지고 있었다.

단적으로 알 수 있는 것이 지금 단야의 상태였다. 단 한 번의 도끼질로 단야를 뒤로 물러나게 만든 것이 바로 저 하기인 것이다.

“아무래도 먼저 손을 썼어야 하는 것을…….”

마유조는 때늦은 후회를 했지만 이미 늦은 상황이었다. 하기뿐만이 아니라 하기의 수하들까지 모두 손요라는 여인의 옆에 가 있었으니까.

“그렇다고 이렇게 손 놓고 있을 건가요? 뭐라도 해봐야지요.”

양소은은 굳은 결심을 한 채 앞으로 달려나가려 했다. 비부수 하기야 단야가 상대하니 놔두고 손여라는 여인을 구하려 한 순간이었다.

“응?”

그녀는 살짝 눈을 좁혔다. 무언가 대기의 느낌이 좋지 않았다. 한순간 공기의 흐름이 바뀐 듯한 느낌이 들었던 것이다.

그런데 문제는 자신만 그렇게 느낀 것이 아니라 여기 있는 사람 모두가 다 느꼈다는 것에 있었다. 마유조와 혁리 두 사람 모두 두 눈을 크게 뜨며 앞을 바라보고 있었다.

보나마나 그들이 보는 것은 단야였다. 지금 보이는 그는 그 어디서도 본 적이 없는 모습이었다. 바로 앞에 있는 비부수 하기조차 놀라며 한 걸음 물러날 정도로 말이다.

“대체… 이게 무슨 무공이지?”

언제나 침착하던 마유조의 입에서도 당황스런 목소리가 흘러나왔다. 단야의 모습은 정말 이 세상에서 본 적이 없을 만치 괴이한 모습으로 변해 있었다.

검은 운무와 같은 것이 그의 몸 주변, 특히 궁을 잡고 있는 왼손을 중심으로 휘돌고 있었다. 단야의 왼팔은 그 기운 사이로 언뜻언뜻 비칠 뿐이었다.

그러나 그 어떤 것보다 마유조를 놀라게 한 것은 그 기운이었다. 검은 운무가 나타난 순간 심장을 찌를 듯한 살기와 함께 한줄기 사이한 기운이 느껴졌다.

확연히 알 수 없는 그 기운. 짙은 살기 속에 가려져 있기에 웬만하면 느낄 수 없는 기운이었다. 마유조도 겨우 그 기운을 느낄 수 있었다.

하나 그 기운 속에서 마유조는 무언가 또 다른 것을 꼬집어 낼 수 있었다. 전혀 이질적인 기운 하나. 옅게 가리는 듯한 그 기운이 진짜 마유조를 당황하게 만든 이유였다.

그 기운은 어이없게도 정반대로 밝은 정기가 서린 기운이었다.

그저 왼발로 땅을 박찬 것이 전부였다. 그런데 너무도 기이한 일이 일어났다.

주위의 풍경이 모두 실처럼 빨리 움직였다. 이렇게 빨리 움직여 본 적은 정말 한 번도 없었다. 빠름이라는 말도 지금 이 상황을 표현하기는 무리였다.

한 발 움직였다고 생각하는 순간 일 장 반 정도를 미끄러지듯 나아갔다. 그 자신도 제어하기 힘들 정도의 속력인 것이다.

문득 그의 눈에 놀란 하기의 눈이 보였다. 눈동자의 떨림을 보니 순간적으로 자신의 신형을 놓친 것이 분명했다.

기회였다. 원래대로라면 이대로 몸을 움직여 손여라는 여인에게 달려갔겠지만 계획을 수정했다. 그래서 화살을 먹인 후 하기를 조준했다.

그제야 하기의 눈이 자신을 바라보는 것이 보였다. 그는 두 눈을 동그랗게 뜨며 도끼를 가슴으로 들어 올리고 있었다. 단야는 오른손을 놓았다.

따아아아앙!

"큭."

하기의 얼굴이 일그러졌다. 화살에 담긴 힘에 뒤로 반 장여나 밀린 것인데, 단야는 천천히 오른 손목을 틀었다.

스슷.

두 번째 화살을 시위에 먹이려 한 것이다. 그러자 하기의 눈이 파랗게 빛나며 양발에 힘을 주는 것이 보였다.

파파파파팟!

번개처럼 양발을 놀리며 하기는 달려오고 있었다. 흡사 선불 맞은 멧돼지처럼 돌진해 오는 그를 보며 단야는 오른손을 뒤로 당겼다.

끼이이이이.

거리는 점점 좁혀왔고, 어느새 두 사람 간의 거리는 반 장여로 좁혀졌다. 그러자 하기는 괴소를 날렸다. 이 거리라면 자신의 승리였다.

그렇기 위해선 일단 선공을 받아야만 했는데, 상황은 딱 좋게 전개되고 있었다. 단야의 오른손이 움직인 것이다.

피이이잉! 키이잉!

당연히 화살은 허공으로 솟아올랐다. 도끼의 넓은 면으로 막아내면 되는 것이다. 그리고 이젠 자신이 공격할 일만 남았다.

다시 화살을 장전하기 전에 죽이면 되는 것이다. 그런데 순간 그의 눈이 살짝 좁혀졌다.

쉬이잇!

예상외로 화살이 아니라 오른발이 올라왔다. 역시나 우직하게 가슴만 노리는 그 일격에 다시 도끼를 들어 막았다.

파아앙!

"흡!"

하기의 입에서 작은 소리가 흘러나왔다. 생각보다 강렬한 일격에 가슴이 철렁했다. 그러나 힘에선 그 누구에게도 밀리지 않던 자신이다.

"건방진! 이야아압!"

카가각!

허리까지 뒤틀며 양손을 휘둘렀다. 도끼로 치려 해도 공간은 필요하다. 특히나 그의 거부는 일반적인 근접 무기보다 더욱더 공간이 필요했다.

딱 그만큼만 넓힐 생각이었다. 그런데 상황은 아주 이상하게 돌아갔다.

쉬이이이잇!

"……!"

단야는 기다렸다는 듯이 허리를 틀더니 방향을 바꾸어 날아가고 있었다. 하기의 힘에 보법까지 더하자 그야말로 인간 화살이 된 듯 빠르게 이동하고 있었다.

그가 움직이는 방향은 손요라는 여인이 있는 곳으로 그제야 하기는 자신이 당했다는 것을 깨달을 수 있었다. 애당초 자신의 목숨을 노린 것이 아닌 것이다.

방심했다. 손여라는 여인이 잡힌 순간 이자 역시 동요가 있을 것이라 생각했다. 숨어서 지켜본 바에 의하면 이자도 저 여인에게 신경을 쓰고 있다는 확신이 있었다.

그래서 그는 차추만가에게 전음을 날렸다. 죽는 한이 있더라도 손여라는 여인의 명줄을 잡으라고 말이다. 한데 이자는 저 마유조와는 전혀 다른 사람이었다.

상황이 이렇게 되자 여인이고 뭐고 살기 위해 덤벼들었고, 아차 싶었던 것이다. 그러다 갑자기 기운이 달라지더니 이렇게 되어버렸다. 완전히 넋 놓고 당해 버린 셈이다.

"빌어먹을 놈! 네 뜻대로 둘까 보냐!"

탓, 타탕!

하기의 몸에서 믿을 수 없을 만큼 빠른 경공이 터져 나왔다. 그는 단야의 뒤를 쫓으며 도끼를 힘껏 뒤로 젖혔다. 사거리만 나오면 바로 휘두를 생각이었다.

그러나 이상하게도 거리는 좁혀지지 않았다. 아니, 좁혀지기는커녕 점점 더 벌어지고 있었다. 분명 자신은 최선을 다해 경공을 펼치는 중이었는데도 말이다.

지켜보고 있었을 땐 한 수 아래라고 생각했고, 그렇기에 이 단야란 놈이 아니라 저쪽에 있는 마유조가 더 마음에 걸렸다. 그런데 한순간 뭐가 뭔지 모르게 뒤죽박죽으로 변해 버렸다.

게다가 한술 더 떠 단야는 지금 공중으로 신법을 펼치면서 화살을 먹이고 있었다. 자신을 완전히 무시한 채 말이다.

"죽엇!"

콰아아아!

하기는 오른손을 힘껏 휘둘렀다. 온 내력을 가득 담아 자신의 목숨 같은 도끼를 집어 던진 것이다.

화살같이 빠르게 지나가는 풍경을 뒤로한 채 단야는 시위를 당겼다. 단 한순간에 목표물이 확연하게 들어왔다.

목표는 여인의 옆에 있는 차추만가와 하기의 수하들. 속사(速射)에 승부를 걸어야 할 시간이 왔다.

보통 궁수에게 화살을 날린다는 것은 움직이지 않는 것을 전제로 하지 않는다. 연습을 해도 움직이지 않는 과녁에 하는 것이 바로 그것이다.

그러나 속사가 필요한 경우는 대부분 움직이는 경우였다. 그것은 목표가 움직이든 자신이 움직이든 말이다.

바로 지금과 같은 경우는 저들이 멈추고 자신이 움직이는 경우였다. 똑바로 정면을 향해 나가면서 쏜다면야 아무런 문제가 없었다. 그럴 경우는 그냥 쏘면 될 일이다.

문제는 지금처럼 목표를 향해서 가는 것이 아니라 목표에서 옆으로 돌아 들어가면서 쏠 경우였다. 직선으로 쏘더라도 화살은 직선으로 가지 않는다.

진행 방향으로 약한 호선을 그리게 되기에 예측술이 필요했다. 그러니 온 신경이 바짝 곤두서는 것은 말하나마나이다.

상대의 움직임과 나의 움직임, 그것과의 관계가 바로 예측 사격의 전부였다. 그리고 그 예측 사격 속에 단야는 연사술까지 집어넣어야 했다.

터터터터텅!

그야말로 양손이 보이지도 않게 화살을 먹이고 쏘았다. 스쳐 가는 풍경 속에 흑의인들이 허공으로 튕기는 것이 언뜻 보였다.

완전히 맞았는지 아닌지 확신할 수가 없었다. 하나 이 정도면 충분했다. 단야는 연신 오른손을 움직였다.

터터터텅!

한 호흡이면 충분했다. 그동안 근 십여 발 가까이 날린 화살에 열 명의 흑의인이 뒤로 움직였다. 단야는 오른발로 땅을 내디디며 다시 오른손을 움직였다.

탓!

오른발이 땅에 닿자마자 단야는 상대를 살폈다. 자세히 바라보는 것이 아니라 스치듯 지나가는 상대들. 느낌만으로 판단하는 것이다.

남아 있는 것은 모두 네 사람. 손여를 잡고 있는 차추만가와 그 양편에 흑의인들이었다. 단야는 오른 발목에 힘을 주며 신형을 날렸다.

쉬이이잇! 파아앗!

그가 옆으로 이동하는 것과 동시에 등허리에 화끈한 감각이 느껴졌다. 아무래도 하기의 도끼가 날아온 듯했다.

다행히 같은 방향이 아니라 조금 대각선 위로 신형을 틀어 올렸기에 등허리만을 스치고 갔다. 그것이 아니라면 정말 큰일 날 뻔한 순간이었다.

어쨌든 이젠 손여를 구하는 일만 남았기에 단야는 오른손을 움직였다. 네 사람의 눈은 이제야 단야가 방금 방향을 꺾었던 곳을 바라보고 있었다.

콰각!

흑의인 두 사람의 고개가 심하게 뒤로 젖혀졌다. 두 사람의 이마엔 화살이 깊숙이 꽂혀 있었는데, 그때서야 차추만가의 눈동자가 움직이는 것이 보였다.

차추만가의 눈동자가 움직인 것은 정말 '힐끔' 이라는 표현이 맞을 만큼 순간이었다. 그제야 단야가 있는 방향을 바로잡아 눈을 돌린 것이다.

거리는 약 삼 장여. 여기서 화살을 날려 차추만가를 죽일 수도 있는 충분한 거리였으나 단야는 그렇게 하지 않았다. 완전한 방향에서 사냥감을 사냥하기 위해 그는 한 번 더 움직였다. 시위를 잡은 오른손이 아니라 왼발을 움직인 것이다.

탓!

왼 발목에 힘이 잔뜩 들어가더니 대지를 박찼다. 전면으로 가던 단야의 몸은 한순간 오른쪽으로 빠르게 기울어졌다.

좌아아아앗!

오른발이 눈이 쌓인 하얀 대지를 단단히 지지대 삼아 미끄러졌다. 그런 그의 움직임이 멈추었을 때 그곳엔 손요의 옆얼굴이 있었다.

채 시선이 쫓아가지도 못할 만큼 엄청난 빠르기. 두 번이나 상대의 눈을 속이며 결국 옆에 바짝 붙은 것이다.

끼이이이!

단야는 오른손을 힘차게 뒤로 젖혔다. 아직도 전면을 보고 있던 차추만가는 그제야 얼굴을 돌리고 있었다.

꿈이라도 이런 꿈은 꾸고 싶지 않았다. 차추만가는 모골이 송연해지고 입술이 떨려왔다.

보이지 않았다. 아무리 눈을 크게 뜨고 봐도 상대의 모습은 볼 수가 없었다. 그저 보이는 것이라고는 흐릿하게 들어오는 화살과 거무스름한 기운뿐이었다.

그것도 그냥 일자로 오는 것이 아니라 호선으로 휘어 들어오는 화살을 그냥 눈 뜨고 봐야만 했다. 그리고는 뒤로 나가떨어지는 하기의 수하들을 보았다.

너무 놀라 뭘 어찌하기도 전에 언뜻 단야의 모습을 본 것도 같았다. 어느새 삼 장 앞에 있는 듯한 모습. 흐릿한 형상이라 확신할 수도 없었다.

그런데 그는 또 없어졌다. 그리고 그가 없어진 순간 양옆에 있던 마지막 수하들마저 이마에 화살을 맞고 뒤로 튕겨 나갔다.

"이… 무슨……."

뭐라 소리치고 발광하고 싶은 기분이 들었다. 꿈이라면 얼른 깨라고 말이다. 그런데 이건 꿈이 아니었다.

섬뜩한 기분에 그는 고개를 돌렸다. 왼편으로 고개를 돌리고 난 후 두 눈을 부릅뜰 수밖에 없었다. 단야가 그곳에 나타나 있었던 것이다.

그것도 활시위를 크게 당긴 채 말이다. 차추만가의 눈에 시위를 잡고 있던 단야의 손가락이 놓이는 것이 보였다.

파아아앙!

"흐아아아악!"

차추만가의 입에서 비명이 터쳐 나왔다. 그는 양손으로 이마를 감싸 쥐며 기겁을 한 채 뒤로 비칠비칠 물러났다.

이건 사람이 아니었다. 그의 모습은 마치 연기처럼 검은 꼬리만 남긴 채 시야에서 사라졌다. 귀신이라도 이렇게 움직일 수는 없었다.

이 모든 것이 이제는 끝이라는 생각이 들었다. 조금 전에 수하들처럼 그의 이마에도 화살이 박혔으니 죽는 것은 시간문제인 것이다.

"……."

그러나 잠깐의 시간이 흐른 후 차추만가의 눈이 의혹으로 물들었다. 시큼한 고통과 함께 이미 죽었어야 할 자신이다. 한데 이마에 올린 손에서는 어떠한 것도 느껴지지 않았다.

아니, 이마뿐만이 아니라 그 어디에서도 고통은 느껴지지 않았다. 아차 싶은 마음에 그는 다시 눈앞의 손요의 목에 부러진 만도를 내밀었다.

빈 활을 쏜 것이다. 활을 쏘기엔 너무도 가까워 위력이 나오지 않을 것 같자 활을 쏘는 척을 해 그를 속인 것이다.

하나 그가 모든 것을 눈치챘을 땐 이미 늦은 상황이었다. 만도를 앞으로 반도 내밀기 전에 섬뜩한 빛 하나가 턱밑에 나타났다. 그리고는 섬뜩한 소리가 들려왔다.

콰각!

"컥……!"

단말마의 비명이 흘러나왔다. 단야의 화살은 차추만가의 턱 아래에서부터 뒤통수를 한 번에 관통했다. 그리고도 화살에 담긴 힘을 해소하지 못하여 온몸이 허공으로 솟구쳤다.

활이 아니라 손으로 화살을 쳐 올린 것이다. 단야는 키가 컸고, 게다가 온 힘을 실어 밀어낸 일격이기에 가능한 일이었다.

"그륵……."

괴이한 소리와 함께 차추만가의 신형은 차가운 대지 위로 쓰러지고 있었다. 그 모습을 바라보며 단야는 한숨 돌리려 했다. 한데,

"……."

눈빛을 굳히며 단야는 오른손을 뻗어 손요의 어깨를 잡았

다. 손요는 큰 눈을 더욱 크게 뜬 채 반사적으로 단야의 손길을 거부하고 있었다.

그러나 지금은 그녀의 마음을 생각할 때가 아니었다. 마치 작은 새를 끌어안듯 그녀의 신형을 품 안으로 끌어당긴 단야의 등 뒤에선 섬뜩한 소리가 들려오고 있었다.

파아앗!

진한 혈향과 함께 단야의 몸이 살짝 떨자 손요의 몸 역시 같이 떨었다. 단야는 이를 악문 채 오른손을 허리 뒤춤으로 가져갔다.

그리고는 허리를 틀며 빠르게 오른손을 휘둘렀다. 한순간 강렬한 불꽃의 번뜩임과 함께 커다란 소리가 흘러나왔다.

쩌어어엉!

단야의 칼과 하기의 도끼가 한데 어우러진 것은 그 순간이었다. 두 사람은 동수를 이루며 뿌리라도 박힌 듯 그 자리에서 움직이지 않았다.

퍼어어억!

차추만가의 신형이 바닥에 널브러진 것은 그때였다. 두 눈을 하얗게 만든 채 그는 이미 이승의 사람이 아니었다.

가슴의 두근거림이 멈추지가 않고 있었다. 비부수 하기는 터질 듯한 심장을 진정시키기 위해 어금니를 부서져라 깨물었다.

그의 눈에 보이는 모든 것이 꿈이라 생각될 정도였다. 고작 호흡 한 번 크게 들이쉬고 내쉴 정도의 시간에 상황은 완전히 달라져 있었다.

인질로 잡기 위해 보내놓은 수하들은 모두 미간에 화살을 맞은 채 저 뒤에 쓰러져 있었다. 무려 이 장 뒤로 튕겨날 정도로 화살에 실린 내력은 무서웠다.

여덟 발의 화살은 마치 눈이라도 달린 듯 모두 수하들의 이마에 적중했다. 이건 사람의 솜씨라고는 믿을 수가 없는 실력. 귀신이라도 이 정도는 할 수 없었다.

더욱이 이 기이한 신법은 무어라 설명해야 할지 말문만 막힐 뿐이었다. 빠름을 넘어 시야까지 벗어나 버리는 그의 신법은 강호 일절이라 해도 손색이 없을 정도였던 것이다.

사단주 차추만가가 죽었지만 그게 중요한 것이 아니었다. 하기는 지금에서야 깨달을 수 있었다. 자신도 저 차추만가처럼 될 확률이 높다는 것을 말이다.

마지막에 등에 한 수를 먹인 것은 그야말로 천운. 단야가 손요에게 신경이 팔린 틈을 타 날아간 도끼를 수거해 겨우 날린 일격이었다.

그러나 그 일격도 마지막 순간에 단야가 몸을 뒤틀며 치명상을 피하고 말았다. 결과적으로 불리한 것은 자신이었던 것이다.

"빌어먹을, 대체 어디서 떨어진 놈이냐, 너는!"

가각.

두 사람은 내력 대결을 벌이고 있었다. 그 와중에도 말을 하는 것을 보면 하기의 내력은 상당히 정심하다 할 수 있었다.

"제대로 묻겠다. 누구냐, 넌?"

물론 대답은 들려오지 않았다. 하기 또한 대답을 듣고 싶어
한 말이 아니었다. 조금이라도 시간을 끌며 상대를 알아보기
위해 한 것이었다.

그의 무공은 원래 부법이 아니라 곤법이다. 천살곤(千殺棍)
이라는 요살궁(妖殺宮)의 무공. 그것을 부법으로 바꾼 것이 그
의 무공이었다.

요살궁은 살수 집단이었다. 돈을 위해선 무엇이든 다 하는
곳. 그래서 어릴 때부터 그는 안력에 관한 훈련을 많이 받았
다. 안력이라는 것은 참 많은 것을 의미했다.

그러나 그중 가장 중요한 안력은 상대의 모든 것을 훑어 판
단하는 능력이었다. 그 안력이 좋기에 아직도 그는 살아 있었
다.

그가 보는 단야는 완벽한 무인이었다. 큰 키에 긴 팔다리,
거기에 대궁에서 뿜어져 나오는 힘은 거리를 벌리면 자신의
필패였다.

게다가 이렇게 근접전에서도 강했다. 저 작은 도로 자신의
거부를 막는다는 것 자체가 증거였다. 근접전에서도 밀리는
듯했다.

"대형이란 자는 어디에 있나?"

"……."

또렷한 목소리. 차분하기 그지없는 목소리였다. 그렇다면

내력에서도 그는 단야의 상대가 안 된다는 뜻이다. 그는 단야에게 말할 때 평온을 가장한 목소리를 냈었다.

그런데 이 목소리는 평온을 가장할 수 있는 목소리가 절대로 아니었다. 이건 진짜 실력이었던 것이다.

"제길, 어쩐지 형님이 무섭게… 나오더라니……. 이럴 줄 아신 건가."

전혀 의미 모를 소리가 들리자 단야의 눈이 좁아졌다. 지금 당장에라도 손을 쓸 태세였다.

"말하면 살려주겠나?"

하기는 비릿하게 웃었다. 속이 빤히 들여다보이는 수작. 농 한번 걸었지만 단야는 고개를 좌우로 저었다. 확실히 재미없는 인간이었다.

그렇기에 어떻게 해야 할지 잘 판단이 서지 않는 상황이었다. 한데 그 순간, 하기의 눈이 번쩍이는 상황이 전개되었다.

"이제… 그만들 두실 수 없겠나요?"

손요의 목소리였다. 맑은 그녀의 목소리에선 짙은 슬픔이 배어 나오고 있었는데, 그 목소리를 듣는 순간 하기는 짜증이 치밀었다.

정인군자 같은 이런 말엔 진짜 두드러기가 날 것 같은 것이 그의 속마음이었다. 살수행을 하면서 지겹게 지껄이는 것들을 본 기억이 있었다.

"너… 같으면……."

어금니를 꽉 깨물며 하기는 입을 열었다. 이른바 모든 힘을 그는 도끼에 집중했다. 힘으로 밀어붙이려는 요량이었다.

"그만둘 수 있겠나?"

키링, 휘리링!

커다란 소리와 함께 힘으로 밀어붙이려던 하기는 도리어 도끼자루를 잡고 있는 양손 중에 아래를 잡고 있던 왼손을 놓았다.

영악한 한 수였다. 단야의 미는 힘에 의해 도끼는 도날 바로 아래를 중심으로 빙글 돌았고, 하기는 재빨리 오른발을 힘껏 차올렸다.

도끼는 발아래로 힘차게 돌아가는 중이었다. 그의 오른발은 내려오는 도끼의 등을 후려쳤고, 그러자 엄청난 가속이 되어 허공으로 치밀어 올라왔다.

파아아앙!

아무리 발로 찬 것이라지만 여기엔 그의 필생 공력이 전부 담겨 있었다. 그는 회심의 미소를 지었다. 피하기엔 거리가 너무도 가까웠던 것이다.

쐐애애액!

그리고 그토록 원하던 장면이 펼쳐졌다. 단야의 사타구니부터 정수리까지 정확하게 반으로 갈라지는 장면이 보였다. 득의의 웃음을 지으며 하기는 슬쩍 눈을 돌렸다.

그곳엔 손요가 양손을 부들부들 떨며 울상을 짓고 있었다. 마치 그녀 때문에 이 일이 일어나기라도 한 듯한 표정에 하기는 다시 짜증이 치미는 것을 느꼈다.

하기는 이죽거리며 여인을 향해 손을 뻗었다. 그러나 채 반
도 뻗기 전에 무언가 이상하다는 생각에 흠칫 신형을 멈추었
다.

감각이 이상했다. 사람을 반으로 갈랐다면 뭔가 걸리는 듯
한 감각이 있어야 했다. 워낙이 중병기에 잘 느껴지지 않았지
만 뼈라도 가르는 느낌이 있어야 했다.

그런데 전혀 느껴지지 않았던 것이다. 그러다 한순간 무언
가 머릿속에 떠올랐다.

신법. 시선까지 속이는 단야의 신법을 기억하자마자 본능적
으로 그는 오른손을 들어 허리춤에서 지면과 수평으로 휘둘렀
다.

쐐애애액!

누군가 있으면 맞을 것이라는 생각. 거기엔 대단한 내공도,
정교한 초식도 필요없었다. 그저 빠름만 필요하면 되는 것인
데, 그때였다.

퍼어억!

"크악!"

하기의 입에서 괴성이 흘러나왔다. 어느새 그의 오른쪽 가
슴에 기다란 화살 하나가 박혀 있었다. 네 치나 박힐 정도로
충분한 힘이 실린 화살이었다.

퍼어억!

"읍!"

또 한 발이 허벅지에 와서 박히자 그는 고통 속에서도 찡그

리며 눈을 치떴다. 어느새 단야는 저 멀리 오 장 너머에서 활시위를 당기고 있었다.

정말 치 떨리게 빠른 신형이었다. 문득 그의 눈에 단야의 오른손이 떨리는 것이 보였다.

쉬이이이잇!

그리곤 미간을 향해 바로 화살이 날아오자 하기는 어금니를 질끈 깨물며 피식 웃었다. 이렇게 생이 끝나는가 싶으니 왠지 허무했다.

그는 최선을 다했고, 결국 졌다. 그래서 죽음이라는 것을 항상 생각하고 있었다. 그런데 막상 그 상황이 닥치자 왠지 억울한 생각이 들었다.

"개자식! 지옥에서 보자!"

과아아아아!

온 힘을 다해 내력을 실은 후 오른손을 머리 위로 쳐들어 올렸다. 오 장이라면 자신의 도끼도 화살이 될 수 있었다.

동귀어진의 수법. 물론 안 될 확률이 더 높다. 저 귀신같은 신법으로 허무하게 피할 터였다.

그러나 최소한 기분만은 좋았다. 발악이라도 하니 말이다. 한데,

탓!

"……."

마치 어디 바위틈에라도 끼인 듯 도끼가 앞으로 나가질 않았다. 무언가 자신의 오른손을 방해하고 있었다.

눈을 돌려 손목을 보자 내관혈(內關穴) 부근에 뭔가 조그만 것이 얹혀 있었다. 꽤나 따스한 것이 눈을 좁혀 보니 사람의 손이었다.

그런데 그 손은 아주 쭈글쭈글한 것이 단야의 손이라고는 생각되지 않았다. 적어도 팔십은 넘어야 이러한 주름이 나타나게 될 터다.

나이만 먹은 힘없는 손이 아니었다. 그 손에서 작은 진동이 느껴지는 순간 하기의 오른손이 쫙 펴졌다.

땅그랑.

힘없이 그의 도끼가 땅에 떨어지자 그는 망연자실한 표정을 지었다. 대관절 뭐가 어떻게 된 것인지 모르는 가운데 이번엔 그 손이 빠르게 위로 올라왔다.

극문(極門), 수삼리(水三里)에 이어 척택혈(尺澤穴)에 이르자 갑자기 세상이 뒤집어지는 것이 보였다. 그리고는 땅바닥에 볼썽사납게 처박혀 버렸다.

쿠우웅!

"커억!"

그냥 거꾸로 박힌 것뿐인데 코에서 피가 뿜어져 나왔다. 노인의 손에서 나온 진력에 당한 것이었고, 그제야 그는 상대가 누구인지 볼 수 있었다.

오 척 단구의 노인이었다. 빙글거리며 마치 장난감이라도 찾는 듯 눈을 반짝이며 자신을 바라보고 있었다. 그런데 한 사람만이 아니었다.

"자, 너도 여기까지만 하는 것이 어떠냐? 오홋."

자신의 일격을 피한 후 어느새 오 장여 떨어진 곳에서 대궁을 들고 있는 단야. 그의 눈도 놀람으로 물들어 있었다. 그리고 그 앞에는 이 노인처럼 쭈글쭈글한 노인 한 명이 서 있었다.

그 노인의 손엔 화살 한 대가 들려 있었다. 전체가 묵빛으로 빛나는 시커먼 화살은 온통 철로 만들어져 있음을 단번에 짐작하게 했다. 놀랍게도 날아오는 화살을 손으로 잡은 것이다.

피하기도 힘든 화살을 손으로 잡은 것 하나만으로도 그들의 무공이 어느 정도인지 충분히 알고도 남음이 있었다. 하기는 두 노인의 모습을 다시금 자세히 살폈다.

검도 없는 사람들인데 이상하게도 검에 차는 수실을 허리에 매달고 있었다. 각기 붉고 푸른 수실이 허리춤에서 춤추듯 흔들리고 있었던 것이다.

그러자 그의 머릿속에 한 가지 사실이 생각났다. 검을 쓰면서도 검이 필요 없는 사람들, 그러면서도 이 요녕성에서 두 사람이 한 몸 취급받는 이들은 단 한 경우뿐이었다.

"설홍청사(雪紅靑絲)… 설산의 반양 장로!"

현 요녕성 최고의 고수들이라 불려도 손색없는 두 사람. 그들의 등장에 하기는 고개를 뒤로 젖혔다. 쿵 소리가 나게 떨어졌지만 아픔 따윈 신경도 쓰이지 않았다.

"빌어먹을… 정말 운수 더러운 날이군."

그렇게밖에 생각할 수 없는 하기였다. 이제 벗어날 길은 전혀 없었다.

2

　“기혈이 억류하는 일은 더 이상 없을 것입니다. 워낙에 심후한 내공을 가지셨으니 별 탈은 없겠군요.”

　“…….”

　마지막 침을 거두며 손여가 말하자 마유조는 멍한 표정을 지었다.

　분명 무리한 내력의 운용으로 다쳤던 가슴이 이젠 완전히 진정되어 있었다. 감쪽같이 나아 버린 것이다.

　아니, 사실 놀란 것은 마유조뿐만이 아니었다. 조금이라도 다친 사람들, 그들 모두는 다 놀란 눈을 만들었다. 그만큼 손여라는 여인의 의술은 여태껏 어떤 곳에서도 볼 수 없는 높은 수준이었다.

　상황은 어느 정도 정리가 되었고, 이젠 정말 늦은 밤이 되었다. 달구지 세 대는 모두 움직일 수 있도록 상단의 호위무사들이 고쳤고, 죽은 사람 또한 모두 땅에 묻었지만 시간이 늦어 모두 모여 노숙을 시작했다.

　그 와중에 손여라는 여인이 사람들을 치료한다고 하여 지금까지 약 두 시진 동안 그리하게 한 것인데 놀랍게도 모두가 다 차도가 있었다.

　그 짧은 시간에 이만한 사람들을 돌보았고, 거기에 차도가 있다는 것은 보통 의술이라 볼 수가 없었다.

"이만한 약재를 가지고 가는 것도 그렇고 신기와 같은 의술을 봐도 그렇고, 아무래도 소저는 그냥 범인이 아니라 생각됩니다만, 혹 사문을 물어도 되겠습니까?"

마유조의 목소리에 모두의 눈이 손여에게 향했다. 지금 이곳엔 단야를 제외하고 모두 다 앉아 있었다.

그들 모두 말을 안 해서 그렇지 마유조와 같은 생각을 하고 있었다. 반짝이는 눈빛이 난무하는 가운데 여태껏 조용히 있던 홍설검 항임의 목소리가 들려왔다.

"약재도 약재지만 그 양이 보통이 넘더군. 이건 설사 황제라도 얻기 힘들 정도야. 그렇다면 원래부터 약재 쪽과 가까운 사람들이라는 말이 되겠지. 그렇지 않나?"

항임의 목소리에 손여의 고개가 살짝 숙여졌다. 그녀는 무언가 말을 할 듯 말 듯 우물거리기만 했는데, 이어 청설검 우오상의 목소리가 들렸다.

"강호에 그런 문파가 있다고 들었지. 돈과 명예 그 모든 것이 다 필요없는 곳, 오직 인연만으로 사람을 치료하는 곳이 있다고 말이야."

"…설마 연의궁(連醫宮)?"

혁리의 입에서 놀란 목소리와 함께 눈에서는 기광이 뿜어져 나왔다. 연의궁이란 세 글자는 사실 들어는 봤어도 진짜 그곳에 있는 사람을 본 적은 없었다.

아니, 혁리뿐만이 아니라 모든 사람이 다 그럴 터였다. 워낙에 신비로운 곳이기도 하지만 의가를 추구하는 문파인지라 문도 수조차 별로 없었다.

물론 많은 의원이 있을 테지만 본궁 출신은 몇 명 없는 것으로 알려져 있었다. 인원수가 적으니 활동량도 적어 당연히 알 턱이 없었다.

"본의 아니게 결례를 지었습니다. 목숨을 살려주셨는데도 인사가 늦었군요. 연의궁의 손여라 합니다."

"과연, 과연. 오홀홀, 연의궁 사람이니 대단한 의술을 가졌겠지. 게다가 이 좋은 향내는 정향(正香)인가?"

"그렇습니다, 어르신. 정향을 아시는 것을 보니 궁주님과 연연이 있는 분이군요."

무슨 향이 나는지 모르지만 정향이란 말에 연의궁 사람들 모두가 자리에 서서 깊은 읍을 올렸다. 항임과 우오상은 손짓으로 예를 올리려는 사람들을 제지하며 말했다.

"일없다. 그놈의 예법은 예전이나 지금이나 원……. 그리고 너희들을 구한 것은 우리가 아니란다. 그 단야란 친구가 한 일이 아니더냐?"

어깨를 으쓱이며 항임이 입을 열자 손여는 작은 웃음을 지었다. 그저 웃었을 뿐인데도 주위가 다 밝아지는 것 같은 착각에 사람들은 멍한 표정을 지었다.

"그 참, 같은 사람인데 왜 이리 다른 거냐. 누구는 웃으면 세상이 다 반가운데 누구는 웃으면 등골에 식은땀이 나니……."

"진짜 웃어봐, 식은땀 나나 안 나나?"

모안은 씨익 웃었다. 물론 그를 쏘아보는 양소은에게 말이다. 양소은은 고개를 돌리며 손여에게 말했다.

"뭐, 이렇게 된 것, 서로 통성명이나 하는 것도 좋겠군요. 저는 설산의 양소은이라 해요. 저쪽은 내가 좋아하는 우리 사형 마유조, 그 옆엔 이 지방 제일의 포쾌 혁리, 그리고 이 두 분은 잘 아시듯 반양 장로님이십니다."

"고년 참, 역시 빨라. 항임일세."

"오홀홀, 우오상이라 하지."

양소은은 빠르게 내뱉고는 씨익 웃었고, 손여는 포권을 지으며 말했다.

"여기 이 친구들은 모두 제 시비입니다. 다만 저분은 이 마차를 호위해 주신 진효라는 분이시지요. 많은 돈을 주지 못한다고 말씀했는데도 불구하고 기꺼이 운송을 맡아주셨습니다."

"가경표국(己慶漂局)의 진효(進效)라 합니다. 역병의 약재를 가지고 가는 것이니 당연합니다, 아가씨. 아마 국주님께서도 제 생각에 찬성하실 겁니다."

각진 네모 턱에 다부진 인상을 주는 사내였다. 좀 전에도 보았듯이 목에 칼이 들어와도 할 말을 하는 사내. 무공은 별로지만 그 기개만큼은 상당한 사내였다.

"기경표국이면 하가보(河佳保) 그 친구가 국주가 아닌가?"

"그렇습니다, 혁 포쾌님. 가끔 포쾌님의 이야기를 들려주시곤 해서 그런지 남 같지 않군요."

"허어."

혁리는 싱긋 웃으며 고개를 끄덕였다. 기경포국은 이곳 요 녕성에서 다섯 손가락 안에 드는 꽤나 큰 곳이다.

단순히 표국이 커서 그런 것이 아니라 그 국주인 하가보와 는 절친한 사이였다. 하나 그렇기에 조금 이해가 안 가는 점도 있었다.

"가경표국이라 해서 묻겠네만, 깃발이야 오히려 마적단의 표적이 되니 안 올린 것이 이해가 가네. 하나 이 말도 안 되는 인원은 대체 무엇인가? 이 정도의 물목이라면 더 많은 사람이 지켜야 할 터인데?"

그건 혁리만 느낀 것이 아니었다. 모두가 다 그렇게 생각하 는 것이지만 이건 정말 말도 안 되게 적은 병력, 아니, 물목이 문제가 아니다.

연의궁 사람을 호위하는 것이 저 물목보다 더 큰일이었다. 물목이야 어떻게든 돈으로 해결할 수 있지만 만일 사람이 죽 기라도 한다면 이건 그냥 지나칠 수 없는 문제였다.

그 책임은 돈으로 해결할 상황이 안 될 터였다. 표국 전체의 목숨을 내어놓아도 될까 말까 한 상황으로 번질 것이 뻔할 정 도로 큰일이 생길 수 있었다.

"……."

비교적 간단한 물음이지만 왠지 진효는 아무런 말을 못했 다. 그저 입을 꾹 다문 채 조용히 있을 뿐이었는데, 그러자 혁 리가 다시 말했다.

"흐음, 내가 아무래도 묻지 말아야 할 것을 물은 것인가?"

날카롭게 눈을 빛내며 혁리가 말하자 진효의 표정이 변했다. 무언가 말할 수 없다는 것을 표정으로 보여주기라도 하듯이.

"그건 제가 말씀드려야겠군요."

그런데 대답은 진효가 아니라 옆에 있던 여인의 입에서 흘러나왔다. 손여는 아랫입술을 질끈 깨물며 말하려 했다. 한데,

"저 왔어요."

"월홍! 왜 이제 와!"

짜랑한 목소리와 함께 월홍이 쪼르르 달려오더니 양소은의 옆에 앉자 양소은의 표정이 그제야 풀어졌다. 그녀는 월홍의 머리를 한 번 쓰다듬고는 고개를 돌렸다.

월홍과 같이 간 사내, 단야는 수십여 개의 나뭇가지를 등에 메고 있었다. 아마도 사용한 화살을 다시 충원하려는 듯했다.

"당신 진짜 힘들지도 않아?"

양소은은 황당하다는 듯 입을 열었고, 그건 모두가 마찬가지였다. 그 정도의 싸움을 하고도 쉬지 않고 바로 산으로 가다니…….

월홍을 불가에 데려다준 후 단야는 신형을 돌려 어디론가 움직였다. 일행 중에서도 가장 외곽의 어두운 곳에 자리 잡고는 등에 진 나뭇가지를 내려놓았는데, 그때였다.

"등을… 다치신 것으로 알고 있습니다."

"……"

손여였다. 그녀는 단야의 대답을 듣기도 전에 단야의 손목을 만졌는데 이상하게도 단야는 순순히 손목을 내맡겼다.

"대단치 않소, 그냥 두어도."

"세상에 그냥 두어도 될 상처는 없습니다. 다행히 소녀 일신에 의술이라 불릴 만한 것을 가지고 있습니다."

"소, 손 아가씨."

시비 하나가 손요를 말리려는 듯 다가왔다. 하나 그것은 의술을 펼치는 것을 막으려는 것이 아니었다. 아무리 의술이라도 낯선 남자의 팔을 덥석 잡는 손요의 성정 때문인 듯했다.

"왜 그러느냐? 얼른 준비나 하거라."

"예? 여기에서요?"

"하면 어디서 한단 말이더냐? 좀 전까지 다친 사람들은 어디서 치료했고? 왜 이리 맹하게 구는 것이냐?"

"……."

단야의 생각이 어찌 되었든 그녀는 이미 생각을 굳힌 것처럼 행동했고, 단야는 순간 대답을 하지 못하고 우물거렸다.

"오홀, 뭘 그리 고민하나? 천하의 연의문에서 봐준다는데 당장 윗도리 벗지 그래? 어디 가서 돈 주고도 경험할 수 있는 일이 아니야."

"……."

홍설검 항임까지 빙글빙글 웃으며 나서자 단야는 더욱더 당황했다. 그러나 진짜 당황스러운 것은 이 사람들이 아니었다.

처음 보는 사람인데도 그녀는 전혀 거리낌이 없었고, 양손

에 흰색 천을 들고선 단야를 향해 초롱초롱한 눈을 빛내고 있
으니 단야로선 당황스러울 수밖에 없었다.

　이런 눈은 정말 익숙하지 않았다. 살기 어린 짐승이나 사람
의 눈이야 수백, 수천 개가 한꺼번에 노려봐도 끄떡없었지만
이런 눈은 한 개만 있어도 힘들었다.

　잠시 생각을 하던 단야는 아랫입술을 질끈 깨물었다. 그리
고는 손을 들어 한꺼번에 윗도리를 벗었다.

　"흡!"

　단야의 상의가 벗겨지자 여기저기서 흠칫한 비명이 터졌다.
심지어 그다지 놀랄 일이 없는 반양 장로 등도 한 걸음 뒤로 물
러날 정도였다.

　왠지 단야는 마음이 편해졌다. 이런 시선이었다. 언제나 자
신을 향하는 그 시선 중 하나가 이런 동정과 두려움이었다.

　단야의 몸엔 몇 개인지도 모를 상처가 나 있었다. 방향도 가
지각색이라 어떤 것이 큰 상처인지도 알아볼 수 없을 정도인
데, 사실 움직이는 것도 기적 같은 일이었다.

　그런 상처 입은 등에도 또다시 생채기는 있었다. 손여는 살
짝 만져 보고는 이내 손을 움직였다.

　"꽤 큰… 상처군요. 잠시만 기다리시지요."

　"……."

　손요는 빠르게 손을 놀리기 시작했다. 보기엔 개미 한 마리
죽이지 못할 것 같은 여인이었지만 상처 앞에서 손을 움직이
는 것을 보니 확실히 연의문 사람임을 알게 해주었다.

군더더기 없는 동작들이었다. 빠르게 손을 놀리면서도 그녀
는 입을 열었다.

"아까 말씀드리려던 것을 말해 드리지요. 저 물건들은 원래
이쪽으로 가서는 안 되는 것이었습니다. 제 임의대로 운반하
는 중이었죠."

"응?"

단야의 등에서 눈을 돌리며 혁리가 눈을 동그랗게 떴다. 원
래 이쪽으로 가서는 안 되는 길이라는 말이 무엇인지 짐작이
안 갔던 것이다.

"이 물목의 주인이 아가씨가 아니라는 것입니다. 원래는 금
안로(金安路)로 가야 하는 물건입니다."

"금안로! 황궁에 가야 할 물건이란 말인가?"

혁리의 입에서 다급한 목소리가 흘러나왔다. 그는 이제야
뭔가 이해가 가는 듯한 표정을 지었는데, 이러니 당연하게 사
람이 적을 수밖에 없었던 것이다.

"금안로? 그게 뭐죠?"

양소은이 눈을 동그랗게 뜨며 혁리에게 묻자 혁리는 굳은
얼굴을 만들었다. 그는 침중한 안색을 유지한 채 말했다.

"금안로는 말 그대로 안전한 길. 그렇게 불리는 이유는 바로
황궁의 물건들을 옮기는 길이기 때문이지. 특히 인근 국가에
서 진상품이나 조공을 바치는 길이기도 하기에 보안이 상당하
단다."

금안로라는 것은 확실하게 정해진 길이 아니었다. 제일 중

요한 것은 안전이었다.

각지에 산재해 있는 관군의 주둔지를 따라 이동하는 것이 금안로이기 때문이다. 당연히 길은 시대에 따라 바뀌었고, 지금도 바뀌어가고 있었다.

그렇기에 일반 상단에서는 이용할 수 없는 길이기도 했다. 금안로를 이용한다는 것은 곧 황실의 물건이란 뜻이니…….

여기까지 혁리가 말하자 모두들 얼굴이 굳어졌다. 그럼 문제가 뭔지 너무나도 확연해지는 것인데, 이제 이들은 범죄를 지은 것이나 다름없었다.

"금안로의 물건을 빼온다는 것은 나라에 반기를 든 것이나 마찬가지. 때에 따라선 문파에 해가 갈 수도 있소, 소저. 그걸 알고서 한 것이오?"

"그렇게 최악의 상황은 아닙니다. 저것은 금안로로 가야 할 물목의 십분지 일. 원래대로라면 물건을 봐준 저희 연의문에 주기로 한 물건입니다."

"……"

혁리의 미간은 더 이상 어찌 구겨질 수 없을 정도로 구겨졌다. 대관절 무슨 말을 하는지 이젠 그도 알 수가 없었다. 그렇게 최악은 아니라는 말부터가 이상하니…….

"으흠, 나중에 받아야 할 물건을 미리 받았다 이거냐? 그것도 네 독단으로? 오홀."

우오상의 입술이 씰룩였다. 그는 대충 이 상황이 이해가 갔던 것인데, 아마도 시간문제였을 터이다. 하루라도 빨리 이 약재를 역병이 도는 곳으로 가져갈 생각인 것이다.

좋은 일을 위해서라면 수단과 방법을 가리지 않는다고나 할까? 완전한 불법만 아니면 다 저지를 만한 여인이 바로 손요였던 것이다.

"하나 아가씨의 그 결정에 일비님께서 돌아가셨어요. 그건… 분명 문책받으실 겁니다."

"…현모……."

시비의 입에서 나온 일비라는 말에 손요의 손이 멈추었다. 어느새 단야의 몸엔 하얀 천이 돌돌 감겨 있었는데 상처 치료는 거의 다 된 듯했다.

"그 부분에 관해선… 나중에 벌을 달게 받을 것이야."

잠시 흔들리는 듯하던 신형은 이내 빠르게 다잡았고, 단야의 치료는 그렇게 끝이 났다. 단야는 어색한 얼굴로 옷을 주워 입고는 신형을 돌렸다.

"다행히 충분히 쉬신 것 같군요. 어떤 무공인지 모르지만 조심하십시오. 사람의 몸은 강한 듯하면서도 약하답니다."

"……."

단야의 눈이 흔들렸다. 이건 자신에게 한 이야기다. 바로 단야 자신에게 말이다.

실은 산에서 나무만 해온 것이 아니었다. 월홍과 같이 올라간 단야는 정말 죽은 듯이 쓰러졌었다. 잠을 잤던 것이다.

어째서 이런 일이 일어났는지 모르나 분명 몸 안에 휘돌았던 이상한 기운 때문일 터였다. 자신도 모르는 그 기운이 몸을 혹사시켰기에 쉴 수밖에 없었다.

"강한 듯하면서도 약하다라……. 과연 명언이로고."

"클클, 그래. 명언이다, 명언. 명심해라, 시커먼 아이야."

그 의미를 아는 것은 손여뿐만이 아니었다. 항임과 우오상도 어느 정도 눈치를 챈 듯했다.

물론 그들이 얼마만큼 아는지는 아무도 몰랐다. 항임은 턱짓으로 단야의 앞에 놓인 나뭇가지를 가리키며 말을 이었다.

"뭐가 어찌 되었든 일단 그것부터 마저 하려무나. 조금이라도 쉬려면 부지런히 놀려야지?"

그의 목소리에 단야는 조용히 고개를 끄덕였다. 그리고는 칼을 꺼내 매끄럽게 다듬기 시작했는데, 다른 사람들은 그저 그 모습을 바라만 볼 뿐이었다.

차분히 손을 움직이는 그 모습을 보며 정말 숙련되었다는 생각이 절로 떠올랐다. 한 개의 살을 매끈하게 만드는 데 걸리는 시간이 그야말로 눈 깜박할 사이였다.

"와, 진짜 잘하네."

"그럼요. 단 아저씨 손재주가 얼마나 좋은데요."

자랑스럽다는 듯 월홍이 입을 열자 양소은은 방긋 웃는 표정으로 월홍의 뺨을 꼬집었다. 한데 그때였다.

"다 좋은데 대체 난 어떻게 되는 겁니까, 사저? 이, 뭐, 귀신이요, 내가?"

"응?"

여태껏 조용히 있던 사내, 모안이었다. 그는 뚱한 얼굴로 월

홍과 양소은을 번갈아 보고 있었는데, 그러고 보니 그만 소개
시켜 주지 않았던 것이다.

물론 실수가 아니라 일부러 그렇게 한 것이다. 하는 말이 툭
툭 마음을 찔러 양소은이 심통이 난 것인데, 그 심통은 지금도
여전했다.

마침 조용하던 참에 이야기가 나온 터라 모두의 시선이 모
안에게 향했다. 어쩔 수 없이 소개할 수밖에 없을 것이라 모안
이 생각한 순간 정말 의외의 목소리가 들려왔다.

"넌 꺼져."

"……."

모안은 얼굴을 구길 수밖에 없었다. 들리는 것이라곤 항임
과 우오상의 탁한 웃음소리뿐이었다.

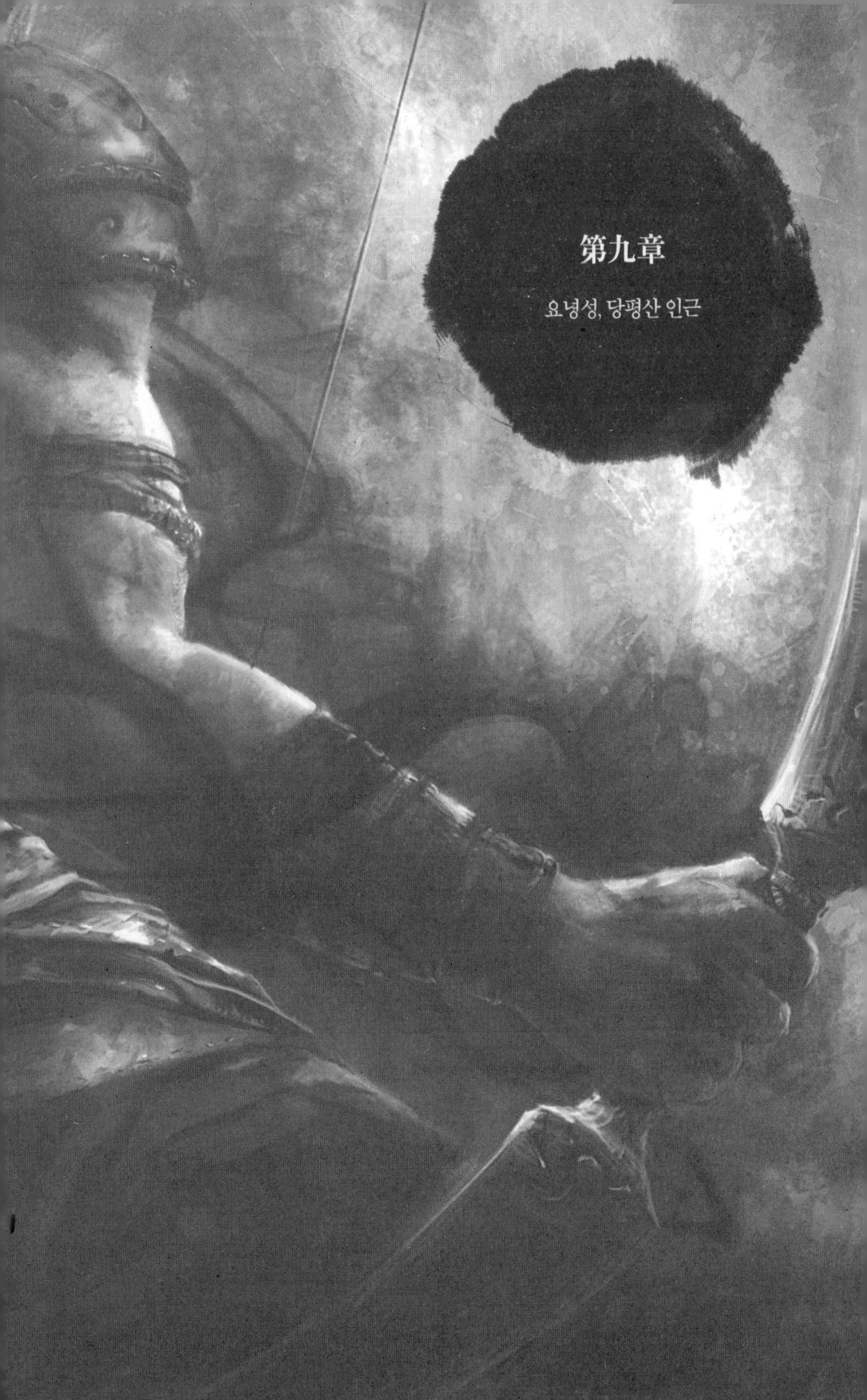

第九章
요녕성, 당평산 인근

째잭, 쨱…….

　겨울이라도 새들은 운다. 동이 터 오르려 하는 어스름한 새벽을 뚫고 새소리가 들려왔다.

　하루를 시작하는 소리는 사람마다 다르지만 단야에게는 이 소리가 하루를 시작하는 소리였다. 그는 반사적으로 자리에서 일어났다.

　"웃!"

　절로 감탄사가 흘러나왔다. 물론 좋은 의미는 아니다. 온몸을 망치로 두드려 맞은 듯 욱신거리지 않은 곳이 없었다.

　등허리에 입은 상처는 오히려 아무것도 아닌 것처럼 느껴졌다. 단야는 자리에서 일어나자마자 활부터 잡았다.

끼리릭.

"……."

시위를 채 반도 당기지 못했다. 평소처럼 힘을 쓸 수가 없자 단야는 어금니를 꽉 깨물고는 온 힘을 다했다.

끼이이이이.

겨우 평소처럼 크게 잡아당기자 엄청난 고통이 어깨와 팔을 관통했다. 눈 밑에 살포시 매달렸던 잠이 사라진 것은 애저녁의 일이다.

그렇게 최대한 시위를 당긴 채 단야는 잠시 그대로 서 있었다. 양팔이 부들부들 떨릴 정도로 큰 힘이 들어가 있는 상태였다.

시시시시시.

갑자기 단야는 검은색 기운이 왼손에 감기는 것을 보았다. 어제 한 번 보았던 그 기운인데 그것이 지금 다시 나타나고 있었다.

왼 어깨부터 손목까지 모두 휘감기는 그 모습에 단야는 잠시 멍한 표정을 지었다. 그러다 한순간 오른손 손가락을 놓쳤다. 그러자,

빠아아아앙!

"뭐, 뭐야!"

"습격인가!"

"……."

단야는 놀란 눈을 만들었다. 설마 이렇게 큰 소리가 날 줄은 몰랐다. 마치 시위 주위에 있던 공기가 한꺼번에 터져 나가는 듯했다.

오죽했으면 자던 혁리와 모안이 자리를 박차고 일어났을까? 두 사람은 활을 들고 있는 단야를 보더니 한숨을 내쉬며 다시 앉았다.

"아이고, 단 형. 진짜 왜 그래요? 아구, 놀래라."

모안은 가슴을 두드리며 진짜 놀란 척을 했다. 단야는 쓴웃음을 지으며 살짝 고개를 숙였다. 그로서도 이런 일이 생길 줄은 정말 몰랐다.

"고놈 참 힘차게도 당기네."

"그러게나. 한 십 년만 젊었어도 나도 해볼 텐데. 에잉."

해학스런 두 사람의 목소리에 단야는 고개를 돌렸다. 어느새 그의 뒤엔 항임과 우오상이 앉아 있었다.

"늙으면 잠이 없어서 말이야. 네 녀석이 잠자는 것 좀 봤다."

우오상의 말에 단야는 미간을 찡그렸다. 도무지 그 말뜻을 이해할 수가 없어서였다. 이번엔 항임은 실실 웃으며 말했다.

"확신이 좀 필요했다, 아이야. 네가 과연 귀신의 아이인지 아닌지 말이야."

단야의 미간은 더욱더 좁아졌다. 귀신의 아이라는 것이 무슨 뜻인지도 모르는 가운데 우오상은 슬쩍 손을 내밀며 말했다.

"그래서 하는 말인데, 부탁 하나 들어주련?"

"그래 죽은 사람 소원도 들어주는데 산 사람의 소원 좀 들어주라."

항임도 손을 비죽 내밀며 말하자 단야는 머리가 헝클어지는 기분이었다. 부탁이 어떤 것인지 알 턱이 없었다.

“손 한번 잡아보자. 그게 소원이야.”

“…….”

단야는 가만히 두 사람을 바라보았다. 자칫하면 목숨을 맡길 수도 있는 상황이다. 손을 맡긴다는 것은 믿어달라는 의미와도 같은 것이니…….

아마도 자신의 몸 안을 들여다보고 싶다는 뜻이리라. 한데 왠지 기분이 나쁘질 않았다.

워낙에 해학적인 사람들이라 그럴 수도 있었다. 그러나 그 이전에 이들에게서는 왠지 모를 반가움 같은 느낌이 들고 있었다.

왜 그런지는 이해할 수 없었다. 단야는 한 걸음 앞으로 나가서 양손을 들어 두 사람에게 맡겼다.

“오……!”

“으음……!”

각기 감탄사 한 번씩 내뱉고는 둘 다 눈을 감았다. 그리고는 단야의 몸 구석구석을 훑기 시작했는데, 단야도 그것을 느낄 수가 있었다.

아주 작은 두 줄기 기운이 온몸을 다 훑고 나가는 느낌이 든 것이다. 그리고 그 느낌은 정말 삽시간에 끝이 났다. 어느새 그들의 손은 제자리로 돌아가 있었다.

“암흑투기(暗黑鬪氣)를 이렇게 풀풀 피워 올릴 수 있는 놈이 세상에 존재할 것이라곤 진짜 생각도 못했다만, 보면 볼수록 신기한 놈일세.”

“암흑… 투기?”

단야는 조용히 되뇌었다. 귀신의 자식이란 말도 그렇지만 암흑투기라는 말 또한 처음 듣는 말이었다.

"그럼 설마 그게 내력인 줄 알았더냐? 만일 그게 내력이면 아마 넌 강호 최고의 고수일 것이다. 녀석, 오홀홀."

아마도 검은 기운을 그렇게 부르는 모양인데, 투기라는 말 자체가 생소한 단야였다. 그는 아무 말 없이 생각만 했고, 그러자 항임이 말했다.

"아무래도 모르는 것 같구만. 쉽게 말해 살기와 비슷한 것이라 하더군. 물론 우린 그런 투기는 쓰지 않아. 아니, 사실 쓰는 방법도 몰라. 하나 확실한 것은 그게 있다고 해서 무공이 강한 것은 아니란 거지."

항임은 입술을 비죽 내밀며 말했다. 단야는 잠시 고개를 갸웃거렸는데, 그 역시 투기라는 것에 대해선 그리 잘 아는 것 같지 않았다.

"과거에 딱 한 번 그와 비슷한 것을 본 적이 있을 뿐이야. 하도 희한해 기억에 뚜렷이 남은 것이지. 아마 틀림없을 거야."

"그럼 저와 같은 사람을 보셨단 말입니까?"

"흐음, 말하자면 그렇지. 하나 그 사람이 가지고 있는 투기와는 비교가 안 되는구나. 그 사람은 거의 본인이 안 보일 정도로 투기가 강했거든."

"……"

단야의 눈이 살짝 커졌다. 이들은 이 투기가 무공의 고하와 관계가 없다고 하지만 단야의 입장에서는 아니었다. 분명 관련이 있을 터였다.

이 기운이 몸에서 흐르고 나서부터 손아귀에 들어가는 힘이 바뀌었다. 특히 이 왼손의 힘은 확연히 느낄 정도였다. 틀림없이 뭔가 상관관계가 있는 것이다.

"그 사람이 누구입니까? 저와 같은 기운을 피워 올렸던 사람."

당연한 질문이다. 어쩌면 잃어버린 기억과도 관련있을지도 모르는 사항. 조금이라도 정보가 있는 편이 좋았다.

"으음… 기억이 흐릿하구나. 헐헐."

항임은 장난스럽게 웃으며 말했다. 분명히 알고 있으면서도 안 하는 듯했는데, 그러자 단야의 눈이 우오상을 향했다.

우오상 역시 씨익 웃을 뿐이었다. 그는 자리에서 일어난 후 엉덩이를 툭툭 털더니 이내 신형을 돌리며 입을 열었다.

"그러지 말고 재주 한번 살려봐라. 마침 배도 고픈데 뭐 하나 먹자꾸나. 사냥해서 먹다 보면 뭐 생각나기도 하겠지."

"……"

단야는 황당한 기분이 들었다. 분명 이들은 알면서도 이렇게 장난치고 있었다. 하나 그렇다고 해서 그게 누구냐고 따질 수도 없었다.

사실 그 사람의 이름을 안다고 해서 달라지는 것은 없었다. 또 막상 들어봤을 때 모를 수도 있고 말이다. 단서는 되겠지만 그것이 절대적인 것은 아닐 확률이 높았다.

마침 아침때도 되었고, 그간 육포만 먹었기에 단야는 고개를 끄덕이곤 신형을 옮겼다. 사냥이야 그가 제일 쉽게 하는 것. 별로 어려울 것도 없었다.

간단히 준비하고 단야는 산을 오르기 시작했다. 그런데 그가 일행에게서 멀리 떨어지자마자 귓가에 또렷한 음성 하나가 들려왔다.

[아, 기억났구나. 백승(百勝), 백승이란 이름의 사내였다.]

"……."

전음이었다. 단야는 그 자리에 우뚝 선 채 그 이름을 되뇌기 시작했다.

왠지 모르게 입에 착착 감기는 기분이 들었던 것이다. 그로부터 한참 동안이나 단야는 계속 그 이름을 머릿속으로 수천, 수만 번 부르고 또 불렀다.

"진짜 사냥꾼 확실하네요. 이건 뭐 일다경도 안 돼서 이런 놈을 잡아오다니……."

모안은 혀를 내둘렀다. 단야가 산으로 가고 나서 일다경 후 다시 내려왔다. 그런데 그의 등엔 커다란 노루 한 마리가 짊어져 있었다.

처음에 봤을 때는 대체 어디에 화살을 맞은 것인지 전혀 알 수가 없었다. 그러다 가죽을 벗기기 위해 칼을 댔을 때 알 수 있었다. 입 안부터 시작해서 내장을 꿰뚫었던 것이다.

아주 대단한 실력의 사냥꾼들은 가죽을 얻을 때 상처가 나지 않기 위해 입을 겨냥한다고 들었다. 그땐 그냥 우스갯소리인 줄 알았건만 이제 보니 진짜였다.

어쨌든 단야와 월홍은 지금 조금 멀리 떨어진 곳으로 가 벗긴 노루 가죽을 무두질했고, 노루는 자신 앞에서 불에 구워지고 있었다. 비록 노숙이라도 오늘은 정말 풍족한 아침이 될 듯싶었다.

"그러게나. 진짜 대단하네. 오늘 아침은 정말 기대되는데?"

"그러지 말고 사저도 가서 좀 거들죠? 얼마나 여성스러워 보입니까?"

"얼씨구? 그럼 너도 가서 토끼라도 잡아오시든지. 그다음에나 남녀에 관해 수다 떨자고."

손여와 그 일행은 아예 솥을 꺼내 제대로 된 식사를 만들고 있었다. 그 모습을 보며 모안과 양소은은 잠시 설전을 나눈 것이다.

"한데 어떠십니까? 저 단야란 친구, 살펴보셨지요?"

마유조의 목소리였다. 그의 말에 항임과 우오상은 머리를 벅벅 긁었는데, 그건 누가 봐도 잘 모르겠다는 뜻이었다.

"흐음, 그게… 보면 알 것 같았는데 참 힘드네. 잘 모르겠다."

"그래, 내가 봐도 좀 힘드네. 뭐라고 이야기를 해야 할까나……."

두 사람은 언제나처럼 장난스러운 미소를 띠며 말했다. 하나 마유조는 그 말을 믿지 않았다. 분명히 아까 단야를 진맥하는 것을 봤으니까.

짧은 순간이지만 두 사람의 표정이 시시각각으로 변하는 것도 지켜보았다. 분명 단야의 몸에서 무엇인가를 느낀 것이다.

"뭐가 어떻다는 겁니까? 이상한 점이라도 있나요?"

모안이 눈을 반짝이며 물어왔다. 마유조는 긴 한숨을 쉬며 입을 닫았는데, 그러자 모안의 얼굴에 불만 가득한 표정이 나타났다. 자신만 모르는 뭔가가 있는 듯하니 당연한 일이다.

"어쭈? 표정 봐라? 이른 아침부터 부스스해 가지고는. 그게 어른들한테 보일 태도냐?"

"아침에 부스스…… 설마 그런 단어가 사저 입에서 나올 줄은 몰랐군요. 그렇다면 저기 저쪽 좀 봐요. 뭔가 느끼는 거 없어요, 사저? 왠지 가슴 짠한데?"

"응?"

모안의 목소리에 양소은은 고개를 돌렸다. 그곳엔 손여와 일행이 식사 준비를 마치고 다소곳이 앉아 있었던 것이다.

모두들 무슨 일인가 싶어 이쪽을 힐끔거리면서도 일단 몸단장부터 하고 있었던 것이다.

특히나 손여는 흐트러진 머리를 추스르느라 신경을 많이 쓰고 있었는데, 워낙 길고 숱이 많은 머리라 애를 먹고 있는 듯했다.

"뭐가 짠하냐? 머리 만지는 게 짠해? 너 변태냐?"

"관둡시다, 관둬. 에후!"

모안은 고개를 좌우로 절레절레 흔들고는 신경을 껐다. 더 상대하다간 자신이 이상한 사람이 될 것이 뻔하니.

"자! 밥이나 먹읍시다. 다 일루 와요!"

모안은 신경질적으로 소리를 질렀다.

"아씨, 먹은 밥도 소화가 안 되네."

"그건 내가 할 말이다, 이 자식아. 어째 그 반항은 점점 늘어만 가냐?"

"아마도 질풍노도의 시기인가 보죠."

"나이 스물에 질풍노도의 시기라면 손 낭자에게 부탁해야겠구나. 좋은 약 좀 지어줄래요?"

"풋."

티격태격하는 두 사람을 보며 손여는 살포시 웃었다. 실례인 줄 알지만 가만히 보면 참 재미있는 두 사람이었던 것이다.

그의 사형제들과는 전혀 딴판이었다. 천하에 자미오화라 불리며 언제나 무게있는 모습을 한 사형제들. 그들과는 또 다른 것이 이들에게 있었다.

"거봐요. 또 웃음거리가 됐잖아요."

"그니까 입 좀 닫아라. 앙! 어구, 이거 누가 거두어줄지 참 그 여자 불쌍하다."

"그 이야기, 남녀만 바꾸어서 고대로 돌려 드리죠. 그러니…악!"

결국엔 머리통에 혹 하나를 더 달고 나서야 모안은 입을 다물었다. 그러나 그 눈은 옆으로 쭉 찢어져 양소은을 흘겨보고 있었다.

양소은은 그따위 눈엔 별로 개의치 않는다는 듯한 모습을 보였다. 그렇게 사람들이 두 사람의 행동을 보며 웃음을 머금을 때였다.

"그럼 이제 어떻게 할지 결정을 해야 할 것 같군요. 일단 두 분 장로님께서는 다시 돌아가실 것입니까?"

혁리의 목소리였다. 사실 그는 지금까지 왜 항임과 우오상이 이곳에 나타났는지 알 수가 없었다. 뭔가 사연이 있기는 한데 이들은 말이 없었다.

어쩌면 놀러 온 것 같기도 해서 먼저 말문을 연 것인데 들려온 대답은 의외였다.

"흐음, 모처럼 좋은 구경을 할 것 같았는데 이것참, 그냥 돌아가긴 좀 그렇네."

"호오, 웬일이냐, 항가야? 네가 꽤 사람이 다 되어가는구나."

항임과 우오상은 빙글거리며 서로를 향해 눈짓을 했다. 두 사람은 연신 단야의 모습과 손여의 모습을 번갈아 바라보고 있었던 것이다.

"아무리 좋은 의도로 벌인 소동이라도 연의궁주의 성격을 보자면 그냥 두기 힘들겠지. 이번엔 그 꼬장꼬장한 녀석이 무슨 짓을 할지 원."

"그렇지? 그 소심함이 어디로 가겠어? 흐으음."

두 사람의 말에 손여는 눈을 크게 떴다. 지금 이 두 사람은 자신에 관해 이야기하고 있었다. 금안로를 벗어나 약재를 가지고 도주한 자신의 이야기 말이다.

게다가 말을 들어보니 연의궁주와 아는 사람이라는 뜻인데, 그 또한 놀랄 일이었다. 사람 관계가 그리 많지 않은 궁주라 조금 의외였던 것이다.

"분명 마음을 끄는 녀석은 있지만… 할 수 있나, 상황이 이러면 바꿔야지. 에효."

"그러자고. 다른 일도 아니고 역병을 막겠다는데……."

뭔가 결심한 듯 두 사람은 입을 맞추었다. 그리고는 마유조를 향해 조용히 말했다.

"아무래도 우린 저 아이와 함께 가야겠구나. 상황이 이렇다면 한시라도 빨리 가야 할 터, 너는 일단 이 녀석과 움직이도록 해라."

"아니, 장로님들께서 그럼 강호에 나가시겠다는 말씀입니까?"

그저 작은 결정이나 그 파급효과는 작지 않았다. 두 사람이 강호로 나간다는 것은 설산파의 삼분지 일 전력이 강호로 나간다는 말과 다름없었던 것이다.

"하면 두 분께서 저희들과 같이 가신단 말입니까? 저희는 하남성, 장강 이남까지 가야 할 듯합니다."

"흐음… 우리 두 사람이 폐가 안 된다면 그리하지. 그리해도 될까?"

"여, 여부가 있겠습니까! 두 분께서 같이 가주신다면 이 손여, 백번천번이라도 절을 하겠나이다."

"껄껄, 절은 필요없고, 얼른 마차나 제대로 정비하거라. 우리 둘이 다 지고 갈 수는 없으니."

흔쾌히 웃으며 항임과 우오상이 갈 길을 정하자 모두의 눈이 단야에게로 향했다. 단야는 생각할 것도 없다는 듯 바로 입을 열었다.

“풍마단을 찾아갈 것이오, 월홍과.”

“응, 난 단 아저씨하고 갈 거야.”

남은 풍마단의 위치는 이미 어젯밤 하기를 통해 대강의 위치를 알 수 있었다. 어차피 예상대로의 답안이라 마유조는 피식 웃으며 말했다.

“기왕 그렇게 가는 거, 우리도 가야겠지. 자네는 저자를 어떻게 할 것인가?”

“당연히 관아로 보낼 것일세. 가까운 마을로 갔다가 후송하면 될 것이야.”

비부수 하기에 관한 이야기였다. 어차피 마적이고 현상금도 붙어 있는 흉적이니 그렇게 처리를 하면 될 것이다.

“그럼 그렇게 하고 풍마단을 찾아가는 것으로 하죠. 월홍이 가는 길이니 나도 가야지. 우훗.”

“헤.”

월홍의 실없는 웃음에 양소은은 양팔을 벌려 가슴에 얼굴을 비볐다. 그러자 그 옆에서 비죽 튀어나온 목소리가 들려왔다.

“후… 그렇다면 저도 이리로 가야겠군요. 장문인께서 사저를 잘 부탁한다고 친히 말씀하셨으니…….”

“시꺼, 인마.”

“…….”

모안은 인상을 확 구기며 입을 닫았다. 항상 느끼는 것이지만 양소은과 있으면 제 의견을 다 펼 수가 없었다. 아예 포기하고 고개를 흔들 때였다.

"벌써 가나?"

한쪽 구석에 있던 단야가 일어서자 항임이 물었다. 단야는 묵묵히 고개를 끄덕이며 신형을 돌렸다.

그러자 사람들이 일제히 일어섰다. 다들 갈 준비를 분주히 시작했고, 단야는 손을 뻗어 말고삐 하나를 잡았다.

마적들이 남기고 간 말이 수십 필이었다. 이 정도면 움직이는 데는 전혀 지장이 없었고, 그중 제일 큰 말을 이미 골라둔 상황이었다.

"저… 단 대협."

문득 들려오는 소리에 단야는 고개를 돌렸다. 그곳엔 눈부신 외모의 손여가 서 있었다. 그녀는 뭔가 생각을 하는 듯하더니 아랫입술을 한번 질끈 깨물곤 입을 열었다.

"혹시라도 인연이 되신다면 우리 사형들이나 사부님께 한번 봐달라고 하십시오. 제가 아직 미천하여 그 말밖엔 못하겠군요."

"……"

단야는 그녀를 바라보았다. 손여는 진짜 마음이 불안해 보였는데, 그건 자괴감 같은 것이었다. 정말 단야의 몸 때문에 그리 행동하고 있는 것이다.

"제 의술로는 현재 단 대협의 무공이나 몸 상태에 대해서 알 수 있는 것이 너무도 없습니다. 사실 그간 의술을 펼치며 이런 적은 처음이군요."

"…제가 아픈 것이오?"

단야는 담담하게 입을 열었다. 큰 병이 있는데 알 수가 없어

이런 말을 한다는 것이라면 이해가 갔다. 큰일이긴 하지만 왠지 화도 안 난다.

"아니오. 그런 것이 아닙니다. 단 대협의 몸은 보통 사람들과는… 많이 다릅니다. 지금은 그렇게밖에 말씀드리지 못하겠군요."

손여는 그 말과 함께 고개를 푹 숙였다. 더 이상 할 말이 없다는 듯이 말이다. 단야는 말 위로 올라타며 차분히 말했다.

"알겠소이다. 충고… 감사드리오."

그 말을 마지막으로 단야는 말고삐를 툭툭 쳤다. 그러자 그의 말이 천천히 앞으로 움직이기 시작했다.

어차피 모르는 일은 생각한다고 알 수 있는 것이 아니다. 그렇다면 그냥 그대로 가면 되는 것이다. 운이 좋으면 풀릴 것이다.

아무리 궁금하다 하더라도 솔직히 과거의 기억보다 궁금하진 않았다. 가장 큰 것이 궁금한 상황이니 여타의 것들은 신경조차 쓰이지 않았던 것이다.

떠오르는 태양빛을 정면으로 받으며 그렇게 단야는 움직이기 시작했다. 움직이는 단야의 그림자가 왠지 길어 보이는 어느 아침의 풍경이었다.

"다시 들려올 것일까나……."

멀어져 가는 단야의 뒷모습을 보며 항임은 조용히 입을 열었다. 이젠 꽤나 멀어져 가고 있었는데, 그 뒤를 마유조와 양소은, 모안과 월홍이 따르고 있었다.

"그 이름, 귀궁사(鬼弓士)란 이름 말이지."

우오상의 목소리였다. 아련한 눈빛을 만드는 그의 얼굴은 더 이상 늙어버린 노인의 모습이 아니었다. 생기발랄한 이십대의 젊은이 같은 광휘가 뿜어져 나오고 있었던 것이다.

"그래, 귀궁사."

항임은 나지막한 목소리를 내었다. 그리고는 잠시의 시간이 흐른 뒤 다시 입술이 열렸다.

"어쩌면 같이 들릴지도 모르겠는걸, 귀문(鬼門)의 전설이……."

『귀궁사』1권 끝

少林棍王
소림 곤왕

한성수 新무협 판타지 소설

감동의 행진을 멈추지 않는 작가 한성수!

구대문파 시리즈의 두 번째 이야기 『소림곤왕』!!
그 화려한 무림행이 펼쳐진다

"너는 지금부터 날 사부님이라 불러야만 하느니라.
소림사의 파문제자인 나, 보종의 제자가 되어서 앞으로 군소리없이 수발을 들고 모진
고통을 이겨내며 무공 수련을 해야만 한다."

잡극계의 천금공자 엽자건!
소림의 파문제자 보종의 제자가 되다!!

역사와 가상.
실존의 천하제일인과 가상의 천하제일인에 도전하는 주인공!
이제부터 들어갑니다. 부디 마음껏 즐겨주시기 바랍니다.
- 작가 서문 中에서.

覇君
패군
覇君

覇君
패군
설봉 新무협 판타지 소설